Die wilden Jahre der Delaneys

Fayrene Preston

FLAMMEN DER LEIDENSCHAFT

Roman

Ins Deutsche übertragen
von Britta Evert

BASTEI
LÜBBE

BASTEI-LÜBBE-TASCHENBUCH
Caprice-Sonderband
Band 58 504

Erste Auflage: Juli 1990

Published by arrangement with Bantam Books, Inc., New York
Caprice-Romane stammen aus der amerikanischen
Taschenbuch-Reihe ›Loveswept‹

Deutsche Lizenzausgabe 1990
Bastei-Verlag, Gustav H. Lübbe GmbH & Co., Bergisch Gladbach
Originaltitel: Copper Fire
Titelillustration: Pino Daeni/Agentur Thomas Schlück
Umschlaggestaltung: Quadro Grafik, Bensberg
Satz: VID Verlags- und Industriedrucke GmbH & Co. KG,
Villingen-Schwenningen
Druck und Verarbeitung:
Brodard & Taupin, La Flèche, Frankreich
Printed in France
ISBN 3-404-58504-X

Der Preis dieses Bandes versteht sich einschließlich
der gesetzlichen Mehrwertsteuer.

Prolog

West Texas, 1858

Flirrende Hitze stieg von dem ausgedörrten Boden auf und stach wie winzige Kaktusnadeln in Sloans Haut. Die Äste des Mesquitebaums über seinem Kopf warfen nur einen dürftigen Schatten, aber selbst für diesen kärglichen Schutz war er unendlich dankbar.

Sloan sah auf seinen Bruder David hinunter, der in seine Arme gebettet lag. Die gleißende Sonne hatte Davids helle Haut zu einem häßlichen Rot verbrannt. Und sein Bein . . . Sloan vermochte kaum den Blick auf den Oberschenkel seines Bruders zu richten. Er war mit Flecken übersät und um das Dreifache des normalen Umfangs angeschwollen.

Mit Sicherheit litt David fürchterliche Qualen, aber obwohl er erst vierzehn war – drei Jahre jünger als Sloan –, hielt er sich wie ein Mann und gab nicht einen einzigen Schmerzenslaut von sich.

Die Muskeln in Sloans Armen waren verkrampft nach den langen Stunden, die er David gehalten hatte, aber er wagte es nicht, sich zu rühren. Der Junge brauchte soviel Ruhe und Erholung wie möglich. Und er selbst mußte sich zwingen, nicht daran zu denken, wie verzweifelt ihre Lage war; es war ein entmutigender Gedanke, und er brauchte seine ganze Kraft, um sich und seinen Bruder nach Hause zu bringen.

Sein Blick schweifte über diesen verödeten Landstrich in West-Texas. Die endlose Weite verstärkte das Gefühl von Einsamkeit, das an ihm fraß. O Gott, er war so allein! Wenn er nur eine Ahnung hätte, wo sie waren! Er hatte versucht, die Richtung nach Osten beizubehalten, aber insgeheim befürchtete er, die letzten zwei Tage ständig im Kreis gegangen zu sein.

Wieder betrachtete er seinen Bruder, der in seinen Armen schlief, so zart und zerbrechlich, dem Tod so nah. Wie ein böses Omen hatte ein Bussard begonnen, über ihnen seine Kreise zu ziehen. Sloan drückte David enger an sich. Er wünschte, er wüßte mehr, wünschte, er wäre nicht nur ein unerfahrener und ungebildeter Farmerssohn aus Texas.

David rührte sich in seinen Armen und stöhnte leicht auf. Liebevoll versuchte Sloan, ihn zu beruhigen und die verbrannte Haut seiner Wange mit einer Hand zu schützen.

War es wirklich erst heute morgen gewesen, daß sie diese Felsgruppe in Form einer Schildkröte erreicht hatten? David hatte einen Freudenruf ausgestoßen. »Die Wasserstelle kann nicht mehr weit weg sein!«

Ein Stein, der die Sohle seines Stiefels durchdrungen hatte, hatte Sloan am Fuß der Felsen aufgehalten, aber David war unfähig gewesen, noch länger zu warten. Er verschwand hinter der Anhöhe. Als Sloan sich auf den Boden setzte, um den Stiefel auszuziehen, hört er den Schrei seines Bruders. »Es ist hier. Das Wasserloch ist hier, aber es ist ausgetrocknet! Dieser Hurensohn hat uns zu einem trockenen Wasserloch geschickt! Warte einen Moment, ich versuche mal, in der Erde zu graben. Vielleicht finde ich noch ein bißchen Wasser.«

Sloan streifte gerade seinen Stiefel wieder über, als er ein erschrockenes ›Jesus Christus!‹ hörte, dann einen Schrei voller Schmerz und Entsetzen.

Er war mit einem Satz auf den Beinen und schnell oben auf der Anhöhe. Er sah gerade noch, wie sein Bruder zusammengekrümmt auf den Boden sank und sein Bein umklammerte. Die größte und längste Klapperschlange, die er je gesehen hatte, glitt unter einen Felsvorsprung.

Noch nie in seinem Leben hatte Sloan eine solche Angst empfunden. Er hatte kein Messer bei sich, nichts, um die Bißstelle aus dem Bein seines Bruders zu schneiden und das

Gift herauszusaugen. Er hatte Davids Jeans aufgerissen und das Bein oberhalb der Wunde mit seinem Gürtel so fest wie möglich abgebunden, in der Hoffnung, das tödliche Gift lange genug zurückzuhalten, bis er Hilfe finden würde.

Wes McCords schwarze Seele sollte in der Hölle schmoren!

»Sloan . . .« Sein Name kam zitternd von den Lippen seines Bruders.

»Ich bin hier.«

»Werden . . . werden wir es schaffen?«

»Natürlich schaffen wir's. Du mußt durchhalten, David. Heute abend, wenn es abkühlt, gehen wir weiter. Und morgen stoßen wir bestimmt auf eine Stadt, wo es Wasser gibt, klares, kaltes Wasser.«

»Mein Bein . . . ich kann es nicht belasten. Es geht einfach nicht.«

»Doch, es geht. Ich werde dich tragen.«

Davids Lider flatterten und enthüllten einen kurzen Augenblick die furchtbare Qual in seinen Augen. »Geh du allein . . . laß mich hier.«

»Du weißt genau, daß Dad mir die Haut bei lebendigem Leib abziehen würde, wenn ich das täte.« Sloan zwang sich zu einem Lächeln. »Du darfst nicht aufgeben, David. Versprich mir das. Wir kommen hier raus. Gib jetzt nicht auf.«

Wieder heftete der Junge den Blick auf seinen Bruder. »Ich gebe nicht auf. Ehrenwort.« Dann verfiel er in Schweigen. Seine Brust hob und senkte sich mühsam beim Atmen, und er schloß die Augen. Auch Sloan glitt in einen unruhigen Schlummer.

»Mommy . . . Es tut mir leid . . . Ich wollte deine Teekanne nicht kaputt machen.«

Die Worte seines Bruders rissen ihn aus dem Schlaf. »David, wach auf!«

»Ich mach' es nicht wieder . . . Mommy . . . sie war so hübsch . . . Es tut mir leid . . . Mommy.«

Als ihm bewußt wurde, daß David im Delirium sprach, stieg

Verzweiflung übermächtig in Sloan auf. Sein Bruder phantasierte über die Zeit, als er sechs Jahre alt gewesen war und aus Versehen die Lieblingskanne seiner Mutter zerbrochen hatte. Diese Kanne, eines der wenigen Stücke, das sie aus ihrem Heim im Osten hatte mitbringen können, hatte sie gehütet wie einen Schatz.

Was hätte Sloan nicht gegeben, um sie nur noch ein einziges Mal zu sehen. Ihre schöne Mutter, der David so ähnlich war mit dem blonden Haar und den blauen Augen, war kurz nach dem Vorfall mit der Teekanne gestorben. Natürlich gab es keinerlei Zusammenhang zwischen ihrem Tod und der zerbrochenen Kanne, aber tief in seinem Innern hatte David die beiden Ereignisse unauslöschlich miteinander verknüpft.

Eine Träne trat in Sloans Auge und rann über sein staubbedecktes Gesicht. David, sein lieber, schüchterner Bruder, dessen Liebe zu allen Menschen sich stets in seinem Lächeln widerspiegelte. Sloan durfte ihn nicht auch noch verlieren. »O David, David!«

Allmählich döste er wieder ein. Als er erwachte, stand die Sonne tief am Himmel. Der Horizont flimmerte in gleißenden Wellen, die die Landschaft merkwürdig verzerrte. Er blinzelte mit zusammengekniffenen Augen in das grelle Licht. War das . . . könnte das . . . ein Reiter sein? Sein Herz schlug schneller. Er rüttelte seinen Bruder.

»David, wach auf! Da kommt jemand! David!« Doch Davids Augen blieben geschlossen. Sloans Hand strich über sein Gesicht. Es war seltsam kühl. Seine Finger tasteten nach dem Puls an Davids Schlagader. Er war nicht zu spüren.

»Nein!« Der Schrei brach aus Sloans Kehle, stand in der flirrenden Luft und erfüllte sie mit seiner Qual. Sein Schrei hielt an. Wie ein Schleier legten sich seine Wut und sein Schmerz über das Land.

1

New York City, 1873

Ohne die Lust oder Geduld, das Glas zu benutzen, das in bequemer Reichweite stand, nahm Sloan Lassiter einen tiefen Schluck aus der Whiskyflasche und stellte sie dann auf die gemaserte Platte seines Mahagonischreibtischs zurück. Die Flamme in der Lampe neben ihm flackerte schwach, als ob sie es leid wäre, ganz allein die große, luxuriös eingerichtete Bibliothek zu erhellen. Schwere dunkelblaue Samtportieren vor hohen Fenstern schlossen die dunkle Nacht aus, tiefe Schatten schoben sich in den fahlen Lichtkreis, in dem Sloan saß.

Aus Gewohnheit, nicht aus Interesse, fuhr er fort, in den Papieren zu blättern, die vor ihm lagen. Und zu trinken. Trinken war in letzter Zeit nicht so sehr eine Gewohnheit als vielmehr eine Notwendigkeit geworden, um ihm die langen Tage und endlosen Nächte, aus denen sein Leben bestand, erträglich zu machen.

Mit zweiunddreißig Jahren herrschte er über ein Imperium, dessen Grundlage eine Schiffahrtslinie bildete. Niemand konnte seine Erfolge als Geschäftsmann in Frage stellen. Sloans Lippen verzogen sich zu einem zynischen Lächeln. Tatsächlich kannte er nur wenige Menschen, die sich ihm in irgendeiner Weise entgegenstellten. Die meisten Männer krochen vor ihm; und die meisten Frauen kamen auf Knien zu ihm, wenn er bloß mit dem kleinen Finger winkte.

Alles, was er wußte, hatte er sich selbst beigebracht. Alles, was er war, hatte er sich selbst zu verdanken. Er war ein Selfmademan, der gelernt hatte, im Umgang mit einer Waffe ebenso tödlich zu sein wie in seinen Investitionen.

Aber wo blieb das Glück? Wo der innere Friede?

Verdammt! Er mußte sich aus dieser Niedergeschlagenheit herausreißen und sich wieder auf seine Geschäfte konzentrieren. Er zog einen weiteren Stapel Papiere heran, sorgsam darauf bedacht, seine Aufmerksamkeit nicht auf das Dokument zu richten, das er heute erhalten hatte und das jetzt auf der anderen Seite seines Schreibtischs lag. Er brauchte das Schreiben der Pinkerton-Agentur nicht noch einmal durchzulesen. Der Text hatte sich ihm Wort für Wort eingebrannt. Endlich, nach fünfzehn Jahren, wußte Sloan, wo Wes McCord war.

Wieder griff er nach der Flasche und stürzte den Whiskey hinunter. Er wollte sich sinnlos betrinken. Gerade jetzt wollte er sich nicht daran erinnern, durch welche Hölle er und David damals gegangen waren. Er wollte sich nicht an seinen Haß auf Wes McCord erinnern, einen Haß, der sich vor langer, langer Zeit qualvoll in ihn hineingefressen hatte und ihn nicht wieder losließ. Er wollte nur den gesegneten schwarzen Abgrund, das kühle, tiefe Vergessen, in das ihn der Alkohol versinken lassen würde.

Cally Lassiter lächelte, als sie einen schmalen Lichtstrahl aus Sloans Bibliothek dringen sah. Die Tür stand einen Spalt offen, und sie schob sie behutsam etwas weiter auf, um in den schattigen Raum gleiten zu können.

Sie lehnte sich mit dem Rücken an die Wand und betrachtete ihren Halbbruder. Sie wünschte, sie könnte sich einreden, er wäre nur aufgeblieben, um auf ihre Heimkehr zu warten, aber sie wußte, daß er keinen Funken Interesse an ihr hatte. Soweit sie wußte, gab es keinen Menschen, an dem Sloan etwas lag. Und gerade aus diesem Grund war sie ständig damit beschäftigt, sich Pläne und Ideen durch den Kopf gehen zu lassen, wie sie ihn dazu bringen konnte, endlich Notiz von ihr zu nehmen.

Cally spielte mit einer langen schwarzen Locke ihres Haars, während sie Sloan beobachtete. Selbst jetzt, ruhig und schweigend, den Kopf über einen Stoß Papiere gebeugt, erregte er sie mehr als jeder andere Mann. Seine Gleichgültigkeit ihr gegenüber hatte sie in den letzten ein, zwei Jahren tausendmal in wilde Erregung versetzen lassen. Sie wußte, wie männlich er war – und wie begehrt bei den meisten Frauen der New Yorker Gesellschaft.

Es war nicht nur seine Macht, die Faszination ausübte, sondern auch seine ungewöhnliche Erscheinung. Er war groß und breitschultrig, mit schmalen Hüften, und bewegte sich mit auffallender Geschmeidigkeit. Tiefe Furchen gruben sich in seine gebräunten Wangen. Aber diese Linien waren nicht durch häufiges Lachen entstanden, vielmehr durch die Jahre, das Wetter, und, was Cally am meisten fesselte, ein rauhes und abenteuerliches Leben.

Dunkles Haar, düstere Stimmungen – Sloan Lassiter war eine dunkle, romantische Erscheinung, in seinem Äußeren wie in seinem Wesen. Mit einer Ausnahme – seinen Augen. Sie waren golden, nicht gelblich oder bernsteinfarben, sondern von reinem Gold. Und dann sein Körper – in Callys Augen eine vollkommene Kombination glatter Ebenen und muskulöser Erhebungen. Sie liebte die Art, wie er seine Kleidung trug – als ob er nichts am Leib hätte. Auch anderen fiel das auf. Man achtete auf alles, was er tat, vor allem die Frauen.

Lange Zeit hatte Cally die Frauen, mit denen er schlief, beneidet. Eine ihrer Lieblingsbeschäftigungen war, sich auszumalen, von ihm geliebt zu werden. Da er von Natur aus hart und rücksichtslos und körperlich so stark war, würde er eine Frau im Bett sicher rauh nehmen. Zumindest hoffte sie das.

Sie wollte ihn. Und mehr als einmal hatte sie ihm deutlich zu verstehen gegeben, daß er nur den kleinen Finger zu heben brauchte, um sie zu bekommen. Aber er hatte sie stets ignoriert.

Ihr Blick wanderte zu der nahezu leeren Whiskeyflasche, und sie lächelte. Betrunken. Er würde nicht die Kraft haben, sich gegen sie zu wehren.

Sie sah, daß sein Kopf vornüber sackte und schließlich auf die Schreibtischplatte sank. Wie gewöhnlich nahm er sie nicht zur

Kenntnis. Heute abend lag es am Alkohol, aber normalerweise ignorierte er sie absichtlich, ebenso, wie er ihre Mutter und seinen Vater ignorierte. Sein Desinteresse an ihren Eltern konnte sie verstehen. Emily, ihre seit langem leidende Mutter, hatte sich fast zu einer Art Heiligen entwickelt und war allein aus diesem Grund entsetzlich langweilig. Ihr Vater war ein verbitterter alter Mann, der sein Zimmer nicht verlassen hatte, seit sie alle zu Sloan gezogen waren. Seine Gesundheit war vor vielen Jahren zerstört worden, als sein Liebling David nicht mehr zurückgekehrt war.

Aber warum sollte Sloan *sie* ignorieren?

Sie war achtzehn Jahre alt und mit ihrem schwarzen Haar und den violetten Augen eine Schönheit. Jeder sagte das.

Ihre Hand glitt von ihrem Haar zu ihren Brüsten, und sie strich liebkosend über die rubinrote Seide ihres Abendkleides. Das Kleid hatte ursprünglich schulterfrei sein sollen, aber ihre Mutter hatte auf diesem lächerlich sittsamen Ausschnitt bestanden.

Cally zuckte mit den Schultern. Es kam nicht darauf an. Der schlichte Stil ihrer Kleider hatte noch nie ein Hindernis dargestellt. Die meisten Männer fanden die Art, wie ihre Brüste sich unter dem Miederstoff wölbten, verlockend genug. Und die meisten hatten keine Schwierigkeiten, den Weg unter ihre Röcke zu finden. Nur Sloan widerstand ihr.

Ohne den Blick von ihm zu wenden, schob Cally einen Finger unter den Stoff ihres Dekolletés, um die harte Spitze ihrer Brust zu streicheln. Sie brauchte nur an heute abend zu denken. Ihre Brüste pulsierten noch heftig von den Liebkosungen, die Peter ihr im Garten der Alexanders hatte zuteil werden lassen. Natürlich hatte sie ihm nicht erlaubt, weiterzugehen. Die Zeit war noch nicht reif. Er durfte nicht auf die Idee kommen, daß sie so leicht zu haben wäre. Außerdem wollte sie ihn eigentlich gar nicht.

Sie wollte Sloan, und heute abend würde sie ihr Ziel erreichen.

Sie schob sich von der Wand und durchquerte das Zimmer. Sie legte beide Hände auf seine Schultern und rüttelte ihn. »Sloan! Sloan, wach auf!«

»Was?« Er hob den Kopf und versuchte zu erkennen, wer zu ihm sprach, schien aber seine Augen nicht mehr auf einen bestimmten Punkt richten zu können.

»Sloan, ich kriege mein Kleid nicht auf. Würdest du mir bitte helfen?«

Er hörte eine süße, atemlose Stimme dicht an seinem Ohr, roch den Duft eines schweren Parfüms, aufreizend und erotisch. »Was?«

»Mein Kleid, Sloan. Mach bitte die Häkchen auf.«

Der Raum schien dunkler zu sein als noch vor kurzem, und er drehte sich seltsam vor Sloans Augen. Blindlings tasteten seine Hände nach vorn, aber statt Kleiderhaken zu berühren, trafen sie auf Haut – weiche, seidige Frauenhaut.

»Oooh, das fühlt sich so gut an!«

Sie hat recht, dachte er. Nichts konnte einen Mann besser von seinen Sorgen ablenken als das Fleisch einer Frau. Er ließ seine Hand über ihren Rücken streichen und spürte ihr Erschauern. Dann senkte sich der anschmiegsame Körper der Frau auf seinen Schoß, und ihm wurde bewußt, daß sein Kopf schmerzte.

»Hier, Sloan. Hier mußt du reiben.«

Er konnte das leise Schnurren einer Stimme hören, die ihm Anweisungen gab, und er folgte ihren Wünschen. Seine Hände glitten über die warmen, weichen Rundungen, bis sie zwei üppige Brüste umschlossen. Fast mechanisch preßten seine Hände die prallen Kugeln. Sex war für ihn ein Akt geworden, den er ohne zu denken ausführte.

Er hörte das Rascheln von Seide, und ihm wurde klar, daß die Frau ihr Kleid bis zur Taille hinuntergeschoben hatte.

»Sloan, o mein Gott, Sloan . . . Ich möchte deine Lippen überall auf meinem Körper spüren, genauso, wie ich es mir immer erträumt habe.«

Die Frau schmiegte sich in seine Arme, und er nahm, was ihm geboten wurde. Vielleicht war das alles, was er brauchte, durchzuckte es ihn flüchtig und verschwommen. Eine Frau. Er traf mit den Lippen auf eine harte, steil aufgerichtete Brustwarze und begann zu saugen. Als er den leidenschaftlichen Schrei der Frau hörte, saugten seine Lippen härter, intensiver. Das war es, was er brauchte! O Gott, ja! Seine Hände schoben sich unter ihren Rock und die Petticoats und begannen, ihr Höschen aufzuknöpfen.

Er brauchte es, aber . . . warum hatte er dann das Gefühl, daß etwas nicht in Ordnung war? Gott, er wünschte, sein Kopf täte nicht so verdammt weh und er könnte klarer denken.

»O Sloan, ich wußte, daß es so sein würde! Ich sehne mich schon so lange nach dir. Du wirst es nicht bereuen. Ich werde alle deine Wünsche erfüllen. Nimm die andere Brust! Küß sie! Fester, bitte fester!«

Er tat bereitwillig, was sie verlangte. Was machte es, wenn er ihr weh tat? Sie wollte es doch . . . und er? Was wollte er? Diese Frau natürlich! Warum fragte er überhaupt? Er hatte festgestellt, daß Frauen vielleicht nicht die Probleme eines Mannes lösten, sie aber zumindest für eine kleine Weile vertreiben konnten. In letzter Zeit allerdings hatten selbst Frauen seinen Schmerz nicht lindern können. Vielleicht würde es bei dieser hier anders sein. Sie schien mehr als willig zu sein und wußte genau, wie sie sich zu bewegen hatte, wie sie ihn berühren mußte.

Seine Zähne kosteten ihr Fleisch, und seine Finger gruben sich in die weiche Wölbung ihres Pos. Ekstatische Seufzer drangen an sein Ohr. Wer war diese Frau? Er sollte es wissen, obwohl er sich im Moment nicht einmal mehr an die Frau erinnerte, die er zuletzt besessen hatte. Wer war es gewesen? Marie? Nein, es mußte Judith gewesen sein. Er versuchte, sich zu erinnern, aber all sein Denken und Fühlen schien sich auf die harte Ausbuchtung zwischen seinen Beinen zu konzentrieren. Diese eine würde er wild und rücksichtslos nehmen, entschied er, und vielleicht, nur vielleicht, würde er sich dadurch eine Art Erleichterung verschaffen.

Ihr Höschen war offen, und seine Hand tauchte zwischen ihre Schenkel und die lockende Wärme und Feuchtigkeit hinein. Noch in seiner Benommenheit spürte er ihr Verlangen, als sie sich in seinen Armen wand und versuchte, seine Hosen abzustreifen und zugleich seine Finger zu berühren.

Aber . . . was war es nur? Irgend etwas stimmte nicht. Er wollte diese Frau nicht!

Etwas fiel krachend zu Boden. »Was war das?«

»Eins deiner albernen Dokumente vermutlich«, murmelte sie. Ihre Finger schlossen sich um seine harte Erektion. »Himmel, Sloan, du bist so groß! Ich wußte es! Du wirst mich in zwei Hälften sprengen, und ich werde es genießen. Du brauchst dich nicht zurückzuhalten.«

Dokument . . . das Dokument . . . Pinkerton . . . der Bericht über Wesley McCord – der Bastard, der seinen Bruder auf dem Gewissen hatte! Mit einer heftigen Bewegung schob er die Frau von seinem Schoß. McCord! Der Mann sollte zur Hölle fahren! Fünfzehn Jahre lang war er durch seine Träume gespukt. Sloan preßte die Fäuste an die Schläfen und hämmerte dagegen, in dem verzweifelten Versuch, das Bild eines lächelnden Wes auszulöschen. Wes lächelte immer.

»Was ist denn das für ein Lärm, Sloan? Ist Cally schon zurückgekommen?«

Sloans Augen öffneten sich, und langsam und vage kam Emily, seine Stiefmutter, in sein Blickfeld. »Cally?« Er rieb sich die Stirn. »Ich weiß es nicht.«

»Cally, was tust du da?«

Eine verdrossene Cally tauchte vom Fußboden auf, schob ihre Arme in die Ärmel ihres Kleides und zog das Mieder hoch. »Nichts, worüber du dich aufregen müßtest, Mutter. Warum gehst du nicht wieder ins Bett?«

Emilys Hand griff wie im Schock an den hohen Stehkragen ihres Morgenmantels, als sie realisierte, daß sowohl Cally als auch Sloan halb ausgezogen waren. »Cally! O Gott im Himmel, wie konntest du nur?«

Sloans Kopf wurde schlagartig kristallklar, als sein Blick den trotzigen violetten Augen seiner Halbschwester begegneten. »Cally?«

»Wir hatten nur ein bißchen Spaß, nicht wahr, Sloan? Kein Grund, so ein Theater zu machen.«

Emily stand kerzengerade und stocksteif vor ihnen. »Ich glaube, du gehst jetzt lieber ins Bett, junge Dame.«

Cally stemmte herausfordernd die Hände in die Hüften. Ihre Brüste, noch geschwollen von Sloans Liebkosungen, drohten aus dem Ausschnitt ihres noch immer nicht geschlossenen Oberteils zu quellen. »Ich gehe nur, wenn Sloan es von mir verlangt, und ich glaube nicht, daß er mich jetzt wegschicken will.« Sie trat zu ihm und legte besitzergreifend eine Hand auf seine Schulter. »Oder?«

Er stieß ihre Hand weg. »Geh mir aus den Augen.«

»Sloan!«

»Cally, um deiner eigenen Sicherheit willen – geh mir aus den Augen!«

Ein Ausdruck kindischer Wut erschien auf ihrem Gesicht und löschte alle Schönheit aus, die sie noch wenige Minuten zuvor besessen hatte. »Na schön. Ich gehe – für heute.« Sie stürmte aus dem Zimmer und knallte die Tür hinter sich zu.

Emilys schmales Gesicht, das noch blasser als sonst war, wirkte fast wächsern in dem dämmerigen Zwielicht. »Es tut mir leid, Sloan. Ich weiß nicht, was ich sagen soll.«

Er rieb mit Daumen und Zeigefinger seine Augen, um den pochenden Schmerz aus seinem Kopf zu vertreiben. »Du mußt überhaupt nichts sagen. Es gibt nichts, wofür *du* dich zu entschuldigen brauchst.«

Ihre Hand flatterte kurz zu ihrer Kehle und sank dann wieder herab. »Sie ist meine Tochter.«

»Und sie ist meine Halbschwester, Gott steh mir bei.«

»Sloan . . .«

Er schob sich vom Schreibtisch zurück und stand auf. »Nicht jetzt, Emily. Ich fühle mich nicht besonders wohl. Ich glaube, es wird Zeit, daß ich mich zurückziehe.«

»Was wirst du tun?«

Ein Anflug von Überraschung trat in seine Augen, aber seine Stimme verriet nur große Müdigkeit. »Das habe ich dir doch gesagt. Ich gehe ins Bett.«

»Das habe ich nicht gemeint. Was wirst du wegen Cally tun?«

»Cally? Gar nichts, natürlich. Gute Nacht, Emily.«

Auf den Tag genau eine Woche später klopfte es um zehn Uhr abends an die Tür zu Sloans Bibliothek.

Emily kam auf sein ›Herein‹ zaghaft in den Raum und trat zu ihm an den Schreibtisch.

Sloan legte die Unterlagen beiseite, die er studiert hatte, und lehnte sich in seinen Sessel zurück. »Was kann ich für dich tun, Emily? Möchtest du dich nicht setzen?«

Seit der Nacht, in der sie Cally bei ihm entdeckt hatte, hatte er nicht wieder mit ihr gesprochen. Er nahm die Mahlzeiten nur selten mit seiner Familie ein, war Emily also nicht absichtlich aus dem Weg gegangen. Er mochte sie – so sehr er überhaupt jemanden mochte. Sein Vater hatte sie geheiratet, als Sloan elf Jahre alt war, und sie hatte ihnen ein schönes Heim geschaffen. Besser als irgend jemand sonst wußte er, wie hart ihr Leben an der Seite seines Vaters gewesen war.

»Ich möchte lieber stehen, wenn es dich nicht stört.«

Er neigte leicht den Kopf. »In Ordnung.«

Emily räusperte sich. Es fiel ihr schwer, mit Sloan zu reden. Er war ein furchteinflößender Mann, und etwas Dunkles, Unheimliches ging von ihm aus – etwas, das sie früher nicht an ihm gekannt hatte. »Sloan« – ihre Hand spielte nervös mit der Kameebrosche an ihrem Stehkragen – »ich muß dir etwas sagen.«

»Falls es Cally betrifft, ist es überflüssig. Ich verlasse euch morgen, wie du weißt.«

»Ich – ich weiß, und deshalb muß ich dir sagen . . .«

»Es wäre mir lieber, du tätest es nicht, Emily. Ab morgen werde ich aus eurem Leben verschwunden sein.«

»Das ist es ja. Du solltest nicht gehen.« Emily rang die Hände. Wenn sie nur unbefangener mit Sloan sprechen könnte! Wenn sie dieses Geheimnis vor Jahren nur nicht so tief in sich vergraben hätte, daß es jetzt fast unmöglich erschien, es wieder zum Vorschein zu bringen. »Sloan . . . Cally ist nicht deine Schwester.« Sie wagte es, ihn anzusehen, aber er zeigte keinerlei Reaktion und ließ ihr keine andere Wahl, als fortzufahren. »Vor Jahren gab es in meinem Leben einen anderen Mann. Es hat nicht lange gedauert, aber . . .« Ihre Stimme drohte zu brechen.

»Du mußt mir das nicht erzählen.«

»Doch, ich muß«, rief sie mit mehr Leidenschaft, als Sloan ihr je zugetraut hätte. »Was aus Cally geworden ist, ist allein meine Schuld. Siehst du, es gab für mich nie einen Zweifel, wessen Kind sie war. Dein Vater hat nicht . . . nun . . .«

»Emily, bitte, warum tust du dir das an?«

»Ich muß es loswerden. All diese Jahre hatte ich ein solches Schuldgefühl, und aus diesem Grund habe ich Cally fast ihr ganzes Leben lang von mir gestoßen. Sie wußte, daß etwas nicht in Ordnung war. Sie muß es gewußt haben. Ein Kind spürt, wenn es nicht geliebt wird. Dein Vater und ihr Vater sind nicht ein und derselbe Mann. Aber erst – erst in den letzten Monaten, als sie von der Schule nach Hause kam, habe ich begriffen, was ich ihr angetan habe. Es wird Zeit, daß ich mich der Verantwortung für meine Tochter stelle. Ich bete darum, daß es nicht zu spät ist. Aber selbst wenn – du brauchst dir ihretwegen keine Gedanken zu machen. Sie wird dich nicht wieder belästigen.«

»Ich mache mir keine Gedanken.«

»O Sloan, ich kann den Gedanken einfach nicht ertragen, daß

es Cally ist, die dich von hier vertreibt. Das hier ist *dein* Zuhause. Als du nach dem Krieg nach New York kamst, hättest du uns keinen Platz in deinem Heim anzubieten brauchen, aber du hast es getan. Und wenn jetzt irgend jemand gehen sollte, dann müssen wir das.«

Sloan stand auf und ging zu ihr. Mit dem Rücken lehnte er sich an den Schreibtisch; die Hände verschränkte er über der Brust. »Quäl dich nicht länger, Emily. Cally vertreibt mich nicht. Ich gehe, weil ich zu müde bin, um hierzubleiben.«

»Müde? Wessen bist du müde?«

»Des Lebens, glaube ich. Ich weiß seit langem, daß mein Leben leer und ausgebrannt ist. Jetzt weiß ich, daß auch ich selbst leer bin.«

»Du machst mir Angst, wenn du so redest. Ich erinnere mich noch gut an die Zeit, als du ein Junge warst. Du warst so offen, so lebensfroh.«

»Ich habe mich sehr weit von dem Jungen entfernt, der Texas mit dem Kopf voller Träume verließ.«

»Vielleicht doch nicht so weit, Sloan. Selbst jetzt verurteilst du mich nicht.«

»Wie kann ich dich verurteilen, wenn meine eigenen Sünden so schwer auf mir lasten? Sieh nur, was beinahe mit mir und Cally passiert wäre! Mein Gott – sie ist meine Schwester, auch wenn wir nicht von einem Blut sind!«

»Vielleicht findest du den kleinen Jungen wieder, der so oft und gern gelacht hat.«

Er verzog angewidert das Gesicht. »Ich glaube, von ihm ist nichts übriggeblieben. Er starb vor langer Zeit mit seinem Bruder.«

2

Chango, Colorado

Sloan fuhr abrupt aus dem Schlaf empor, ohne zu wissen, was ihn geweckt hatte. Alle Sinne hellwach und angespannt, griff er nach seinem Revolver und sah sich in dem Hotelzimmer um. Niemand war da. Aber irgend etwas hatte ihn geweckt; dessen war er sich sicher. Er neigte den Kopf und lauschte. Stille. Dann Gelächter, hell und unbeschwert und melodisch.

Sein Blick wanderte zu dem offenen Fenster, in die Richtung, aus der das Gelächter erklungen war. Sein Zimmer lag im ersten Stock an der Rückseite des Hotels, und der unheilverkündend graue Himmel, den er durchs Fenster sah, verriet ihm, daß die Regengüsse im Moment zwar aufgehört hatten, aber sicher bald wieder einsetzen würden.

Wieder ertönte das Lachen.

Mit einer geschmeidigen Bewegung rollte Sloan sich vom Bett und schlenderte zum Fenster. Unter ihm, in der Mitte eines schlammigen Korrals, saß eine junge, rothaarige Frau auf einem ungesattelten Rotfuchs. Sie trug eine weiße Bluse, die am Kragen offenstand, und einen dunkelbraunen Reitrock, der sich über ihren Stiefeln bauschte und knapp oberhalb der Knöchel endete. Ihr Haar war zu einem dicken, schimmernden Zopf geflochten, der bis zu ihrer Taille herabbaumelte und mit einer himmelblauen Schleife verziert war. An ihrem Hals glitzerte eine dünne Goldkette, an der ein winziger Anhänger hin und her tanzte.

»Verdammt, Patrick, hör auf, so albern zu grinsen. Ich kann es!«

»Na sicher«, erwiderte der junge Mann, den sie Patrick genannt hatte, so gedehnt, daß selbst Sloan die Provokation erkannte. Dieser Patrick war groß und schlank und lehnte mit lässiger Grazie an dem Gatter des Korrals.

»Das war eine Herausforderung, stimmt's?« fragte die junge Frau.

Den Revolver noch immer in der Hand, beugte Sloan sich ein wenig vor, um die beiden besser zu sehen.

»Ich weiß es besser, um dich herauszufordern, Brianne.«

Brianne. Sloan wiederholte den Namen nachdenklich. Ein interessanter Name; vermutlich irisch. Das würde auch ihr rotes Haar erklären, das selbst an einem trüben Tag wie heute wie die Mittagssonne zu erstrahlen schien.

»Es *war* eine Herausforderung«, wiederholte sie und funkelte Patrick an. Sie beugte sich vor, um ihrem Pferd auf den Hals zu klopfen. »Dem werden wir's zeigen, was, Dancer?«

Wie zur Antwort peitschte das Pferd mit dem Schweif hin und her, offenkundig bereit, alles zu tun, was seine junge Herrin verlangte. Sie schwang ein Bein über den Sattel, so daß sie seitlich auf dem Rücken des geduldigen Tieres saß. Ohne den Blick von Patrick zu wenden, der immer noch frech grinste, hob sie einen Fuß, streifte den Stiefel ab und schleuderte ihn mit erstaunlicher Zielsicherheit in Richtung Gatter. Patrick konnte sich gerade noch rechtzeitig ducken. Ein Strumpf folgte dem Weg, den der Stiefel genommen hatte, dann kamen der zweite Strumpf und Stiefel. Patrick gelang es, auch den anderen Wurfgeschossen auszuweichen.

Brianne schwang sich wieder rittlings auf ihr Pferd und trieb es zu einem leichten Galopp über den aufgeweichten Boden des Korrals an. »Los, Dancer.« Zu Patrick gewandt, rief sie: »Du hast mein Geld. Jedesmal, wenn ich eine Runde geschafft habe, legst du einen Dollar von meinem Geld zu einem Dollar von deinem Geld. Wenn ich fünfzig Runden schaffe, gehört das Geld mir.«

»Und wenn nicht, bin ich um fünfzig Dollar reicher.«

»An deiner Stelle würde ich das Geld noch nicht ausgeben, Patrick.«

Beide Hände auf den Rücken des Pferdes gelegt, beugte sie sich vor, wartete kurz, um sich dem Rhythmus des Tieres anzupassen, und stand dann vorsichtig auf.

Sloan konnte erkennen, daß Brianne eine hervorragende Reiterin war, und er nahm an, daß es ihr unter normalen Umständen keine Schwierigkeiten bereitet hätte, auf dem Rücken eines Pferdes zu stehen. Aber nach den heftigen Regengüssen war der Boden schwer und schlammig, und gerade dieser matschige Untergrund schien eine Herausforderung für sie darzustellen. Ihr Pferd hatte bereits Probleme mit dem Setzen der Füße, und ein glatter Galopp war unmöglich.

Die Hände links und rechts ausgestreckt, um die Balance zu halten, das Gesicht ein Muster an Konzentration, die bloßen Füße auf dem Rücken des Pferdes, umkreiste Brianne den Korral.

Patrick setzte sich zwischen zwei Zaunpfosten. Auf den einen legte er seinen Hut, die Öffnung nach oben, auf den anderen einen Stapel Dollarnoten. In der Hand hielt er noch mehr Geld.

Als Brianne an ihm vorbeiritt, rief sie ihm zu: »Das macht einen Dollar!« Ohne etwas darauf zu erwidern, nahm Patrick einen Dollar aus seiner Hand, einen von dem Stapel auf dem Zaunpfosten, und legte beide Geldscheine in seinen Hut.

Als sie das nächste Mal an ihm vorbeiritt, wiederholte er den Vorgang, und sie rief ihm fröhlich zu: »Davon kaufe ich mir einen neuen Hut!«

Patrick verharrte in seinem Schweigen, und Sloan hatte den Eindruck, daß Patricks Weigerung, auf ihr Kunststück zu reagieren, Brianne irritierte. Seine Vermutung erwies sich als richtig, als sie sich darüber auszulassen begann, was für eine Art Hut sie sich wünschte.

»Mit Federn!«

»Und einem blauen Satinband, das ich unter dem Kinn zubinden kann!«

Patrick legte Geldschein auf Geldschein in den Hut.

»Und einem Vogel obendrauf!«

»Gute Idee, Brianne«, stimmte Patrick friedfertig zu. »Ich könnte ein Ziel für Schießübungen gut gebrauchen.«

Sloan, der seinen Beobachterposten nicht verlassen hatte, ertappte sich dabei, daß er über das Spiel der beiden lächelte. Ihr Humor und ihre Energie waren erfrischend. Vor allem Brianne fesselte seine Aufmerksamkeit. Nachdem er Gelegenheit hatte, sie genau zu betrachten, stellte er fest, daß sie eine ungewöhnlich schöne Frau war. Sie wirkt so lebendig, dachte er und wunderte sich dann, warum er gerade dieses Wort gewählt hatte.

Die feuchte Luft ließ ihre Kleidung an ihrem Körper kleben und enthüllte hochangesetzte, volle Brüste, eine schmale Taille und schlanke Hüften. Unter ihrem Rock zeigten sich Füße mit gutgeformten Fesseln. Als unvermittelt ein einzelner Sonnenstrahl durch die schwere Wolkendecke brach, verwandelte sich ihr Haar in geschmolzenes Kupfer.

Das leise Regen in seinen Lenden traf ihn völlig unerwartet. Er hatte immer sorgfältig darauf geachtet, seine Aufmerksamkeit eher auf einen reiferen Typ Frau zu richten. Die Erfahrung hatte ihn gelehrt, daß sie wesentlich ungefährlicher und unendlich viel anregender waren. Aber vermutlich gab es für dieses kurze Aufwallen von Begehren, das er beim Anblick der jungen Frau dort unten empfunden hatte, gute Gründe. Schließlich war es mehrere Wochen her, seit er zum letztenmal eine Frau gehabt hatte.

»Jetzt sind es fünfzehn Runden, oder?« rief Brianne Patrick zu.

»Nein, zehn.«

»Es sind fünfzehn, und das weißt du genau!«

»Du hast doch nie richtig Zählen gelernt.«

»Patrick Delaney, du bist ein gemeiner Lügner!« Ihre Empörung beeinträchtigte ihre Konzentration, und sie mußte wild mit den Armen rudern, um ihr Gleichgewicht wiederzuerlangen. Als sie wieder fest auf beiden Beinen stand, schüttelte sie drohend die Faust. »Du verdammter Mistkerl!«

»Ts ts ts, was ist denn das für eine Ausdrucksweise aus dem Mund meiner kleinen Schwester?«

»Ich bin nur fünfeinhalb Minuten jünger als du – wie du sehr gut weißt.«

Patrick zuckte die Achseln und warf zwei weitere Dollarnoten in den Hut.

Sie waren also Geschwister, noch dazu Zwillinge. Interessant, dachte Sloan.

Er beobachtete, wie Brianne sich wieder ihrem Bruder näherte und einen Finger hob, um eine neue Eingebung zu verkünden. »Ein neues Kleid!«

Wie zuvor fügte sie bei jeder Runde ein weiteres Detail hinzu. Mit einem breiten Lächeln rief sie: »Ein rotes!«

»Was, du in einem roten Kleid? Da wird man ja farbenblind, Brianne.«

»Na wenn schon! Und es muß aus Seide sein.«

»Mit Perlen und Spitzen!«

»Wie die Kleider, die die leichten Mädchen im ›Hell's Bluff‹ tragen!«

Patrick wartete, bis sie die nächste Runde fast vollendet hatte, und bemerkte dann betont lässig: »Also, die leichten Mädchen, die mir im ›Hell's Bluff‹ am liebsten sind, tragen praktisch gar nichts.«

Briannes überraschter Blick flog zu ihm hinüber. Sie öffnete den Mund, um etwas zu erwidern, aber im selben Moment kam ihr Pferd aus dem Tritt, und Brianne verlor das Gleichgewicht. Sloan hatte damit gerechnet, daß sie genug Übung besaß, um mit den Beinen zuerst aufzukommen, aber in diesem Fall versagte sie. Statt auf den Füßen zu landen, plumpste sie mit lautem Platschen auf dem Hosenboden, und ein Schlammregen ergoß sich über Kleid, Gesicht und Haar.

Sloan wartete gespannt auf den Wutanfall, der zwangsläufig folgen mußte. Aber nach kurzem, verdutztem Schweigen brach

Brianne in das helle, fröhliche Gelächter aus, das ihn vorhin geweckt hatte. Patrick fiel ein, und bald bogen sich die beiden vor Lachen.

Sloan konnte den Blick nicht von ihnen wenden. Während er lauschte, versuchte er sich zu erinnern, wie lange es her war, seit er ein so ungezwungenes, befreiendes Lachen gehört hatte. Ganz gewiß nicht in dem Haus in New York, das sein Heim war. Die Nachricht von Davids Tod hatte seinem Vater schlagartig jede Lebensfreude genommen und einen enttäuschten, verbitterten Mann aus ihm gemacht. Nicht einmal die Tatsache, daß Sloan von einem zufällig Vorbereitenden aufgelesen und unversehrt zu ihm gebracht worden war, hatte ihn trösten können. Die Gleichgültigkeit seines Vaters hatte wehgetan – aber es war das letzte Mal gewesen, daß ein anderer ihm, Sloan, Schmerz zugefügt hatte.

Und das spröde, harte Lachen der Frauen, mit denen er zusammentraf – nein, dachte er, er konnte sich wirklich nicht erinnern, wann er zum letztenmal ein frohes, unbefangenes Lachen gehört hatte.

Er wandte sich vom Fenster ab und trat ans Bett, wo er ein wenig gedöst hatte. Er legte den Revolver in bequemer Reichweite auf den Nachttisch, fiel auf das Bett und dachte über die Ereignisse der vergangenen Wochen nach.

Der Vorfall mit Cally hatte ihn wachgerüttelt und aus seiner Untätigkeit gerissen. Eine volle Woche mit vierundzwanzig Stunden Arbeit am Tag hatte er damit verbracht, seine Angelegenheiten zu ordnen. Für jede Eventualität hatte er genaue Anweisungen gegeben, einschließlich der seines Todes.

Dann war er auf sein Pferd gestiegen und hatte den Weg nach Westen eingeschlagen, ein bestimmtes Ziel vor Augen – Chango, eine Stadt im Südosten des Territoriums von Colorado – und einer festen Absicht im Herzen – Rache an Wes McCord.

Mit der Bahn wäre die Reise erheblich leichter gewesen, aber er hatte sich bewußt dafür entschieden, die gesamte Strecke auf

Demon, seinem großen schwarzen Hengst, zurückzulegen. In all den Jahren hatte er sich durch regelmäßige Besuche von Gentleman Jim's Boxhalle in Form gehalten, und Aufenthalte auf seinem Besitz in New Jersey zum Schießen und Jagen hatten seinen Umgang mit jeder Art Waffe perfektioniert und ihn im Sattel geschmeidig bleiben lassen. Die Reise von New York nach Chango hatte seine Kraft und Ausdauer verstärkt.

Er war spät am Abend, mitten in einem heftigen Frühlingsschauer, in Chicago eingetroffen. Als er von Süden in die Stadt einritt, vorbei an der Kirche und dem Schulhaus, war sein erster Eindruck gewesen, daß Chango sich nicht im geringsten von dem Dutzend anderer Western-Städte, durch die er gekommen war, unterschied.

Die meisten Geschäfte befanden sich auf der breiten Hauptstraße. Kastenförmige Gebäude mit einem oder zwei Stockwerken säumten die Straße, viele davon mit falschen Fassaden. Im östlichen Teil der Stadt, hinter den Geschäften, erhoben sich Hütten und kleinere Häuser, dahinter eine Reihe von Zelten.

Mitten im Zentrum der Stadt stand ein großer, zweistöckiger Bau, das ›Duke Hotel‹. Es hatte eine breite Veranda, die rund um das Gebäude verlief, war mit zahlreichen kleinen Kuppeldächern geschmückt und offensichtlich einmal ein vornehmes Wohnhaus gewesen.

Auf der gegenüberliegenden Straßenseite, etwa sechs Häuser weiter, befand sich das Büro von Wes McCord. Wegen der strategisch günstigen Lage des ›Duke Hotels‹ hatte Sloan beschlossen, es zu seinem Hauptquartier zu machen. Mit dem befriedigenden Wissen, daß er von hier aus McCords Büro gut im Auge behalten könnte, hatte er Demon in einem Mietstall untergebracht, sich selbst ein Zimmer genommen und sich sofort ins Bett gelegt. Am nächsten Morgen war er schon früh auf den Beinen, schlenderte durch die Straßen von Chango und machte sich mit dem Grundriß der Stadt und mit ihren Einwohnern vertraut. Und er stellte Fragen. Bis jetzt hatte er nur herausgefunden, daß Wes zur Zeit nicht im Ort war, aber jeden Tag zurückerwartet wurde.

Die Bürger von Chango wurden merkwürdig schweigsam, sobald das Gespräch auf Wes McCord kam, aber während der letzten fünfzehn Jahre hatte Sloan gelernt, geduldig zu sein, und er konnte es sich leisten zu warten. Er war absolut zufrieden mit der Gewißheit, daß sein Wunsch nach Rache sich bald erfüllen sollte und seine Hölle endlich ein Ende nehmen würde.

Denn er war nach Chango gekommen, um zu sterben . . . und um Wes McCord mit sich zu nehmen.

Mrs. Potter, die Besitzerin des ›Duke Hotels‹, hatte Brianne gegenüber besonderes Gewicht auf die Tatsache gelegt, daß das Zimmer, das sie während der zwei Tage, die sie mit Patrick in Chango bleiben würde, allein Damen vorbehalten wäre. Die Gründe dafür waren Brianne sofort klar, als sie das Zimmer betrat. Der apfelgrüne Samt, mit dem das geschwungene Sofa bezogen war, war Ton in Ton abgestimmt zu dem Grün der Batistvorhänge, die in uppiger Fülle das Bett umwogten. An der Wand gegenüber von den Fenstern standen eine Kommode mit Spiegel und ein dazu passender Schrank. Der Kamin war mit blauem und grünen Cloisonné verkleidet, und in der Ecke befand sich ein japanischer Wandschirm.

Das Zimmer lag an der Rückseite des Hotels, und als sie durch die Spitzengardinen des Fensters spähte, fiel ihr Blick auf den Korral, wo sie ihre schmähliche Niederlage erlitten hatte. Sie lächelte. Aber Spaß hatte es trotzdem gemacht! Und es hatte sich gelohnt, trotz des Schlammbads.

Auch die unzähligen Streitgespräche, die sie mit ihren Großeltern hatte führen müssen, um ihnen die Erlaubnis zu der Reise nach St. Louis – zu Pferd und allein mit Patrick – abzuringen, hatten sich gelohnt. Sie hatte darauf hingewiesen, daß ihr viel zuviel entgehen würde, wenn sie auch nur einen kleinen Teil der Strecke in einer übelriechenden Kutsche oder einem schnellen Zug zurücklegen müßte. Auf ihrer ersten Reise gen Osten könnte sie es einfach nicht ertragen, in irgendein Transportmittel verfrachtet zu werden. Patrick, der genauso dachte wie sie und darauf brannte, einige Zeit mit seiner Zwillingsschwester zu verbringen, hatte sie in ihren Argumenten unterstützt.

Im Lauf der Jahre hatten sie und Patrick fast alles miteinander geteilt, während sie frei und ungebunden das Gebiet von Killara durchstreiften und in genug Klemmen gerieten, um ihre Großeltern und Onkel ständig auf Trab zu halten. Sie waren unzertrennliche Gefährten gewesen.

Und dann vor drei Jahren, als Patrick von seiner Expedition nach Kantalan, einer antiken, untergegangenen Stadt, zurückgekehrt war, hatte er mehr Reichtümer mitgebracht, als man sich hätte erträumen können. Außerdem war er der Vormund von Kevin, Rising Stars Neugeborenem, und von Silver Dove, ihrer wilden, stürmischen Kusine, geworden, die heute ein Schulmädchen von achtzehn Jahren war.

Brianne mußte unwillkürlich auflachen, als sie an Silver dachte. Einer der Gründe für ihre Reise bestand darin, daß Silver sich auf der Schule wieder einmal in Schwierigkeiten gebracht hatte, aus denen ihr Patrick als ihr Vormund heraushelfen sollte.

Patrick trug mehr Verantwortung als die meisten Männer im Alter von einundzwanzig Jahren. Immer häufiger war er fort von Killara und ließ eine unglückliche und ruhelose Brianne zurück. Und jedesmal, wenn er wieder heimkehrte, gab es neue Unternehmungen zu überdenken, neue Projekte zu beginnen, alte abzuschließen.

Brianne war stolz darauf, was Patrick aus sich gemacht hatte, aber sie hatte etwas gegen alle seine Tätigkeiten, die dazu führten, daß ihrem Bruder immer seltener ein Lächeln zu entlocken war. Um ihm zu helfen, hatte sie begonnen, sich um seine Buchhaltung zu kümmern und dafür zu sorgen, daß seine

Korrespondenz auf dem laufenden blieb – beides Verpflichtungen, die Patrick verabscheute.

Ein Liedchen vor sich hin trällernd, wandte Brianne sich nun um und schlenderte zur Kommode. Diese Reise hatte bisher alle ihre Hoffnungen erfüllt und ihnen beiden die Gelegenheit gegeben, wieder zusammenzusein, wie in den guten alten Zeiten.

Und in ein paar Wochen würden sie in St. Louis sein. Hoffentlich waren Elspeth und Dom schon von den Indian Mounds zurück, wenn sie und Patrick eintrafen. Es wäre herrlich, sie wiederzusehen, und natürlich Silver.

Sie warf einen Blick in den Spiegel und schnitt ein Gesicht. Dunkelbrauner Schlamm zierte Gesicht, Arme und Beine und klebte in ihrem Haar. Sie hatte versucht, einiges davon mit dem Schwamm auszuwaschen, aber für eine vollständige Reinigung brauchte sie ein Bad.

Mit einem Achselzucken wandte sie sich um, um die drei Kleider, die ausgebreitet auf dem Bett lagen, zu begutachten und zu entscheiden, welches sie heute zum Dinner anziehen sollte. Ihr Schrank in Killara quoll von schönen Kleidern über, und Malvina hatte sie überreden wollen, mindestens die Hälfte davon einzupacken, um in St. Louis in voller Pracht zu erstrahlen.

Patrick hatte seine Schwester gerettet, indem er ihre Großmutter daran erinnerte, daß sie zu Pferd nur mit leichtem Gepäck reisen könnten. Brianne war selig gewesen; sie interessierte hauptsächlich, daß sie ihren Skizzenblock und Kohlestifte dabei haben würde. Und sie hatte Malvina besänftigt, indem sie ankündigte, in St. Louis einen ganzen Berg Kleider zu kaufen und per Schiff heimbringen zu lassen.

Sorgfältig betrachtete sie ein Kleid nach dem anderen. Da war einmal das schlichte braune Kleid, das Malvina ihr empfohlen hatte, da es, wie sie sagte, auf einer Reise sehr praktisch wäre. Dann eines in leuchtendem Smaragdgrün, von dem Patrick behauptete, daß es ihre Augen erstrahlen ließe wie die Kantalan-Smaragde, die er ihr geschenkt hatte, und das sie zu Hause praktisch jeden Abend zum Dinner trug. Und schließlich noch das blaßrosa Seidenkleid mit dem viereckigen Ausschnitt, eines von Briannes Lieblingsstücken. Der Farbton sprach ihr Künstlerauge an, eine zarte Schattierung, nicht ganz Rosa, nicht ganz pfirsichfarben, sondern eine Kombination aus beidem. Sie würde das rosa Kleid tragen, beschloß sie.

Sloan drückte auf die Türklinke zum Bad und stieß die Tür auf. Im selben Moment hörte er den Riegel nachgeben, dann zu Boden fallen. Einen Fuß bereits in der Tür, ließ ihn ein überraschender Anblick zögern – aus der weißen Porzellanwanne mit den Löwenklauenfüßen erhob sich die junge Frau, die er vor einer Stunde im Schlamm hatte landen sehen – Brianne.

Plötzlich mit einem Wildfremden im Bad konfrontiert, griff Brianne hastig nach einem Handtuch und bedeckte ihre Blößen, so gut es ging.

»Verzeihung, aber das Bad ist besetzt«, sagte sie und erwiderte furchtlos seinen Blick. Vor sich sah sie einen großen, muskulösen Mann mit harten, fesselnden Gesichtszügen. Er trug braune Hosen und ein weißes Hemd, und in dem Halfter um seine Hüfte steckte ein Revolver; nichts Ungewöhnliches im Westen. Tatsächlich verspürte Brianne weniger Angst als Verlegenheit und Ärger über sein unvermutetes Eindringen. Sie wartete darauf, daß er sich entschuldigte und ging, aber die Zeit verrann, ohne daß er ein Wort sagte oder Anstalten machte, den Raum zu verlassen.

»Verzeihung«, wiederholte sie. »Sie müssen später wiederkommen.«

Die wenigen Sekunden, die es dauerte, bis sie nach dem Handtuch gegriffen hatte, hatten Sloan einen flüchtigen Blick auf ihren verführerischen jungen Körper gestattet. Sein Zögern dauerte nicht länger an. Er betrat das Badezimmer, warf die Tür mit einem Fußtritt ins Schloß und lehnte sich mit dem Rücken an die Füllung, umhüllt von zartem Rosenduft, der ihm entgegenschlug, einem Duft, der nicht schwer und betäubend, sondern leicht und verlockend war.

Er verspürte einen Anflug von Bewunderung für Brianne. In einer Situation, die die meisten Frauen als schockierend und bedrohlich empfunden hätten, reagierte sie mit kühler Selbstsicherheit. Tatsächlich erinnerte ihre gebieterische, königliche Haltung eher an eine Prinzessin als an den lebhaften Wildfang, den er vorhin im Korral beobachtet hatte.

»Leider habe ich die feste Absicht, noch vor dem Dinner ein Bad zu nehmen«, verkündete er. »Vielleicht darf ich mich Ihnen anschließen?« Im Kamin brannte ein helles Feuer, das den Raum mit angenehmer Wärme und einem weichen goldenen Schimmer erfüllte. Eine Petroleumlampe sorgte für zusätzliche Beleuchtung, aber in Sloans Augen schien alles Licht im Raum von der jungen Frau in der Badewanne auszugehen.

Brianne schäumte innerlich vor Wut. Wie konnte er es wagen? Die Stimme des Mannes klang tief und arrogant . . . und irgendwie erregend. Doch sie beherrschte sich. »Ich habe für ein Privatbad bezahlt«, erwiderte sie von oben herab. »Jedem Menschen mit auch nur einem geringen Grad an Intelligenz sollte klar sein, daß hier ein Irrtum vorliegt.«

»Ja, aber manchmal, wenn man sehr clever ist, kann sich ein Irrtum als Vorteil erweisen.«

»In diesem Fall ganz gewiß nicht, das können Sie mir glauben.« Brianne brauchte nicht an sich hinunterzusehen, um zu wissen, daß das Handtuch ihren Körper nur von den Brüsten bis zu den Oberschenkeln bedeckte. Sie streckte einen Arm aus und versuchte, ein zweites Handtuch zu erreichen, das zusammengefaltet auf einem kleinen Tisch mit Marmorplatte lag. Da das Handtuch, das sie sich vorhielt, sofort verrutschte, mußte sie ihren Versuch leider aufgeben.

Sloan stieß sich von der Tür ab, schlenderte langsam auf sie zu und blieb erst stehen, als er dicht vor ihr stand, so dicht, daß er ihr das Handtuch mit einem Griff vom Leib hätte reißen können.

Ihre Finger verkrampften sich um den Stoff, und sie machte eine Kopfbewegung in Richtung Tür. »Raus!«

Kein Zweifel, die Lady war es gewöhnt, daß ihre Wünsche erfüllt wurden. Nun, das war er auch.

Mit einer Trägheit, die darauf angelegt war, sie aus der Fassung zu bringen, ließ er seinen Blick über sie gleiten. Ihr Haar war feucht und lag in dunkelroten Wellen auf ihrer Haut. Ihre Augen waren von einem tiefen Grün und blitzten ihn wutentbrannt an. Ihre Haut schimmerte in einem weichen Pfirsichton. Auf ihren Schultern und ihrem Dekolleté perlten Wassertropfen, als ob es ihnen widerstrebte, diese köstlichen Stellen zu verlassen. Er unterdrückte das Verlangen, sich vorzubeugen und einen Wassertropfen nach dem anderen abzulecken. Als sein Blick weiter nach unten wanderte, stellte er fest, daß ihre üppigen Brüste auf jeder Seite des Handtuchs ein wenig hervorlugten.

Eine Reihe weißer Narben zeichnete ihren linken Unterarm. Statt die Vollkommenheit ihres Körpers zu zerstören, schienen sie die Frau nur noch interessanter zu machen.

Ja, entschied er, die Situation bot eindeutig eine Unzahl von Möglichkeiten, und jede davon wäre amüsant. Es war lange Zeit her, seit ihn etwas amüsiert hatte. Er hob eine Hand und ließ einen Finger an ihrem Arm hinunterstreichen. Sie wich zurück.

»Ich sage es Ihnen nur noch einmal«, verkündete sie eisig. »Verschwinden Sie!«

»Und wenn ich es nicht mache?« fragte er mit echtem Interesse. Da er mit einem Anfall weiblicher Hysterie gerechnet hatte, überraschte es ihn, als sie ihm ein zuckersüßes Lächeln zuwarf.

»Nun«, erwiderte sie nachdenklich, »ich denke, als erstes würde ich Sie kastrieren.«

Ihre Antwort kam völlig unerwartet, aber seine Reaktion bestand lediglich in dem leichten Hochziehen einer dunklen Augenbraue. »Und dann?«

»Meinen Sie nicht, das reicht?«

Fast unmerklich hoben sich seine Mundwinkel. »Ein Punkt für Sie.«

Er griff nach dem zusammengelegten Handtuch auf dem Marmortischchen und reichte es ihr. Ihre Finger schlossen sich um den Stoff. Sloan hatte die ehrliche Absicht gehabt, das Handtuch loszulassen, aber ein plötzlicher Impuls ließ ihn zögern.

Er war ihr so nah, daß er Details sah, die ihm zuvor entgangen waren. Ihre Haut schimmerte wie kostbares Porzellan; ihre Lippen waren voll und weich. Und ihre Augen glänzten klar und grün wie ein einzigartiger Smaragd. Zugegeben, in ihnen lag eisige Kälte, aber auch ein zorniges Feuer. Unwillkürlich fragte er sich, ob es ihm gelingen würde, diesen Zorn in Leidenschaft zu verwandeln, und im selben Moment beschloß er, es herauszufinden.

Langsam senkte er den Kopf, bis seine Lippen die ihren wie ein Hauch streiften. Sie versuchte, vor ihm zurückzuweichen, aber er ließ das Handtuch fallen und nahm sie bei den Schultern. Ihre feuchte Haut war glatt und seidenweich und noch warm vom Baden.

Sloan verstärkte den Druck auf ihren Mund und teilte ihre Lippen weit genug, um mit seiner Zunge in ihren Mund einzudringen. Sie schmeckte süß und köstlich, und dieser Geschmack löste sofort heftige Empfindungen in ihm aus.

Ihr Rücken war völlig unbedeckt, und Sloan war nicht der Mann, der sich eine so günstige Gelegenheit entgehen ließ. Diese verlockende Frau in den Armen zu halten, sein Begehren zu fast schmerzhafter Härte wachsen zu spüren, erinnerte ihn daran, wie lange es her war, seit er eine Frau besessen hatte. Seine Hände glitten die seidenweiche Haut ihres Rückens hinunter und schlossen sich um ihre Pobacken. Sie waren fest und warm und lagen mit einer Fülle und Bereitwilligkeit in seinen Händen, die allein schon eine Provokation darstellten.

Brianne schmiegte sich an ihn, obwohl sie wußte, daß sie es nicht sollte, daß die ganze Situation schockierend ungehörig war. Wie betäubt von seinem Tun und ihrer Reaktion, stieß sie einen Laut aus, der sowohl Ärger wie Verwirrung ausdrückte. Sie war schon geküßt worden – leicht, fröhlich und unbefangen, aber noch nie hatte ein Mann sie mit einem derart primitivem Hunger geküßt, seine Zunge in einem so erregenden Rhythmus in ihrem Mund spielen lassen. Und vor allem hatte noch nie ein Mann gewagt, sie zu berühren.

Bis zu dem Moment, als er seine Hände auf ihre Schultern legte, hatte Brianne nicht das Gefühl gehabt, in Gefahr zu sein. Aber plötzlich regten sich ganz neue Empfindungen, ein nie gekanntes Feuer in ihr, und sie wußte, daß genau darin eine große Gefahr für sie lag.

Dennoch wehrte sie sich nicht.

Sloan löste sich abrupt von ihr. Sein Atem ging stoßweise, und sein Gesicht spiegelte unverhülltes Verlangen wider, aber der Ausdruck in seinen Augen war undeutbar. Einen langen Augenblick sah er auf sie hinunter. Dann neigte er leicht den Kopf und murmelte: »Es war mir ein Vergnügen, Brianne.« Er wandte sich um, öffnete die Tür und ging.

Brianne starrte auf die geschlossene Tür und ließ sich langsam wieder in das heiße Wasser sinken. Sie fühlte sich seltsam leer und atemlos, als ob der Fremde ihr beim Gehen die Luft aus dem Körper genommen hätte.

Ihr ganzes Leben lang war sie von Männern umgeben gewesen – den Männern ihrer Familie, den Arbeitern in Killara und den Männern, die versucht hatten, ihre Liebhaber zu werden, seit sie ein junges Mädchen war. Aber kein Mann hatte sie je überwältigt – so wie jetzt.

Der Gedanke, wie sie auf die Küsse des Fremden reagiert hatte, erfüllte sie fast mit Entsetzen.

Sie lehnte sich an den Rand der Wanne zurück. In ihrem Kopf überschlugen sich die Gedanken an ihn, an die Empfindungen, die er in ihr ausgelöst hatte. Seltsam, irgendwie erinnerte er sie an das Land, in dem sie geboren war. Die Stärke, die er ausstrahlte, erschien ihr ebenso gewaltig und unendlich wie ihr geliebtes Arizona. Er und das Land hatten die gleiche Härte, die gleiche ungezähmte Wildheit gemeinsam.

Seine äußere Erscheinung war dunkel wie die Wüste im Abendlicht. Und dann seine Augen. Sie hatten die Farbe reinen Goldes und hätten schön sein müssen, aber Brianne hatte keine Schönheit entdecken können, als sie in diese Augen sah. Denn sie waren hart und undurchdringlich und verrieten ebenso viel Gefühl wie ein Klumpen Gold.

Noch nie war ihr ein Mann begegnet, der eine so krasse Bedrohung darstellte, aber noch konnte sie nicht abschätzen, ob diese Bedrohung einer Gefahr entsprang, die sich vor langer Zeit tief unter seine Haut gefressen hatte, oder einer Sinnlichkeit von solcher Kraft, daß sie fast tödlich wirkte. Vielleicht beidem.

Trotz des heißen Wassers erschauerte sie. Sie entschied, daß es klüger wäre, diese seltsame und aufregende Begegnung ihrem Bruder gegenüber lieber nicht zu erwähnen. Patrick hatte trotz seiner lockeren Art ausgeprägte Beschützerinstinkte, wenn es um sie ging. Und falls er erfuhr, daß ein Mann sie berührt und geküßt, ja sogar nackt gesehen hatte, konnte man unmöglich voraussagen, wie er reagieren würde. Patrick war ein hervorragender Schütze, aber sie erinnerte sich, daß der Fremde ebenfalls bewaffnet gewesen war. Entweder suchte er Ärger, oder er erwartete ihn.

Plötzlich fiel ihr etwas ein. Der Mann hatte sie Brianne genannt! Er wußte, wer sie war.

Aber wer war er?

3

Der Speisesaal des Hotels war schon fast leer, als Patrick und Brianne ihr Dinner beendeten. In der Mitte des Raums hing ein Messinglüster mit geschliffenen Glaskugeln, und die Kerzen, die in dem zweiarmigen Leuchter auf ihrem Tisch brannten, warfen einen warmen Schimmer auf die Damastdecke. Ein unheilverkündendes Donnergrollen brach aus dem Abendhimmel über dem Hotel.

»Das Unwetter der letzten Nacht kommt mit doppelter Gewalt zurück«, bemerkte Patrick, bevor er an seinem Kaffee nippte.

Obwohl Brianne zustimmend nickte, schenkte sie den Worten ihres Bruders kaum Beachtung. Immer wieder flammte die Szene im Badezimmer in ihrem Kopf auf, wie die Blitze, die über den Himmel zuckten und die weißen Gardinen vor den Fenstern grell aufleuchten ließen. Die schweren karmesinroten Vorhänge waren noch nicht zugezogen worden.

»Ein Glück, daß wir dieses nette Hotel entdeckt haben«, fuhr Patrick fort. »Mrs. Potter hat mir erzählt, daß es früher das Haus eines englischen Herzogs war. Dieser Herzog hatte eine Weile die Absicht, sein Glück als Viehzüchter zu versuchen. Er baute dieses beeindruckende Haus und ließ sich alles Mobiliar aus Europa schicken.«

»Tatsächlich?« fragte Brianne, deren Aufmerksamkeit endlich geweckt war. Sie sah sich um und betrachtete die Tapete aus blaßgrauem, geprägtem Leder und die gewaltige, mit üppigen Schnitzereien verzierte Anrichte. »Und was ist aus ihm geworden?«

»Er fand den amerikanischen Westen nicht so romantisch wie erhofft, bekam es allmählich satt und ging nach England zurück. Aber in der Zwischenzeit hatte er diese Stadt gegründet, und als er und seine Leute Chango verließen, wurde alles für einen Pappenstiel verkauft. Die Potters führen das Hotel jetzt schon seit etwa zehn Jahren.«

Ein weiterer Donner ertönte, gefolgt von lautem Klirren, das Brianne bewog, den Kopf zu wenden. Sie sah, daß sich George, ein Junge, der für die Potters arbeitete, mit einem schweren Tablett abmühte, auf dem sich ein Berg Geschirr türmte. Ein zerbrochener Teller lag zu seinen Füßen. Brianne lächelte den Jungen tröstend an, aber ihr Lächeln verfehlte die beabsichtigte Wirkung. Das restliche Geschirr rutschte ebenfalls vom Tablett und krachte auf den Boden. Mrs. Potter tauchte auf und scheuchte den Jungen unter lautem Schelten aus dem Speisesaal.

Patrick, der seine Schwester beobachtet hatte, grinste. »Die Männer in St. Louis haben keine Ahnung, was auf sie zukommt. Ich werde es genießen, das Chaos zu verfolgen, das du anrichtest.«

Brianne schnitt ihm ein Gesicht. »Ich weiß nicht, was du meinst.«

»Deine Wirkung auf alle männlichen Wesen, meine Liebe. Wir alle haben längst den Überblick über die Scharen von Männern verloren, die nach Killara kamen, um dir den Hof zu machen, und mit gebrochenem Herzen wieder abziehen mußten.«

»Ist es meine Schuld, wenn ich noch keinen Mann getroffen habe, der den Männern unserer Familie gleichkommt?« konterte Brianne. Ihr fiel plötzlich der Fremde ein, der ins Bad gekommen war und sie aus kalten goldenen Augen betrachtet und in denen dennoch eine seltsame Hitze gelegen hatte. Und obwohl seine Lippen hart gewesen waren, hatten sie köstliche Empfindungen in ihr ausgelöst.

»Vielen Dank«, sagte Patrick.

»Bis auf dich natürlich«, fügte sie hastig hinzu. Energisch verdrängte sie alle Gedanken an den Mann mit den goldenen Augen und betrachtete ihren Bruder. Ein warmes Gefühl von Stolz und Liebe stieg in ihr auf.

Seine breiten Schultern wurden von einer weichen Wildlederjacke in spanischem Stil betont, und seine langen Beine steckten in enganliegenden dunklen Hosen. In ihren Augen war er unglaublich attraktiv, mit den warmen, intelligenten braunen Augen, dem energischen Kinn und dem schön geformten Mund. Und das winzige Grübchen in seinem Kinn schien alle Frauen verrückt zu machen – das hatten ihr zumindest ihre Freundinnen versichert.

»Die Familie macht sich wirklich Sorgen um dich, Brianne. Alle befürchten schon, daß du als alte Jungfer endest. Grandpa hat in deinem Namen bereits ein Dutzend Heiratsanträge ablehnen müssen. Du bist einfach zu wählerisch.«

Sie fixierte ihn mit einem strengen Blick. »Unsinn. Grandpa wäre vollkommen glücklich, wenn ich nie heiratete, und das weißt du.«

»Vielleicht«, gab Patrick zu. »Du bist seine Prinzessin, da muß er ja auf jeden Mann eifersüchtig sein, der dein Herz gewinnen will. Aber schließlich gibt es auch noch Malvina.« Er schüttelte bekümmert den Kopf. »Tag und Nacht betet sie Rosenkränze für dich.«

Brianne tauchte einen Löffel in ihr Kartoffelpüree und zielte auf ihren Bruder. »Noch ein Wort, und du hast das alles in deiner häßlichen Visage.«

»Okay, okay, vergessen wir das Thema deiner beklagenswerten Altjüngferlichkeit . . . einstweilen.«

»Zu liebenswürdig von dir«, murmelte Brianne.

Ein behagliches Schweigen senkte sich über sie und dauerte einige Minuten an, bis Patrick bemerkte: »Falls dieses Unwetter sich bis morgen früh gelegt hat, können wir aufbrechen.«

»Dann ist Stormy also beschlagen?«

Patrick nickte. »Der Schmied hat es heute nachmittag gemacht.«

»Phantastisch. Ich kann es kaum erwarten, nach St. Louis zu kommen.«

»Du willst wohl neue Eroberungen machen, was?«

Sie seufzte, als ob eine schwere Last auf ihr ruhte. »Du weißt sehr gut, daß ich mich darauf freue, Onkel Dom und Elspeth zu sehen. Es ist schon so lange her.«

»Stimmt.« Er hob die Serviette an den Mund, um ein paar Brotkrumen abzuwischen. »Übrigens, ich habe heute eine ungewöhnliche junge Frau kennengelernt.«

»Wirklich?« Briannes Interesse war sofort geweckt. Obwohl Patrick mit ihr kaum über seine amourösen Abenteuer sprach, hatte sie hier und da etwas aufgeschnappt und wußte, daß er überall im Land verstreut eine Menge Freundinnen hatte. Aber mit einem hochentwickelten Sinn für Selbstschutz hatte er darauf geachtet, daß keine von ihnen geeignet war, um sie nach Killara zu bringen und seiner Familie vorzustellen. »Wer ist sie?«

»Ihr Name ist Anna Nilsen. Sie ist Schwedin und die Tochter des Mannes, dem das hiesige Kaufhaus gehört.«

»Erzähl mir von ihr.«

»Es gibt nicht viel zu erzählen. Ich war fasziniert, das ist alles. Sie ist sehr hübsch, aber kühl. Und ausgesprochen zurückhaltend.« Da er den Grund für die Fragen seiner Schwester erriet, huschte ein Lächeln über sein Gesicht. »Ich habe mich mit ihr unterhalten, als ich ein Geschenk für dich kaufte, aber sie ist ganz offensichtlich nicht der Typ, der gern flirtet. Es hat mich ziemlich getroffen, das gebe ich gern zu.«

Briannes Verstand arbeitete schnell. »Geschenk?« fragte sie, sobald er seinen Satz beendet hatte.

Mit einem Lächeln bückte er sich und hob eine Hutschachtel hoch. »Bitte sehr!«

Brianne riß ihm die Hutschachtel aus den Händen, lüftete ohne sich lange zu zieren den Deckel und schob das Seidenpapier beiseite. Dann schnappte sie nach Luft. Auf dem Boden der Schachtel lag ein Hut, der keinem ähnelte, den sie je in ihrem Leben zu Gesicht bekommen hatte. Auf den ersten Blick entsprach er der Beschreibung des Huts, den sie sich während ihrer Runden im Korral ausgedacht hatte. Er war nach der neuesten Mode, mit Federn und einem Kinnband aus blauem Satin. Selbst ein Vogel, der das ganze Gebilde krönte, fehlte nicht. Aber leider hatte die Modistin mit dieser Zierde im wahrsten Sinne des Wortes den Vogel abgeschossen.

Brianne hob den Hut vorsichtig aus der Schachtel, um ihn näher betrachten zu können. Sie vermutete, daß der Vogel eine Taube darstellen sollte. Zumindest hatte er die blaßgraue Farbe dieser Züchtung, aber irgendwie hatte er beim Modellieren die Raubvogelaugen eines Falken und den häßlich gekrümmten Schnabel eines Geiers erhalten. Um alles noch schlimmer zu machen, waren die Schwingen ausgebreitet und die Federn gesträubt, wodurch der Eindruck erweckt wurde, als ob der Vogel jeden Moment vom Hut abheben und sich auf irgendeine hilflose Kreatur stürzen würde. Kurz und gut, es war der scheußlichste Hut, den sie in ihrem Leben gesehen hatte.

Sie hob den Blick zu ihrem Bruder und bemerkte, daß er sie gespannt musterte. »Ich hoffe, er gefällt dir«, sagte er. »Als mein Auge auf diesen Hut fiel, wußte ich, daß er wie kein anderer geeignet wäre, deine beträchtlichen Reize zu unterstreichen.«

Briannes Lächeln war süß und lieblich. »Patrick, du bist ein Haufen Pferdemist.«

Ihr Bruder brach in lautes Gelächter aus. »Wenn Malvina dich hören könnte, würde sie dir den Mund mit Seife auswaschen.«

»Es wäre nicht das erste Mal.« Auch Brianne mußte lachen.

Sloan, der das Hotel gerade verlassen wollte, blieb abrupt vor der Tür zum Speisesaal stehen, als er Briannes Lachen hörte. Leises Begehren hatte sich in ihm geregt, als er sie am Nachmittag fröhlich durch den Korral hatte reiten sehen. Später, als sie nackt, wie Gott sie schuf, und voller Empörung in der Wanne vor ihm stand, hatte sich dieses Begehren verstärkt, obwohl er nicht mit jenem Auflodern von Leidenschaft gerechnet hatte, das ihn durchzuckt hatte, als er sie küßte. Und jetzt, die melodischen Klänge ihres Lachens im Ohr, kehrte das Begehren wieder.

Sloan wußte, daß die Anziehungskraft, die sie auf ihn ausübte, zu nichts führen würde. Selbst wenn die Lady willig wäre – er war es nicht. Er durfte sich jetzt durch nichts von dem Zweck seiner Reise nach Chango ablenken lassen. Die Gefühle, die Brianne in ihm erweckte, waren angenehm, würden aber nicht lange anhalten. Aber da momentan nichts als ein langer, einsamer Abend vor ihm lag, gab er der Versuchung nach, sich von ihrem Lachen in den Speisesaal locken zu lassen.

Brianne blickte auf, als ein greller Blitz einschlug und den Raum und die harten, dunklen Züge des Mannes, der plötzlich an ihrem Tisch stand, in helles Licht tauchte. Er!

Ein eleganter schwarzer Anzug mit weißem Hemd und perfekt gelegter Krawatte schmiegte sich wie angegossen an seine hohe, schmale Gestalt. Auf dem feinen Tuch seiner Weste glänzte eine schwere goldene Uhr mit Kette. Und noch immer trug er einen Revolver.

Er neigte höflich den Kopf. »Ich bin Sloan Lassiter und komme aus New York«, stellte er sich vor. »Ich bleibe für ein paar Tage in diesem Hotel. Hoffentlich verzeihen Sie mir mein Eindringen, aber ich kam gerade am Speisesaal vorbei, als ich Sie zufällig sah und beschloß, mich mit Ihnen bekanntzumachen.«

Patrick stand auf und streckte die Hand aus. »Sehr erfreut. Ich bin Patrick Delaney, und das ist meine Schwester Brianne.«

Sloan erwiderte Patricks Händedruck, griff dann nach Briannes Hand, zog sie an seinen Mund und preßte seine heißen Lippen auf ihre kühle Haut. »Ich bin entzückt, Sie kennenzulernen. Allerdings muß ich gestehen, daß ich das Gefühl habe, Sie bereits zu kennen.«

Eine leichte Röte kroch Briannes Hals hinauf, erreichte ihr Gesicht und ließ ihren makellosen Pfirsichteint um eine Schattierung dunkler werden. Dieser Sloan Lassiter ist ohne

Zweifel ein Bastard, stellte sie insgeheim fest. Sie war unter hartgesottenen Cowboys und Viehtreibern aufgewachsen. Sie verfügten vielleicht nicht über die geschliffenen Umgangsformen und die teure Kleidung, die dieser Mann besaß, aber keiner von ihnen wäre so unverschämt gewesen, auf eine Episode wie die von heute diesem Nachmittag anzuspielen. Schon gar nicht vor ihrem Bruder!

Nun, sie war durchaus in der Lage, mit solchen Typen fertigzuwerden. Sie gab Sloan Lassiter die Hand, fest entschlossen, sich von ihm nicht in Verlegenheit bringen zu lassen. »Tatsächlich?« bemerkte sie kühl und eine Spur herausfordernd. »Ich kann mir beim besten Willen nicht vorstellen, wie Sie auf diese Idee kommen.«

Er lächelte leicht, während sein Blick über ihr blaßrosa Seidenkleid mit der voluminösen Turnüre glitt. Ihr rotes Haar war zu einem eleganten Knoten geschlungen, und sie wirkte sehr elegant und damenhaft. Aber ganz gleich, ob nackt oder bekleidet, in seinen Augen war sie nach wie vor unglaublich begehrenswert. »Ich habe dieses Gefühl, weil ich heute nachmittag den Vorzug hatte, eine Demonstration Ihrer bemerkenswerten Reitkunst mitanzusehen.«

Trotz ihres Bluffs atmete Brianne innerlich erleichtert auf, als ihr klar wurde, daß er nicht die Absicht hatte, den Vorfall im Bad zu erwähnen. »Im Korral? Ich habe Sie nicht gesehen.«

»Ich stand im Fenster meines Zimmers. Es liegt nach hinten.«

Patrick lachte. »Gut, daß noch jemand deinen Sturz beobachtet hat, Brianne. Jetzt habe ich einen Zeugen.« Er wandte sich an Sloan. »Wollen Sie sich nicht zu uns setzen?«

Bevor Brianne Einwendungen erheben konnte, schob Sloan einen Stuhl zurück und setzte sich. »Danke sehr. Ein wenig Gesellschaft wäre sehr nett. Auf Reisen kann man sehr einsam sein.«

Brianne heftete ihre grünen Augen mit einem kühlen Blick auf ihn. »Ich kann mir kaum vorstellen, daß Sie je einsam sind, Mr. Lassiter. Sie scheinen über ein einzigartiges Talent zu verfügen, andere Menschen kennenzulernen.« Seine Antwort bestand in einem trägen Lächeln und ihre Reaktion darauf in einem Hitzestoß, der durch ihren Körper fuhr. Dieser verdammte Mistkerl!

»Ein hübscher Hut, Miß Delaney.«

Voller Entsetzen wurde ihr bewußt, daß dieses abenteuerliche Gebilde, das sie sich vorhin aus Spaß aufgesetzt hatte, immer noch auf ihrem Kopf thronte. Sie riß sich den Hut hastig herunter und starrte Sloan finster an.

Nach einem etwas überraschten Blick auf seine Schwester warf Patrick ein: »Meine Schwester und ich sind auf dem Weg nach St. Louis, um Verwandte zu besuchen. Gestern nachmittag hat mein Pferd kurz vor der Stadt einen Huf verloren, und wir beschlossen, so lange zu warten, bis es neu beschlagen wurde.«

Sloans abschätzender Blick wanderte von Patrick zu Brianne, dann wieder zu Patrick. »Sie brechen morgen früh also schon auf?«

Patrick nickte. »Falls es das Wetter erlaubt. Sie sagten, Sie wären aus New York? In welcher Branche sind Sie tätig?«

»Ich bin an diversen Unternehmen beteiligt« – er zuckte mit den Schultern, als ob seine Geschäfte ohne Belang wären – »Schiffahrtslinien, Banken, Investitionen.«

»Das ist interessant. Wohin sind Sie unterwegs?«

Sloan lehnte sich zurück. »Ich denke, ich werde eine Weile hierbleiben. Zur Erholung sozusagen.«

Brianne musterte ihn verstohlen, während er sich mit ihrem Bruder unterhielt. Selbst wenn sie nicht gerade erfahren hätte, daß er Unternehmer war, hätte sie ihn nie als den Typ Mann eingeschätzt, der nur zu seinem Vergnügen durch das Land streifte. In regelmäßigen Abständen überprüften seine goldenen Augen die beiden Türen, die in den Speisesaal führten, fast so, als ob er fürchtete, ein Messer in den Rücken zu bekommen. Doch jedesmal, wenn sein Blick zu ihr zurückkehrte, wurde er eindringlich, fast angespannt, und vermittelte ihr das unbehagliche Gefühl, daß er sich in Gedanken auch mit ihr beschäftigte.

George, der junge Angestellte der Potters, brachte einen Krug mit Wasser und begann, ihre Gläser nachzufüllen. Sloans Aufmerksamkeit richtete sich derart auffallend auf den Jungen, daß Briannes Neugier geweckt wurde. Sie wandte sich um, um George zu betrachten, und versuchte, herauszufinden, was der Grund für Sloans Interesse an ihm sein könnte, aber alles, was sie sah, war ein Junge von dreizehn bis vierzehn, etwas zu dünn, mit hellem Haar und blauen Augen.

In diesem Moment stolperte George, und ein Wasserschwall ergoß sich über Sloan.

Mrs. Potter war sofort bei ihnen, rang die Hände und tippelte aufgeregt um Sloan herum. »Oh, das tut mir so leid! Dieser Junge ist aber auch zu ungeschickt! Ich hätte ihn nie einstellen sollen!«

»Ist schon in Ordnung, Mrs. Potter«, erwiderte Sloan gelassen und wischte das Wasser von seinem Anzug.

»Nein, das ist es nicht!« Sie fuhr herum und hob die Hand, um George eine Ohrfeige zu versetzen.

»Nein, bitte nicht!« wollte Brianne schon rufen, aber die Worte erstarben ihr auf den Lippen. Schnell wie eine Klapperschlange und ebenso bedrohlich war Sloan aufgesprungen und hatte Mrs. Potters Arm gepackt.

»Das ist völlig unnötig.« Seine Stimme war ruhig und höflich, seine Augen kalt und unerbittlich.

»Sie verstehen nicht«, sprudelte Mrs. Potter hervor. »Er macht mir nichts als Ärger. Er ist genauso wie dieser Trunkenbold von Vater, den er hat. Er . . .«

»Mrs. Potter, ich würde es sehr übel aufnehmen, wenn Sie den Jungen bestrafen . . . oder auch nur daran denken, ihn zu entlassen. Der Vorfall war allein meine Schuld.«

»Ihre . . .«

»Meine Schuld.« Er ließ sie los, tauchte seine Hand in die Jackentasche, brachte ein paar Münzen zum Vorschein und drückte sie dem verwirrten Jungen in die Hand. »Kein Grund zur Aufregung. Niemand wird dir etwas tun. Verstanden?«

George nickte benommen.

»Äh . . . nun gut.« Mrs. Potter ließ einen Blick über Sloans Anzug wandern und entschied, daß der Schaden nicht allzu groß war. Außerdem schien Mr. Lassiter ein großzügiger Gast zu sein. Es war immer klüger, die Kunden bei Laune zu halten. »Komm schon, George.«

Als ob nichts geschehen wäre, wandte sich Sloan zu Patrick. »Ich war gerade auf dem Weg zu Luckys Saloon. Haben Sie Lust, mitzukommen?«

»Keine schlechte Idee. Stört es dich, Brianne?«

Brianne brauchte einen Moment, um sich wieder zu fangen. Sloans Eintreten für George hatte sie ziemlich aus der Fassung gebracht. Es ging nicht darum, daß er nicht recht gehabt hatte, den Jungen zu beschützen; sie hatte eine solche Handlungsweise nur nicht von ihm erwartet.

»Nein, natürlich nicht.« Sie zwinkerte ihrem Bruder liebevoll zu. »Du scheinst eine Glückssträhne zu haben. Gewinn einen Haufen Geld, und mach dir keine Sorgen um mich. Wir sehen uns morgen früh.«

Sloan nickte Patrick zu. »Bis nachher.« Zu Brianne gewandt sagte er galant: »Es war eine . . . denkwürdige Begegnung.«

Sie wandte leicht den Kopf, um zu beobachten, wie er aus dem Saal schlenderte. Jetzt kannte sie seinen Namen und wußte auch, woher er kam. Aber sie wußte immer noch nicht, warum er sie geküßt hatte. Oder warum sie seinen Kuß erwidert hatte.

Sie hielt den Atem an, bis sie sicher war, daß er den Raum verlassen hatte, und stieß dann einen langen, tiefen Seufzer aus.

Patrick musterte sie neugierig. »Was ist los, Bri?«

»Dieser Sloan Lassiter gefällt mir nicht«, erwiderte sie kurz und hob ihr Glas an den Mund, um einen tiefen Schluck zu nehmen.

Patrick war nicht entgangen, wie sehr zwischen ihr und Sloan Lassiter die Funken gesprüht hatten, mehr Funken, wenn er es genau bedachte, als er gesehen hatte, als er im ›Hell's Bluff‹ ein paar Feuerwerkskörper hochgehen ließ. Zu schade, daß sie morgen schon aufbrachen. Es wäre interessant gewesen zu verfolgen, was sich zwischen seiner schönen Schwester und diesem geschmeidigen, aber wachsamen Mann entwickelt hätte.

»Und warum nicht?«

»Ich bin mir nicht sicher. Er wirkt wie ein kultivierter Großstadtbürger, aber irgend etwas an dem Bild stimmt nicht.« Sie zuckte mit den Schultern und rieb geistesabwesend ihren linken Unterarm. »Ich weiß es nicht. Seine Augen erinnern mich an irgend jemand oder irgend etwas, aber ich komme nicht darauf, woran.«

»An den Kopfgeldjäger vielleicht, der damals auf der Suche nach Dom war? Erinnerst du dich noch?«

Brianne nickte langsam. »Ja, ich kann mich gut erinnern. Er wurde in einer hölzernen Kiste aus Killara weggebracht.«

»Stimmt genau. Und meiner Meinung nach sucht dieser Lassiter jemanden, genau wie der Kopfgeldjäger.«

Die goldenen Flammen der Kerzen schienen sie mit ihrem rhythmischen Flackern einzulullen, und Brianne zwang sich, den Blick abzuwenden. »Ich kann nur sagen, daß Sloan Lassiter etwas Beunruhigendes an sich hat. Oberflächlich betrachtet wirkt er sehr höflich, aber ich gehe jede Wette ein, daß etwas Dunkles und Gefährliches zum Vorschein kommt, wenn man an der dünnen Schicht zu kratzen beginnt.«

»Dunkel und gefährlich, wie?« Patrick betrachtete seine Schwester aufmerksam. »Dann hör auf meinen Rat, Brianne, und versuch gar nicht, an seiner Oberfläche zu kratzen.«

Es war eine Weile her, seit der letzte Donnerschlag ertönt war, aber Sloan hörte den Regen auf das Holzdach von Luckys Saloon prasseln. Er starrte mit zusammengekniffenen Augen in die verräucherte Luft und stellte fest, daß das Lokal fast voll war. Den ganzen Abend hatte er aufmerksam das Kommen und Gehen im Saloon beobachtet, jedes Gesicht studiert und sich gefragt, ob einer von den Männern für Wes McCord arbeitete.

Lucky, der bullige, grauhaarige Besitzer, wischte gerade die lange Theke ab, die eine Seite des Raums einnahm. Sein Hinterkopf spiegelte sich in dem breiten, hohen Spiegel, der hinter der Theke hing. Von seinem Platz aus konnte Sloan erkennen, daß der Spiegel mit etlichen Einschüssen und Schrammen verziert war. Ein Klavier und ein quastenverzierter Hocker standen an einer Wand, aber niemand spielte darauf. Im Hintergrund führte eine Treppe zu einer Galerie, von der man in mehrere Zimmer gelangte.

Nur mit Mühe gelang es Sloan, den Blick wieder auf seine Karten zu richten. Insgeheim bedauerte er, daß das Spiel nicht von größerem Interesse für ihn war. Er hatte gehofft, ein paar Runden Poker würden ihn ein wenig ablenken, aber bis jetzt weigerte sich sein ganzes Denken, sich auf irgend etwas anderes als den eigentlichen Zweck seiner Reise zu konzentrieren. Er schob die Karten abrupt zusammen und warf sie auf den Tisch. »Ich bin draußen.«

Zu seiner Linken folgte Maxwell Tucker, ein korpulenter Mann, dessen rundliches Gesicht mit geplatzten Äderchen übersät war, seinem Beispiel. »Eine miese Nacht und miese Karten. Gefällt mir gar nicht. Dieser endlose Regen. Nichts läuft so, wie es sollte.«

Der Mann neben Tucker war Isaiah Carter, ein älterer Rancher, der geschäftlich in die Stadt gekommen und durch das Unwetter gezwungen war, die Nacht über zu bleiben. Er warf Tucker einen Blick zu. »Hat keinen Sinn, dieser Nacht die

Schuld zu geben. Die Karten fallen, wie sie wollen. Wie wir spielen, darauf kommt es an.«

Der Mann zu Sloans Rechten, Lee Reardon, lächelte nur und warf nach einem Blick auf Patrick mehr Geld auf den Tisch. Sloan hatte in Reardon auf den ersten Blick den professionellen Spieler erkannt. Reardon war ein gutaussehender Mann mit langen, schlanken Fingern, die, wie Sloan vermutete, es hervorragend verstanden, die Karten beim Mischen oder Geben zu manipulieren. Aber er hatte den Mann scharf beobachtet, und zumindest heute spielte Reardon fair.

Auf der anderen Seite des Tisches legte Patrick ein Full house auf und streifte grinsend den Berg Geldscheine ein, der vor ihm lag. »Tut mir leid, Gentlemen, das geht an mich.«

»Noch einen Whiskey!« brüllte Tucker über die Schulter und lehnte sich mit finsterer Miene in seinen Stuhl zurück.

Während Reardon mischte, studierte Sloan Patrick Delaney. Er spielte mit kühler Überlegenheit, ohne jedes Anzeichen von Gier oder der Notwendigkeit zu gewinnen. Katy, eins der Saloon-Mädchen, legte einen Arm um seine Schulter. Patrick streichelte sie zerstreut, während er die Karten musterte, die Reardon ihm gegeben hatte.

Sloans Aufmerksamkeit richtete sich auf Katy. Sie war ein hübsches Mädchen mit aschblondem Haar und trug ein rotes Taftkleid mit Spitzen. Wäre das Kleid aus Seide und die Verzierung aus Perlen gewesen, hätte es genau der Beschreibung des Kleids entsprochen, die Brianne ihrem Bruder gegeben hatte, als sie durch den Korral ritt, die Arme ausgestreckt, die bloßen Füße auf dem Rücken des Pferds balancierend.

Sloan, der keine Probleme hatte, dem Gespräch und dem Spiel zu folgen, überließ sich eine Weile der Vorstellung, wie Brianne in einem roten Seidenkleid aussehen mochte. Ihr Bruder hatte sie wegen der Farbe aufgezogen, aber Sloan war der Meinung, daß eine dunkle, warme Rotschattierung ihr Haar und ihre Haut wundervoll zur Geltung bringen würde.

Katys Kleid war betont tief ausgeschnitten. Nach dem einen kurzen Blick, den Sloan auf Briannes nackten Körper hatte werfen können, wußte er, daß ihre Brüste das Mieder von Katys Kleid mehr als ausfüllen würden. Er betrachtete seine rechte Hand und überlegte, ob sie eine dieser Brüste umschließen könnte oder dafür zu klein wäre. Das nagende Verlangen, das diesem Gedanken folgte, erregte ihn.

Ein Mädchen namens Janice hatte sich Sloan für diesen Abend zur Verfügung gestellt. Sie hatte schwarzes Haar und trug ein billiges rosa Satinkleid. Er fühlte ihre langen, kühlen Finger durch sein Haar streichen. Sie stützte sich mit einem Fuß auf die Querleiste seines Stuhls und lehnte sich so eng an ihn, daß ihre Brust auf einer Höhe mit seinem Gesicht war. Er brauchte den Kopf nur ein wenig zur Seite zu wenden, um mit dem Mund die Spitze ihrer Brust zu berühren und sich damit zu amüsieren, während er Karten spielte. Obwohl der Raum voller Menschen war, hätte Sloan jede Summe gewettet, daß Janice sich nicht dagegen gesträubt hätte. Er kannte genug Frauen von ihrem Schlag. Ob sie nun in einem Saloon arbeiteten oder der feinsten New Yorker Gesellschaft angehörten, sie alle waren Männern für Geld gefällig – nur die Summen unterschieden sich, das war alles.

Seine Gedanken kehrten zu Brianne zurück, die unter dem Schutz ihres Bruders nach St. Louis reiste, um Verwandte zu besuchen. Verdammt schade, daß ihre Position so unantastbar war.

Irritiert, weil ihm das rothaarige Mädchen nicht aus dem Kopf ging, beschloß er, sich an Janice zu halten, die immerhin den Vorteil hatte, zur Verfügung zu stehen. Er legte einen Arm um sie, zog sie an sich und preßte seine Lippen auf ihre satinbedeckte Brust. Ja, Janice war genau die richtige für heute nacht. Sie würde wissen, wie sie sich zu bewegen, was sie zu sagen hatte.

Aber das Verlangen, das bei dem Gedanken an Brianne in ihm erwacht war, begann allmählich abzukühlen. Verdammt!

dachte er und schob Janice von sich. Allein Briannes Lachen erweckte mehr Begehren in ihm, als die Brust dieses willigen Mädchens unter seinen Lippen zu spüren.

»Soll ich Ihnen etwas zu trinken holen?« fragte sie schüchtern.

»Nein.« Nach einem Blick auf ihr fragendes Gesicht fügte er hinzu: »Ich trinke nicht.«

»Traue nie einem Mann, der nicht trinkt«, knurrte Tucker.

»Aber auch keinem, der zuviel trinkt«, warf Carter ein.

Sloan, der auf die Bemerkungen der beiden Männer kaum geachtet hatte, fuhr sich durchs Haar und entschied, daß sein Mangel an Interesse für Janice einen ganz bestimmten Grund hatte – Wes McCord. Nicht zu wissen, wann Wes zurückkehren würde, machte ihn fast verrückt. Und weder eine Frau noch die Karten konnten ihn ablenken.

Sein Blick schweifte zur Theke und blieb an drei Männern hängen, die vor wenigen Minuten das Lokal betreten hatten. Einer war größer als seine Begleiter, schlank, mit einer düsteren Miene. Die beiden anderen waren mittelgroß und stämmig. Alle drei lehnten mit dem Rücken an der Theke, die lehmbedeckten Stiefel auf die Messingleiste gestemmt, tranken und beobachteten, was sich um sie herum abspielte.

»Noch ein Spiel, Lassiter?« Patrick Delaney hob die frisch gemischten Karten auf.

»Sie geben«, erwiderte er, ohne einen Gedanken daran zu verschwenden, was für einen Eindruck er auf die anderen machte. Janice hatte sich wieder an ihn geschmiegt und eine Hand auf seine Schulter gelegt. Gedankenlos hob er den Arm und tätschelte sie leicht.

Mit schnellen, geschickten Wendungen des Handgelenks begann Patrick die Karten auszuteilen. »Wissen Sie, ich dachte immer, man gewinnt nur, wenn man sich auf die Karten konzentriert.« Leichte Belustigung schwang in seiner Stimme mit.

Sloan griff nach seinen Karten. »Da haben Sie absolut recht.«

»Verdammt noch mal!« Tuckers Worte brachen zornig aus ihm heraus. »Sowie Sie die Karten in die Finger kriegen, scheinen Sie immer zu Ihren Gunsten auszufallen.«

In scharfem Kontrast zu Tuckers häßlichem Unterton klang Reardon betont heiter. »Und wo haben Sie Ihre Erziehung genossen, Delaney? Auf einem Mississippi-Dampfer?«

Aus dem Augenwinkel sah Sloan, daß die drei Männer an der Theke sich spürbar versteiften, als der Name Delaney fiel. Ein hastiges Getuschel, offensichtlich eine Debatte, folgte, dann griff der größere Mann nach seinem Regenzeug und schlenderte aus dem Lokal. Die anderen beiden blieben stehen und behielten Patrick scharf im Auge.

Patrick spielte zerstreut mit Katys Fingerspitzen. »Nein. Auf einer Ranch in Arizona.«

»Klingt nicht nach einem Ort, wo man solche Sicherheit im Spiel erwirbt.«

Ein gutmütiges Grinsen trat auf Patricks Gesicht. »Ich merke, daß Sie noch nie ein Mitglied meiner Familie kennengelernt haben.«

»Wenn alle so spielen wie Sie, bin ich auch nicht scharf drauf!«

Plötzliche Stille senkte sich über den Tisch. Katy wich langsam zurück.

Patrick ließ die rechte Hand wie zufällig auf die Hüfte fallen, wo ein Revolver im Halfter steckte. Seine braunen Augen sahen Tucker ganz freundlich an. »Sie wollen doch nicht etwa andeuten, daß ich betrüge, oder?«

Tucker befeuchtete seine Lippen, sagte aber nichts. Isaiah Carter machte den Versuch, mit einem fröhlichen Lachen die Situation zu entschärfen. »Natürlich nicht. Niemand behauptet das. Ich habe noch kein faireres Spiel erlebt.«

»Tatsächlich?« Patricks Blick wich keine Sekunde von Tuckers schweißnassem Gesicht.

»Wissen Sie«, warf Lee Reardon so beiläufig ein, als ob er eine Bemerkung über das Wetter machte. »Ich kann mir nicht vorstellen, daß Tucker etwas Derartiges andeuten wollte. Im Gegenteil«, fügte er langsam hinzu. »Ich bin sicher, er hat nur auf Ihre Geschicklichkeit und die Ihrer Familie mit den Karten angespielt.«

Sloan, der sich bewußt nicht einmischte, wußte genau, was jeder der Männer an diesem Tisch dachte und empfand. Er hatte gelernt, andere Menschen zu durchschauen, und in diesem Augenblick wünschte sich Tucker, meilenweit entfernt zu sein, während er gleichzeitig versuchte, sich aus der Situation zu ziehen, ohne das Gesicht zu verlieren. Aber auch Isaiah Carter und Lee Reardon hatten schon viele Männer sterben sehen, und beide versuchten, die Lage zu entschärfen. Was Patrick Delaney betraf, hatte Sloan den Eindruck, daß der junge Mann durchaus imstande war, allein auf sich aufzupassen. Er brauchte seine Hilfe nicht, und selbst wenn – er, Sloan, hatte keine Zeit, sich mit anderen Menschen zu beschäftigen oder ihre Probleme zu lösen.

»Ich warte auf Ihre Antwort, Tucker«, sagte Patrick.

Tucker sah von einem zum anderen, dann wandte er den Blick ab. »Es war nicht so gemeint«, murmelte er.

Isaiah Carter stieß einen Seufzer der Erleichterung aus und schlug Tucker auf die Schulter. »Wie wär's mit einem Drink an der Bar? Ich könnte etwas vertragen.«

Tucker erhob sich wortlos und ging zur Theke, gefolgt von Carter.

Reardon schob seinen Hut in den Nacken und sah von Patrick zu Sloan. »Hat einer von Ihnen noch Lust auf ein Spielchen?«

Sloan schüttelte den Kopf und stand auf. »Ich nicht. Mir reicht es für heute abend.«

»Mir auch.« Patrick zog Katy auf seinen Schoß. »Ich denke, den Rest der Nacht verbringe ich mit anderen Spielchen. Bist du interessiert, Süße?«

Das Mädchen rieb die Hüfte an seinen Lenden. »Na sicher. Irgendwelche Sonderwünsche?«

Patrick flüsterte ihr etwas ins Ohr, und Katy warf laut lachend den Kopf zurück. »Ist zwar etwas Neues für mich, aber ich bin dabei.«

Sloan griff nach den Geldscheinen, die vor ihm auf dem Tisch lagen, und drückte sie Janice in die Hand. »Vielleicht ein anderes Mal.«

Sie schob ihre Hand in seinen Nacken und zog seinen Kopf zu sich herunter, um ihn lange und langsam zu küssen. »Jederzeit«, murmelte sie. »Jederzeit.«

Sloan nickte Delaney und Reardon zu. »Viel Spaß noch heute nacht, Gentlemen.«

4

Brianne wachte früh am Morgen auf. Eine Weile blieb sie regungslos in dem breiten, behaglichen Himmelbett liegen, die Augen auf die gegenüberliegende Wand geheftet. Sloan Lassiter hatte erwähnt, daß sein Zimmer an der Rückseite des Hotels lag – ebenso wie ihr Zimmer. Patricks Zimmer lag rechts von ihrem, was bedeutete, daß Sloan den Raum links von ihr bewohnte, nur durch eine dünne Wand von ihr getrennt. Unwillkürlich formte sich in ihrer Vorstellung ein Bild von ihm, wie er mit kraftvollen, geschmeidigen Bewegungen hin und her ging. Vielleicht war er noch nicht angezogen. Sie malte sich aus, daß sich kräftige Muskeln über seinen Rücken zogen und weiches, dunkles Haar seine Brust bedeckte, Haar, das seinen Oberkörper hinabwanderte, schmaler wurde und in direkter Linie zu – Schluß!

Sie warf die Bettdecke zurück. Heute würde sie Chango hinter sich lassen, und damit auch Mr. Sloan Lassiter.

Sie wusch sich und schlüpfte in ihre Reitsachen. Nachdem sie ihre zwei Manteltaschen gepackt hatte, trat sie auf den Gang und schlenderte zu der Tür von Patricks Zimmer. Ihr Klopfen blieb unbeantwortet. Sie klopfte noch einmal an die Tür, diesmal kräftiger.

»Guten Morgen, Brianne.«

Beim Klang von Sloan Lassiters Stimme zuckten ihre Nerven, als ob er ihr die Worte in die Haut eingebrannt hätte. Aber als sie sich zu ihm umwandte, war ihrem Gesicht keine Spur ihrer Unruhe anzumerken. »Guten Morgen, Mr. Lassiter.«

Er schenkte ihr ein Lächeln, das seine weißen Zähne aufblitzen ließ. »Sloan, bitte. Schließlich habe ich das Gefühl, Sie sehr gut zu kennen.«

Es war das erste Mal seit dem Vorfall im Bad, daß sie sich allein gegenüberstanden, und Brianne war leicht aus der

Fassung gebracht. Sie erinnerte sich nur zu gut daran, welche Bedrohung er ausgestrahlt hatte – und trotzdem hatte sie sich nicht gewehrt. »Ich fürchte, ich verderbe Ihnen den Tag, Mr. Lassiter, aber Sie müssen sich leider eine andere Dame als Zielscheibe für Ihre spöttischen Bemerkungen suchen. Und zwar sofort. Mein Bruder und ich brechen gleich nach dem Frühstück auf.«

Er lachte leise in sich hinein, eine Seltenheit bei ihm. Gestern abend war Brianne in ihrem blaßrosa Abendkleid eine strahlende Schönheit gewesen, jeder Zoll eine begehrenswerte Frau. Heute morgen trug sie Reitkleidung. Ihr Haar war zu einem langen Zopf geflochten, und ihr Hut hing an einem Band lose um ihren Hals. Ein goldenes Kreuz schimmerte an ihrer Halskette. Sie sah so jung aus, so frisch und unberührt, daß jeder Mann, der weniger Erfahrungen mit Frauen gehabt hätte als er, bei dem Gedanken, ihr erster Liebhaber zu sein, fast verrückt geworden wäre. Er beugte sich vor, griff nach dem zierlichen Goldkreuz und drehte es in den Fingern hin und her.

Seine Fingerspitzen streiften ihre Halsgrube und erhitzten ihre Haut, ihr Blut, ihr ganzes Denken. Konnte es so einfach sein? fragte sie sich. War es möglich, daß Leidenschaft durch eine flüchtige Berührung erweckt wurde?

Sie trat einen Schritt zurück, und er war gezwungen, die Kette loszulassen, um sie nicht zu zerreißen.

»Miß Delaney, ohne Sie wird die Stadt ihren größten Reiz verlieren«, sagte er. Vages Erstaunen beschlich ihn, als ihm bewußt wurde, daß er es aufrichtig meinte. »Gehen wir frühstücken?«

»Ja.« Sie warf einen letzten Blick auf Patricks Tür. »Mein Bruder wird unten sein.«

Mit einer Geste der Hand bedeutete er ihr, voranzugehen. »Nach Ihnen.«

Seine Höflichkeit ging Brianne auf die Nerven, da sie guten Grund zu der Annahme hatte, daß seine geschliffenen

Umgangsformen reine Fassade waren. Selbst ohne den Vorfall im Bad wäre ihr das klar gewesen.

Im Speisesaal war von Patrick keine Spur zu entdecken.

»Möchten Sie nicht mit mir frühstücken?« schlug Sloan vor. »Ich bin sicher, Ihr Bruder kommt bald.«

Sie wandte sich zu ihm um. Warum um alles in der Welt wünschte sie trotz allem, was vorgefallen war, sie könnte sein Angebot annehmen? »Nein, danke. Ich gehe Patrick suchen.«

Wie am Vorabend zog er ihre Hand an seine Lippen. »Da ich Sie vielleicht nicht mehr sehe, gestatten Sie mir, Ihnen zu sagen, wie sehr ich unsere Begegnung genossen habe.«

Die Kühle seiner Lippen schien ihre Haut zu versengen, und die Anzüglichkeit seiner Worte brachte sie in Wut. Da er ihre Hand nicht freigab, entzog sie sie ihm mit aller Würde, die sie aufbringen konnte. »Danke, Mr. Lassiter.«

»Ich wünschte wirklich, Sie würden mich Sloan nennen«, bemerkte er.

Brianne mußte sich alle Anstandsregeln, die Malvina ihr eingetrichtert hatte, in Erinnerung rufen, um der Versuchung zu widerstehen, der leisen Verlockung seiner Stimme zu lauschen. »Ich wünsche Ihnen einen schönen Tag, Mr. Lassiter.«

Am ehesten war zu erwarten, daß Patrick sich im Stall aufhielt, entschied Brianne. Als sie den Weg zum Mietstall einschlug, fiel ihr auf, daß auf den Straßen bereits allerhand Betrieb war. Die Sonne schien, aber es würde noch lange dauern, bis der Boden wieder trocken war. Brianne blieb auf dem Bürgersteig und achtete beim Überqueren der Seitenstraßen sorgfältig darauf, auf den Brettern zu gehen, die man über den aufgeweichten Untergrund gelegt hatte.

Obwohl Chango eine kleine Stadt war, wirkte sie sehr lebendig und blühend mit den vielen Geschäften und Läden, die die Hauptstraße säumten. Brianne bewunderte die Blumentöpfe vor den Türen etlicher Büros und registrierte, wie viele Fenster in der Sonne glänzten. Bei dem Gedanken, die Stadt so bald zu verlassen, empfand sie einen Anflug von Bedauern, aber nur, wie sie sich sofort sagte, weil sie keine Gelegenheit haben würde, ein paar Skizzen von Chango anzufertigen – nicht, weil sie Sloan Lassiter aus den Augen verlieren würde, bevor sie ihn richtig kennengelernt hatte.

In der Stalltür blieb sie stehen und spähte hinein. Von Patrick war weit und breit nichts zu sehen, deshalb schlenderte sie den breiten Gang hinunter, der die Reihen von Boxen trennte. Ein alter Mann mit langem, schütterem Haar mistete gerade eine der Boxen aus. Außer ihr schien er der einzige Anwesende zu sein. Dancer, ihr Pferd, war da, ebenso Sam, das Packpferd, aber Patricks Pferd Stormy war nirgends zu sehen.

Sie trat zu dem alten Mann. »Verzeihung, haben Sie heute morgen vielleicht Mr. Delaney gesehen?«

Ohne von seiner Arbeit aufzusehen, erwiderte der Mann: »Hab' keinen gesehen.«

»Sind Sie sicher? Er ist groß und jung und hat rötliches Haar.« Sie machte eine Pause, aber der Mann verriet mit keinem Anzeichen, daß er ihr Beachtung schenkte. »Er hat gestern nachmittag unsere Pferde hier untergebracht. Sein Pferd, ein großer Palomino, hatte einen Huf verloren.« Der Mann sagte immer noch nichts. »Es wurde gestern neu beschlagen und sollte hier sein, aber ich kann es nicht finden.«

Der Mann hob leicht den Kopf und spuckte aus. »Dann ist es eben weg.«

Brianne, die ihren Bruder insgeheim verfluchte, verließ den Stall und ging die Straße zurück. Sie hatten heute einen langen Weg vor sich, und deshalb würde Patrick bestimmt keinen Morgenritt unternehmen, schon gar nicht, ohne ihr etwas davon zu sagen. Wo konnte er nur stecken?

Ein anderer Gedanke kam ihr. Ob jemand Patricks Pferd gestohlen hatte? Beinahe hätte sie gelacht. Wenn das passiert war, hatte irgendwer den größten Fehler seines Lebens begangen. Patrick hütete Stormy wie seinen Augapfel.

Sie kam an dem Friseurladen und dem Anwaltsbüro von Chango vorbei. Als sie sich Nilsens Warenhaus näherte, fiel ihr eine junge Frau auf, die den Bürgersteig vor dem Geschäft fegte. Patricks Anna vermutlich. Er hatte recht. Anna Nilsen war wirklich eine Schönheit mit ihrem blonden Haar, dem elfenbeinfarbenen Teint und den klaren blauen Augen. Brianne war neugierig auf den Typ Frau, den ihr Bruder als anziehend empfand, und plötzlich kam ihr die Idee, daß Patrick gestern abend vielleicht noch zu Anna gegangen war.

»Guten Morgen. Ich bin Brianne Delaney.«

Die junge Frau brach ihre Arbeit ab und sah mit einem etwas zurückhaltendem Lächeln, das zwei Grübchen in ihre Wangen zauberte, zu Brianne auf. »Ich bin Anna Nilsen. Kann ich Ihnen helfen?«

Anna schien Patrick nicht angelächelt zu haben, ging es Brianne durch den Kopf, sonst hätte er diese Grübchen sicher erwähnt. »Wissen Sie, mein Bruder Patrick war gestern in Ihrem Geschäft, und ich hatte mich gefragt . . .«

Ein besorgter Blick verdrängte Annas Lächeln. »Der Hut! Oh, es tut mir ja so leid! Er hat mir erzählt, daß der Hut für seine Schwester wäre. Ich habe versucht, ihm diesen Kauf auszureden. Ich habe ihm gesagt, daß ein Irrtum passiert wäre und ich den Hut zurückschicken wollte, aber er ließ sich nicht davon abbringen.«

»Patrick hat einen etwas merkwürdigen Sinn für Humor«, erklärte Brianne. Bei sich dachte sie, wie anziehend Annas leichter schwedischer Akzent war. »Es war ein Scherz.«

»Oh, dann ist wohl alles in Ordnung.«

»Sie haben meinen Bruder nicht zufällig heute morgen gesehen?«

»Nein. Ich bin eben erst heruntergekommen, um den Laden zu öffnen.« Sie sah zu den Fenstern im ersten Stock. »Mein Vater und ich wohnen über dem Geschäft.«

»Ach so. Nun, vielen Dank auf jeden Fall. Auf Wiedersehen.«

»Auf Wiedersehen.« Anna nahm ihre Arbeit wieder auf.

Im Hotel brachte Brianne Mrs. Potter dazu, Patricks Zimmer aufzusperren. Ein flüchtiger Blick verriet ihr, daß seine Sachen unangetastet waren – ebenso wie sein Bett.

Leicht irritiert ging Brianne die Treppe hinunter und trat auf die Hotelveranda. Sloan Lassiter war hier und räkelte sich in einem Sessel. Sie hatte ihn schon beim Betreten des Hotels gesehen und ihm kurz zugenickt. Jetzt fiel ihr ein, daß er möglicherweise die Antworten auf ihre Fragen hatte.

»Sie haben Ihren Bruder nicht gefunden?« fragte er, obwohl er die Antwort kannte. Von seinem Beobachterposten hatte er gesehen, wie sie zum Stall gegangen und wieder zurückgekehrt war und ein paar Worte mit dem Mädchen aus dem Warenhaus gewechselt hatte.

»Nein. Sie waren doch gestern nacht mit ihm zusammen, nicht?«

»Einen Teil der Nacht. Wir haben ein paar Runden Poker gespielt.«

»Hat er erwähnt, was er nach dem Spiel machen wollte?«

»Nicht, daß ich wüßte.« Sloan erzählte ihr bewußt nichts von Katy, dem hübschen Saloon-Mädchen, mit dem Patrick sich gestern so intensiv beschäftigt hatte. Wenn er sich nicht sehr irrte, hatte Katy Patrick den größten Teil der Nacht munter gehalten. Höchstwahrscheinlich schlief er im Moment noch in einem der Räume über dem Saloon.

Brianne runzelte die Stirn. »Und von heute hat er nichts gesagt?«

»Nichts.«

Brianne senkte den Blick und stellte zerstreut fest, daß sie mit der Stiefelspitze nervös auf den Boden klopfte. Sie hob abrupt den Kopf. »Dann muß ich eben in den Saloon und dort herumfragen.«

»Das geht nicht.«

Sloans ruhige, aber autoritäre Bemerkung überraschte Brianne einen Moment lang, da sie solche Worte und einen solchen Ton in ihrem Leben nur selten zu hören bekommen hatte. Aufgewachsen in der unbegrenzten Freiheit von Killara, hatte sie sich nie um die Einschränkungen gekümmert, die einer Frau normalerweise auferlegt waren.

Sicher, da war dieser Tag gewesen, kurz vor ihrem zehnten Geburtstag, als Malvina sah, wie sie splitternackt und ausgelassen mit ein paar Onkeln und Cousins und Patrick im Teich herumtobte. Malvina hatte sie blitzartig aus dem Wasser geholt und von da an versucht, aus ihr eine vorbildliche junge Dame zu machen.

Brianne hatte Malvina aufmerksam gelauscht und alles in sich aufgenommen, was sie ihr sagte, war dann aber aus dem Haus gestürmt, um das zu lernen, was sie wirklich können wollte – Reiten, Schießen, Jagen, Spurenlesen. Zum Glück war sie seit drei Generationen das erste Mädchen in ihrer Familie, und es war immer jemand für sie da gewesen, der ihr gern alles beibrachte, was sie sich wünschte. Brianne hatte Onkel, Cousins und einen Großvater, und keiner von ihnen hatte einen Grund gesehen, warum sie ihren Willen nicht durchsetzen sollte.

Trotzdem sagte ihr jetzt ihre Vernunft, daß Sloan recht hatte. Keine anständige Frau betrat einen Saloon. Aber Patrick war nirgends zu finden, und das hob ihrer Meinung nach jede Anstandsregel auf, der sie eigentlich folgen sollte.

»Ich muß in den Saloon«, erwiderte sie ruhig. »Irgend jemand dort könnte etwas über Patrick wissen.«

Sloan stand langsam und widerstrebend auf. Obwohl er ganz und gar nicht die Absicht hatte, sich in die Angelegenheiten anderer Leute zu mischen, konnte er nicht zulassen, daß Brianne in den Saloon ging. Abgesehen von der Tatsache, daß es sich einfach nicht gehörte, bestand die große Chance, daß sie eine nackte Katy engumschlungen mit einem gleichfalls nackten Patrick entdecken würde. Er überlegte flüchtig, wie

Brianne auf eine solche Szene reagieren würde. Dann fiel ihm ein, wie selbstbewußt sie aufgetreten war, als er sie im Bad überrumpelt hatte, und er konnte sich nicht vorstellen, daß sie allzu schockiert wäre.

Brianne Delaney war eine interessante junge Dame, und wenn die Umstände anders gewesen wären – aber sie waren es nicht, und er durfte es nicht einmal bedauern.

»Ich gehe«, sagte er. »Warten Sie hier.«

Brianne wollte instinktiv protestieren, unterließ es dann aber. Er hatte recht, es war wirklich besser, wenn er allein ging. Hoffentlich bekam er etwas heraus.

Als Sloan den Saloon betrat, sah er Lucky, der gerade eine Zigarre rauchte und die Theke abwischte. Es waren bereits mehrere Gäste anwesend. Ein paar Männer waren schon bei den harten Getränken, andere tranken Kaffee. Katy saß mit Janice an einem der hinteren Tische und frühstückte.

Janices gelangweilte Miene erhellte sich, als sie ihn auf ihren Tisch zukommen sah. Sie sprang auf. »Sloan! Mr. Lassiter, meine ich. Ich bin so froh, daß Sie wieder da sind! Ich hatte schon Angst, Sie wären nicht mehr in der Stadt!«

Sloan nahm kaum zur Kenntnis, daß ihre Freude echt klang. »Ich bleibe eine Weile hier.« Er wandte sich an das andere Mädchen. »Katy, hast du die Nacht mit Mr. Delaney verbracht?«

Seine Frage hätte sie nicht in Verlegenheit bringen dürfen, aber sie wirkte plötzlich nervös.

»Ich war ein paar Stunden mit ihm zusammen«, gab sie zögernd zu.

»Bist du mit ihm nach oben gegangen?«

Sie richtete sich in ihrem Stuhl auf und erwiderte trotzig seinen kritischen Blick. »Allerdings, und ich habe ihm die Zeit sehr angenehm vertrieben.«

»Warum fragen Sie Katy das alles?« fragte Janice, die seine Aufmerksamkeit wieder auf sich lenken wollte.

Er ignorierte sie. »Katy, zeig mir das Zimmer, in dem ihr wart.«

Einen Moment lang glaubte er, sie würde sich weigern, aber schließlich stand sie auf und führte ihn die Treppe hinauf. Janices neidvoller Blick folgte ihnen.

»Ich weiß nicht, was das ganze Theater soll«, beschwerte Katy sich. »Ich habe alles gemacht, was Mr. Delaney verlangt hat. Er war hinterher ganz schön fertig.«

Sie stieß eine der Türen auf, und Sloan betrat ein kleines Zimmer, das nur spärlich mit Bett, Waschtisch und zwei Sesseln möbliert war. Das Bett war leer, aber die Decken, die zerwühlt auf der dicken Matratze lagen, zeugten von den lebhaften Aktivitäten der vergangenen Nacht.

Lange Jahre, in denen er nur auf sich allein gestellt war, hatten Sloans Instinkte stark ausgeprägt und verfeinert, und jetzt sagten ihm seine Instinkte, daß etwas nicht stimmte. Er konnte es deutlich spüren.

Er wirbelte zu Katy herum. »Wann hast du ihn zum letztenmal gesehen?«

Das Mädchen wich einen Schritt zurück. »Mr. Delaney, meinen Sie?« Sie befeuchtete nervös ihre Unterlippe. »Na ja, nachdem wir . . . äh . . . Sie wissen schon . . . also danach bin ich gegangen. Er hat geschlafen.«

»Und seither hast du ihn nicht gesehen?«

Obwohl Katy die Hände herausfordernd in die Hüften gestemmt hatte, wirkte sie, als ob sie jeden Moment in Tränen ausbrechen würde. »Das habe ich Ihnen doch gesagt! Lassen Sie mich in Ruhe!«

Sloans Hand schoß vor, vergrub sich in Katys Haar und zog ihren Kopf dicht zu sich heran. »Wenn ich dahinterkomme, daß Delaney etwas zugestoßen ist und du etwas davon gewußt hast – nur irgend etwas, hörst du? –, dann wirst du mir persönlich dafür einstehen. Kapiert?«

Sein Griff war gerade hart genug, um ihr eine Andeutung der

Schmerzen zu geben, die er ihr zufügen konnte, wenn er wollte, und Katy nickte.

Er gab sie mit einem Stoß frei. »Okay, und jetzt verschwinde.«

Nachdem sie das Zimmer verlassen hatte, sah Sloan sich genauer um. Nirgends waren persönliche Gegenstände zu entdecken. Er hob die Bettwäsche hoch und schüttelte sie aus. Nichts. Erst jetzt fiel ihm der Lappen auf. Ein kleiner, schmutziger Stoffetzen lag unter dem Bett. Sloan bückte sich, hob ihn auf und schnupperte daran. Er nahm einen vagen Geruch wahr. Äther.

Brianne hätte selbst nicht sagen können, woher sie es wußte, aber in derselben Sekunde, in der sie Sloan auf sie zukommen sah, war sie überzeugt, daß etwas nicht stimmte. Nur mit Mühe hielt sie sich zurück, sofort auf ihn zuzurennen.

Da es ohnehin keine Möglichkeit gab, ihr die Nachricht schonend mitzuteilen, entschied sich Sloan für den direkten Weg. Als er vor ihr stand, hielt er ihr den Stoffetzen entgegen. »Äther.«

Sie nahm das Stück Stoff in die Hand und roch daran. Fast hätte sie sich übergeben. »Das verstehe ich nicht.«

»Ihr Bruder hat die Nacht in Luckys Saloon verbracht. Ich vermute, jemand hat ihn mit diesem äthergetränkten Lappen betäubt.«

»O mein Gott! Wo ist er? Ist er noch im Saloon? Ist er bewußtlos?«

Ihr fröhliches Gelächter fiel ihm ein, und er zögerte. Was er ihr jetzt zu sagen hatte, würde ihrem Lachen ein abruptes Ende setzen.

»Nun? Patrick ist doch in Ordnung, oder?«

»Brianne . . .«

Ohne zu wissen, was sie tat, schloß sich ihre Hand um seinen Arm. »Er ist doch nicht tot?«

Sie ließ seinen Arm fast sofort wieder los, aber Sloan entging die Panik in ihren Augen ebenso wenig wie ihr verzweifelter Gesichtsausdruck. »Ich weiß es nicht«, sagte er ruhig. »Auf jeden Fall ist nirgends eine Spur von ihm zu entdecken.«

Briannes Hand flog an ihren Mund. »Du lieber Himmel, er ist gekidnappt worden!«

»Gekidnappt?« Seine Stimme verriet Überraschung. »Warum sollte jemand so etwas tun? Ich kann mir vorstellen, daß man ihn überfällt und ausraubt, aber eine Entführung? Das ergibt keinen Sinn.«

Brianne kämpfte um ihre Fassung und richtete sich kerzengerade auf. In Sloans Augen wirkte sie in der Art, wie sie einen unsichtbaren Umhang von Würde und Haltung umzulegen schien, wie eine Königin.

»Vielen Dank, daß Sie für mich in den Saloon gegangen sind.« Ohne ein weiteres Wort zu verlieren, drehte sie sich auf dem Absatz um und machte sich auf den Weg zum Büro des Sheriffs.

Sloans erster Impuls war es, ihr nachzugehen, ihr zu helfen, sie zu fragen, warum sie seine Frage nicht beantwortet hatte, aber er blieb stehen und rief sich in Erinnerung, daß er aus einem ganz bestimmten Grund nach Chango gekommen war, der nichts mit dieser rothaarigen Zauberin mit den grünen Augen zu tun hatte. Er ließ sich in den Stuhl sinken, auf dem er vorher schon seinen Posten bezogen hatte, und fuhr fort, das Leben und Treiben auf der Main Street zu beobachten.

Brianne riß die Tür zum Sheriffsbüro auf und stürmte auf den Mann zu, der mit den Beinen auf dem Schreibtisch in einem Stuhl lehnte und döste. »Ich bin Brianne Delaney. Meinem Bruder ist etwas zugestoßen. Sind Sie der Sheriff?«

Schläfrig schob der Mann die Hutkrempe zurück, die seine Augen bedeckte, und sah sie an. »Nein, der Hilfssheriff, Norman Bowls.«

»Wo ist der Sheriff?« fragte sie ungeduldig.

»Nicht da. Er ist drüben in Doley, ein paar Viehdieben auf der Spur. Ich bin jetzt zuständig.«

»Dann tun Sie etwas! Ich glaube, mein Bruder ist gekidnappt worden.«

»Gekidnappt, sagen Sie?« Mit trägen Bewegungen nahm der Mann seine Beine vom Tisch und setzte sich auf. »Na ja, das ist interessant. Kidnapping hatten wir schon lange nicht. Morde, ja. Morde 'ne ganze Menge. Sind Sie sicher?«

Brianne hätte den Dummkopf am liebsten beim Kragen gepackt und ihn angebrüllt. Statt dessen warf sie den Stoffetzen auf den Tisch. »Dieser Lappen mit Äther wurde unter dem Bett gefunden, in dem mein Bruder die Nacht verbracht hat.«

»Und wo war das?«

»In Luckys Saloon.«

»Im Saloon, so so.« Norman kratzte sich an seinem stoppeligen Kinn. »Möchte wissen, welches Mädchen er hatte. Vielleicht Janice. Oder Claire. Andererseits . . .«

»Meinetwegen kann er die Nacht mit allen zusammen verbracht haben«, fiel Brianne ihm wütend ins Wort. »Er ist verschwunden, und ich will ihn wiederfinden. Was werden Sie in der Sache unternehmen?«

»Nichts.«

»Was?«

Norman lehnte sich zurück. »Hubert, mein Schwager, er ist der Sheriff, müssen Sie wissen, und, na ja, er hat mir das Versprechen abgeknöpft, daß ich keinen Ärger kriege, solange er nicht da ist. Das heißt, ich bleibe genau hier.« Er deutete auf seinen Stuhl und fügte verdrießlich hinzu: »Hubert sagt, ich kriege immer Ärger, wenn er nicht da ist.«

»Aber Sie müssen meinen Bruder finden! Er könnte schwer verletzt sein!«

»Er könnte tot sein«, bemerkte Norman Bowls mit düsterer Logik.

»Er ist *nicht* tot!«

Norman, dem ihre entschlossene Miene auffiel, wurde plötzlich mißtrauisch. »Wie war doch gleich Ihr Name?«

»Brianne Delaney.«

»Sie kommen nicht zufällig aus Arizona, wie?«

»Doch.«

»Aha.«

»Aha? Was soll das heißen?«

»Mit den Delaneys will ich nichts zu tun haben. Haben angeblich alle ein höllisches Temperament. Was ist, wenn der Junge umgelegt worden ist? Dann ist meine Haut nicht mal mehr soviel wert wie die von einem Stinktier.«

Sie beugte sich vor, bis sie auf einer Augenhöhe mit dem Hilfssheriff war. »Sie Idiot«, sagte sie leise, »ist Ihnen nicht klar, daß meine Familie diese Stadt im Handumdrehen dem Erdboden gleichmachen kann? Und genau das wird auch passieren, wenn mein Bruder umgelegt wird und Sie nichts getan haben, um es zu verhindern.«

»Kann sein«, murmelte er. »Aber ich behalte wenigstens meine Haut.«

Der tödliche Blick in Briannes Augen ließ den Mann zusammenzucken und den Hut über seine Augen rutschen. Im nächsten Moment klirrten die Scheiben, und Papier flog zu Boden, als sie die Tür hinter sich ins Schloß knallte.

Sloan packte Brianne am Arm, als sie an ihm vorbei ins Hotel stürmen wollte. »Was haben Sie herausgefunden?«

»Daß es hier zumindest in der nächsten Zeit kein Gesetz gibt. Der Sheriff ist nicht in der Stadt, und sein schwachsinniger Schwager spielt den Hilfssheriff.«

Sloan stand auf, ohne ihren Arm loszulassen. »Und was machen Sie jetzt? Ihr Bruder hat gestern abend Ihre Familie erwähnt. In Arizona, soweit ich mich erinnere. Sie sollten Ihren Leuten lieber ein Telegramm schicken.«

Brianne tat seinen Vorschlag mit einem ungeduldigen Kopfschütteln ab und erwiderte heftig: »Ich werde ihn finden.«

»*Sie*?« Sein Griff verstärkte sich. »Sie können sich unmöglich allein auf die Suche nach Ihrem Bruder machen.«

Briannes Überraschung war echt. »Warum nicht? Und noch etwas: Warum halten Sie mich eigentlich am Arm?«

Sloan ließ die Hand sinken.

Janice, die gerade auf Sloan zuging, verfluchte ihr Pech, als sie feststellte, daß er sich mit dieser rothaarigen Frau unterhielt. Gestern nachmittag hatte sie dieselbe Frau mit Patrick zusammen gesehen. Er hatte sie Brianne genannt und ihr ebenso seine ungeteilte Aufmerksamkeit geschenkt, wie es Sloan jetzt tat.

Janice blieb stehen. Sloan stand mit dem Rücken zu ihr und hatte sie noch nicht gesehen. Vielleicht konnte sie später wiederkommen.

Brianne sah Sloan über die Schulter, und etwas an ihrem Gesichtsausdruck veranlaßte sie, sich umzudrehen. »Janice?«

»Es – es tut mir leid, Mr. Lassiter. Ich habe eine Nachricht für Sie, aber ich komme später wieder, wenn Sie Zeit haben.«

»Das wäre vielleicht besser«, erwiderte er.

»Warten Sie«, rief Brianne. »Betrifft die Nachricht vielleicht Patrick Delaney?«

Janice verschlang die Hände ineinander und warf Brianne einen verstohlenen Blick zu. Normalerweise nahmen die Frauen in der Stadt keinerlei Notiz von ihr oder den anderen Mädchen, die im Saloon arbeiteten, und wandten den Blick ab, wenn sie ihnen auf der Straße begegneten. Aber Brianne sah sie so gespannt und erwartungsvoll an, daß sie Mut faßte.

Sie nickte.

»Wie lautet die Nachricht?« fragte Sloan.

Janice griff in ihre Rocktasche und zog ein Stück zusammengefaltetes Papier heraus. »Hier. Katy hat mich gebeten, es Ihnen zu geben. Sie selbst hatte zuviel Angst.«

Sloan faltete das Papier auseinander. Beim Lesen verhärtete sich seine Miene. »Brianne, ich glaube, das ist für Sie.«

Mit sinkendem Mut griff Brianne nach dem zerknitterten Zettel und las:

Wir wolen anderthalptausent Dolars für ihren Bruhder.
Wir melden uns wiehder.

Brianne begann zu zittern, und zwei starke Hände führten sie zu einem Sessel.

»O mein Gott, sie fällt in Ohnmacht!« rief Janice.

»Nein . . . nein. Ich bin okay.« Sie schwenkte den Zettel, den sie umklammerte. »Nur dieser eindeutige Beweis, daß meine Vermutung richtig war . . . ist . . .«

Sloan kniete sich neben sie und nahm ihre Hand. »Sie werden jetzt sofort dieses Telegramm aufgeben.«

»Noch nicht.« Sie holte mehrmals tief Luft und zwang sich, die Schwäche zu überwinden, die sie plötzlich befallen hatte. Sie mußte sich zusammenreißen, wenn sie handeln wollte! Ihr gelang ein kurzes Lachen. »Ich würde zu gern wissen, wie sie ausgerechnet auf diese Summe gekommen sind.«

Sie sah in Sloans Augen, und einen Moment lang war sie wie gebannt. In der Tiefe dieses goldenen Funkelns schien echte Sorge zu liegen. Die Wärme strömte in ihren Körper zurück. Sie lachte wieder und war froh, nicht mehr so zittrig zu klingen. »Patrick wird in die Luft gehen, wenn er erfährt, wie gering sein Wert eingeschätzt wird.« Sie sah zu Janice. »Woher haben Sie diese Nachricht?«

»Von Katy. Sie arbeitet in Luckys Saloon, wie ich. Sie hatte Angst vor Mr. Lassiter, deshalb hat sie mich geschickt. Katy war letzte Nacht mit Mr. Delaney zusammen . . .« Janices Stimme erstarb, als ihr klar wurde, was sie gerade gesagt hatte. »Sind Sie Mr. Delaneys Frau?« fragte sie beunruhigt.

»Ich bin seine Schwester, und ich möchte, daß Sie mir alles erzählen, was Sie wissen.«

Hinter ihrem Rücken lächelte Sloan beinahe darüber, wie selbstverständlich sie die Tatsache aufnahm, daß ihr Bruder die Nacht mit einem Mädchen aus dem Saloon verbracht hatte. Je mehr er von Brianne erfuhr, desto mehr mochte er sie, desto mehr bewunderte und, verdammt noch mal, begehrte er sie.

Janice warf einen hastigen Blick auf den Bürgersteig, um sicherzugehen, daß niemand in der Nähe war, der vielleicht etwas dagegen hatte, daß sie mit dieser Dame sprach. So nett Brianne auch wirkte, Janice hätte lieber nur mit Sloan geredet. Sie konnte sich noch gut erinnern, wie er gestern ihre Brust liebkost hatte. Sie hatte dabei wirklich etwas empfunden, und das war ungewöhnlich.

Sloan verlagerte ungeduldig sein Gewicht. »Janice!«

»Oh! Ja, äh, also diese Männer haben Katy den Zettel gegeben, nachdem . . . nachdem sie und Mr. Delaney . . . na, ist ja egal.« Sie sah Sloan entschuldigend an, aber er deutete ihr nur mit einem Nicken an, fortzufahren. »Also, Mr. Delaney war eingeschlafen, und . . . Ich weiß nicht, aber ich glaube, diese Männer sind nach oben gegangen und haben Mr. Delaney überwältigt und durch den Hinterausgang rausgebracht.«

Brianne berührte angstvoll Janices Arm. »Haben sie ihn verletzt?«

»Das – das weiß ich nicht.« Wieder sah sie zu Sloan. Sie wollte eindeutig klarstellen, daß sie mit dem Kidnapping nichts zu tun hatte. »Ich habe von der ganzen Sache erst etwas gehört, als Sie heute morgen in den Saloon kamen. Und Katy hat mir erst von den Männern und dem Zettel erzählt, nachdem Sie wieder weg waren.« Nach kurzem Überlegen fügte sie hinzu: »Sie haben Katy Geld gegeben.«

Ein Zupfen an ihrem Arm lenkte ihre Aufmerksamkeit wieder auf Brianne. »Können Sie sich noch erinnern, wie diese Männer ausgesehen haben?«

Janice befeuchtete ihre Lippen, während sie daran dachte,

wie sie gestern in einer Ecke des Saloons gesessen und auf Sloans Rückkehr gehofft hatte. Vielleicht kam er heute zu ihr. Sie warf ihm einen sehnsüchtigen Blick zu. »Nein, ich hatte was anderes im Kopf. Ich habe kaum darauf geachtet, was im Saloon vorging.«

»Vielen Dank, Janice«, bemerkte Sloan trocken. »Sag Katy, daß ich nachher mit ihr reden will. Es wäre besser für sie, wenn sie im Saloon bleibt.«

Nachdem Janice gegangen war, stand Brianne auf und wandte sich zum Hoteleingang.

Wieder packte Sloan sie am Arm. »Moment mal! Was haben Sie vor?«

Brianne sah auf seine Hand hinunter, die sich um ihren Arm geschlossen hatte. »Sie wollen wohl eine Gewohnheit daraus machen, was?«

»Da könnte ich mir ein paar bessere Sachen vorstellen, die ich mir bei Ihnen gerne zur Gewohnheit machen würde. Soll ich es Ihnen zeigen?«

Trotz ihrer Angst um Patrick ließen seine Worte ihren Puls rasen und das Blut heiß durch ihre Adern strömen. Aber falls er erwartet hatte, daß sie erröten würde, mußte sie ihn enttäuschen. »Nein, danke. Und um Ihre Frage zu beantworten, ich gehe nach oben und hole mein Gewehr.«

Mit einer schnellen Bewegung befreite sie sich aus seinem Griff und lief ins Hotel und die Treppe hinauf. Sloan ließ sie gehen, da sie bei den Passanten bereits mehr Interesse erweckten, als angebracht war. Dem äußeren Schein zuliebe wartete er ein paar Minuten, bevor er ihr folgte. Die Tür zu ihrem Zimmer stand einen Spalt offen, und er trat ein, ohne anzuklopfen, und schloß die Tür hinter sich.

»Wissen Sie, Brianne, ich finde, bis jetzt haben Sie sich bewundernswert gehalten, aber falls Sie wirklich mit dem Gedanken spielen, Ihren Bruder auf eigene Faust zu suchen, muß ich leider an Ihrem gesunden Menschenverstand zweifeln.«

Brianne fuhr hoch. »Sie sollten nicht in meinem Zimmer sein.«

Er trat näher. »Haben Sie mich nicht verstanden?«

Sie legte das Gewehr aus der Hand, das sie aus der Hülle genommen hatte, und überprüfte die Munition in ihrer Satteltasche. »Natürlich habe ich Sie verstanden. Das Problem ist nur, daß Sie nichts sagen, was ich hören möchte.«

»Und was kann ich sagen, um Sie zum Zuhören zu bringen?« Er nahm ihre Arme und drehte sie langsam zu sich herum. »Genügt es, wenn ich die Indianer erwähne, die unvermutet aus dem Nichts auftauchen und Sie überfallen könnten?«

»Sie können mir nichts über Indianer erzählen, was ich nicht schon wüßte«, erwiderte sie ernst. Sie dachte an ihre Eltern, Rory und Helene, die bei einem Indianerüberfall ums Leben gekommen waren, als sie und Patrick noch ganz klein waren. Aber diese schmerzlichen Erinnerungen wurden rasch durch das Bild von Silver Dove, ihrer munteren, liebenswerten Cousine, verdrängt.

Seine Hand wanderte ihren Nacken hinauf. »Und was ist mit den Männern, die Ihnen unterwegs begegnen könnten, Männern mit Waffen und wenig Skrupeln?«

Sie sah in die kalten goldenen Augen, die kaum Gefühle verrieten. »Die Beschreibung trifft auch auf Sie zu.«

Seine Finger verharrten. »Sie haben recht«, sagte er leise. »Vollkommen recht.«

Unvermittelt beugte er sich vor und senkte seinen Mund auf ihren. Die Gefühle, die sofort in ihm wach wurden, ließen ihn beinahe die Fassung verlieren. So lange war er innerlich wie tot gewesen, und jetzt konnte er sich nicht die Zeit nehmen, herauszufinden, was mit ihm geschah. Kühl und unbeteiligt streiften seine Lippen ihren Mund, aber die Empfindungen, die Brianne in ihm hervorrief, waren alles andere als kühl. Warum mußte ihn gerade diese eine Frau so sehr beunruhigen und verzaubern? Verdammt! Er zog sie an sich. Sie würde sich nicht wie eine unheilbare Wunde in sein Fleisch brennen.

Sie wehrte sich, aber er zwang sie, ihre Lippen zu öffnen, und ihr leises Aufstöhnen verriet ihm, daß es in seiner Macht lag, sie zum Nachgeben zu bringen.

Wäre ihr Bruder nicht verschwunden, hätte sie heute die Stadt und damit sein Leben verlassen, und es hätte ihn nicht berührt. Zumindest war es das, was er sich einredete. Er preßte sie an sich, getrieben von dem unbezwinglichen Wunsch, ihre Brüste und Schenkel an seinem Körper zu spüren.

Brianne fühlte das Feuer, das seine gezielten Bewegungen in ihrem Körper entzündeten, und jeder Widerstand in ihr erlahmte. Wie kann er das tun? fragte sie sich verzweifelt. Wie konnte er sie alles vergessen lassen, alles Denken in ihr auslöschen bis auf das brennende Verlangen, das sich in ihren Lenden ausbreitete? Es schien ihm so leichtzufallen, zu leicht. Und es brachte sie in Wut, weil sie sich nicht erlauben durfte zu vergessen, was mit Patrick geschehen war und was sie tun mußte.

»Nein«, brachte sie heraus und stemmte sich gegen ihn. »Nein!« wiederholte sie, diesmal mit festerer Stimme, und wand sich aus seiner Umarmung.

Sloan sah sie an. Ihre Augen schimmerten weich, ihre Lippen waren voll und rot. Wenn er je eine Frau von Leidenschaft aufgewühlt gesehen hatte, dann Brianne. Und dennoch hatte sie sich von ihm gelöst.

Sie schlang beide Arme um sich und kehrte ihm den Rücken zu, um sich mit einigen hastigen Atemzügen wieder ein wenig unter Kontrolle zu bringen. Dieser Mann war ihr ein Rätsel. Sie erinnerte sich an den Vorfall mit Mrs. Potter, als er George in Schutz genommen hatte. Und unten auf der Veranda hatte sie den flüchtigen Eindruck gehabt, er könnte sich Sorgen um sie machen. Aber sie wußte, daß dieser Eindruck falsch gewesen sein mußte. Er war ohne Frage viel zu hart und abgebrüht, um sich um andere Menschen Gedanken zu machen.

Da ihr das bewußt war, wie konnte sie dann die Gefühle erklären, die er in ihr auslöste, wenn er sie berührte, oder in den Armen hielt oder küßte – oder alles zusammen tat? Wie die Momente, in denen er die uneingeschränkte Macht zu haben schien, ungeahnte Sehnsüchte und Wünsche in ihr wachzurufen?

Die Antwort war höchst simpel. Was er für sie empfand, war Begehren, mehr nicht. Sie entstammte einer leidenschaftlichen Familie, aber obwohl sie immer gewußt hatte, daß so etwas wie wildes, sexuelles Verlangen existierte, hatte sie selbst es bisher noch nie erlebt. Das alles war so neu für sie.

Sie schüttelte den Kopf, um wieder klarer denken zu können. Er war ein beunruhigender Mann, aber sie hatte keine Zeit für den Aufruhr an Gefühlen, den er in ihr auslöste.

Sie wirbelte herum und fixierte ihn. »Wissen Sie, was ich nicht verstehe, Mr. Lassiter? Ich verstehe nicht, was Sie das alles angeht. Was kann es Ihnen schon ausmachen, ob ich allein auf die Suche nach meinem Bruder gehe oder nicht?«

»Vermutlich stört es mich nur, weil ich von jeher eine Abneigung gegen Dummheit habe«, gab er ungerührt zurück. »Und falls es Ihnen entgangen sein sollte, Sie sind in einer fremden Stadt und umgeben von Fremden.«

»Zu denen auch Sie gehören.«

»Süße« – seine Stimme war ein spöttisches Murmeln, das wie ein Prickeln über ihren Rücken lief – »Fremde küssen sich nicht so, wie wir beide es eben getan haben.«

Ignoriere ihn! befahl sie sich und beugte sich vor, um ihren Schlafsack aufzuheben, aber seine nächsten Worte ließen sie hochfahren.

»Sie suchen nach drei Männern.«

»Wovon reden Sie?«

»Sie sind mir gestern nacht aufgefallen. Als sie den Namen Delaney hörten, widmeten sie Ihrem Bruder auffallende Aufmerksamkeit. Einer war groß, die beiden anderen etwa mittelgroß und kräftig gebaut. Ich kann natürlich nicht sicher sein, bevor ich mit Katy gesprochen habe.«

»Warum haben Sie mir das nicht früher erzählt?«

»Weil ich Sie für zu intelligent hielt, um allein durch die Gegend zu streifen und Ihren Bruder aufzustöbern. Aber da ich mich anscheinend geirrt habe, sollten Sie zumindest wissen, mit wem Sie es zu tun haben.«

»Ich werde Katy fragen.«

»Ihre Sorge um Patrick beeinträchtigt Ihren gesunden Menschenverstand, Brianne. Es sieht so aus, als ob Sie noch eine Weile in Chango bleiben müßten. Machen Sie sich die Dinge nicht unnötig schwer. Bringen Sie die Leute nicht gegen Sie auf. Lassen Sie mich zumindest mit Katy reden.«

»Zumindest?«

»Hören Sie mal, Rotschopf, Sie mögen sich vielleicht einbilden, daß es hier kein Gesetz gibt, aber außerhalb der Stadt werden Sie feststellen, was wirkliche Gesetzlosigkeit bedeutet.« Ärger stieg in ihm auf, und seine Hände ballten sich zu Fäusten. Noch nie war ihm eine Frau begegnet, die ihm keine Beachtung schenkte, und noch nie war ihm eine Frau begegnet, die er mehr begehrt hätte. »Der Westen ist keine Gegend, in der eine Frau allein sein sollte.«

»Wie kommen ausgerechnet Sie dazu, mir etwas über den Westen zu erzählen? Das ist wirklich sehr interessant, vor allem, da *ich* im Westen geboren wurde und Sie aus der Stadt sind. Außerdem bin ich im Moment die einzige Chance, die mein Bruder hat.« Sie neigte den Kopf ein wenig zur Seite und sah ihn aus ihren klaren grünen Augen forschend an. »Hat es in Ihrem Leben nie einen Menschen gegeben, der Ihnen so wichtig war, daß Sie alles riskiert hätten, um ihn zu retten?«

David. Sloan fühlte sich, als ob Brianne in sein Innerstes gegriffen und eine offene Wunde berührt hätte. Die Tatsache, daß sie es unwissentlich getan hatte, machte seinen Schmerz um nichts erträglicher. Die Qual, die die Erinnerung an den Tod seines Bruders in ihm hervorrief, ging nur ihn etwas an, und er wollte mit keinem Menschen darüber sprechen.

»Auf Wiedersehen, Brianne, und viel Glück.«

Er verließ abrupt das Zimmer, und Brianne blieb wie erstarrt stehen und starrte auf die Tür. Plötzlich fühlte sie sich sehr allein und verloren. Sie hatte Patrick gesagt, daß Sloan gefährlich wäre, und jetzt war sie mehr denn je davon überzeugt. Die Männer in ihrer Familie hatten ähnliche Charakterzüge, aber sie alle besaßen etwas, was Sloan fehlte – eine Seele. Sloan wirkte fast, als ob er innerlich tot wäre.

Aber wenn es so war, ging es ihr durch den Kopf, wie konnte er dann solche Leidenschaft in ihr erwecken? Und wie ließ sich das flüchtige Aufflackern von Qual in seinen Augen erklären, das sie erhascht hatte, als sie ihm ihre Frage stellte? Der Schmerz in seinem Blick war allerdings blitzartig wieder verschwunden.

Ihr Wunsch, auf all diese Fragen eine Antwort zu finden, konnte leicht zu einer Besessenheit ausarten, wenn sie es zuließ, aber momentan durfte sie sich durch nichts von ihrer Suche nach Patrick ablenken lassen.

Sie dachte noch eine Minute länger über Sloan Lassiter nach, schob dann ungeduldig eine Haarsträhne aus ihrem Gesicht und murmelte: »Zur Hölle mit ihm!« Sie mußte sich ihn aus dem Kopf schlagen. Sie hatten sich zweimal geküßt, und der Himmel wußte es, sie würde diese Küsse sicher nie vergessen, aber jetzt gab es Wichtigeres zu tun. Patrick war verschwunden und schwebte in Gefahr, und ihm galt ihre Hauptsorge.

5

Kurz nach Sonnenuntergang kam Brianne zurückgeritten. Sie zügelte Dancer vor dem Hotel und stieg ab. Sloan, der gerade von einem Gang durch die Stadt zurückkehrte, sah sie und blieb einen Moment im Schatten stehen, um sie zu beobachten. Es war offensichtlich, daß sie Patrick nicht gefunden hatte, aber damit hatte er im Grunde auch nicht gerechnet. Sie wirkte müde, aber merkwürdigerweise nicht entmutigt.

George kam eilfertig aus dem Hotel gelaufen. »Soll ich mich um Ihr Pferd kümmern, Miß Delaney?«

Sie nickte. »Bring es zum Stall, reib es gründlich ab, und vergiß nicht, ihm viel Wasser und Hafer zu geben.«

Brianne machte den Schlafsack und die Satteltasche los und warf sich beides über die Schulter. Sloan hatte den Eindruck, daß die Satteltasche viel zu schwer für sie war, aber nicht einmal mit einem Wimpernzucken verriet sie, daß die Last zu groß sein könnte.

Noch während sie damit beschäftigt war, das Gewehr aus der Hülle zu nehmen, stand plötzlich Sloan neben ihr. Ihr Herz machte einen Satz, und als sie spürte, wie es gegen ihre Rippen hämmerte, entschied sie, daß sie sich allmählich an seine Art, unvermutet aufzutauchen, gewöhnen müßte.

Er warf George ein paar Münzen zu. »Das ist für dich George, nicht für deinen Vater. Verstanden?«

»Ja, Sir! Vielen Dank, Mr. Lassiter!«

Brianne sah George nach, als er Dancer wegführte, und wandte sich dann zu Sloan. »Warum haben Sie das gesagt?«

»Laut Mrs. Potter nimmt der Vater dem Jungen jeden Cent weg, den er verdient, und gibt ihn für Schnaps aus.«

»Hat Mrs. Potter diese Information von sich aus gegeben, oder haben Sie sie gefragt?«

Seine Mundwinkel hoben sich leicht. »Ist das wichtig?«

»Ich dachte nur . . .« Brianne zögerte. »Ich habe mich nur gefragt, warum Sie so besorgt um George sind, mehr nicht.«

»Nicht besorgt, sondern neugierig«, korrigierte er kühl. »Und es gibt keinen besonderen Grund.«

»Nein«, sagte sie langsam. »Vermutlich nicht, aber wenn ich Patrick gefunden habe, werde ich sehen, was ich für George tun kann.«

»Wenn – nicht falls? Dann haben Sie also eine Spur?«

Sie ging auf den Hoteleingang zu. »Leider nein. Das Unwetter der letzten Nacht hat sämtliche Spuren und Fährten weggespült. Das hatte ich befürchtet, aber ich mußte sichergehen. Und es war natürlich keine große Hilfe, daß ich heute erst so spät aufgebrochen bin.«

Gemeinsam traten sie durch die Eingangstür und in das Foyer des Hotels, das einst die großzügige Halle im Haus des englischen Herzogs gewesen war. Eine hohe Standuhr aus Mahagoni stand gleich neben der Tür Wache. Auf der einen Seite des Foyers führte eine Treppe aus schwerer Eiche in die oberen Stockwerke. Die Wände des Treppenaufgangs waren mit bemalten Holzpaneelen verkleidet, die Jagdszenen und Damwild zeigten.

Mrs. Potter, die an einem geschwungenen Schreibtisch saß und in einer Zeitung blätterte, sah von ihrer Lektüre auf. »Oh, Miß Delaney, gut, daß Sie da sind. Ich wollte Sie fragen, ob ich Mr. Delaneys Zimmer noch für ihn freihalten soll, wo er doch verschwunden ist.«

Briannes Gesicht war der Schock über diese Frage deutlich anzusehen. »Ja, natürlich! Vermieten Sie das Zimmer bitte nicht weiter. Ich zahle die Rechnung, bis Patrick zurückkommt, und das wird bestimmt nicht lange dauern.«

Mrs. Potter glättete die Schürze, die ihr steifes braunes Bombasinkleid verdeckte. »Sie haben sicher recht. Es ist nur so, wenn man die Sache vernünftig betrachtet . . .«

Perlendes Gelächter von Brianne unterbrach die Hotelbesitzerin und traf Sloan völlig unerwartet. Ihr Lachen, dachte er, hat die seltsame Eigenschaft, einem Mann unter die Haut und ins Blut zu dringen, wo es noch lange, nachdem es verklungen ist, nachhallt.

»Mrs. Potter«, sagte sie, »niemand, der mich kennt, würde mich je beschuldigen, vernünftig zu sein.« Sie warf Sloan über die Schulter einen herausfordernden Blick zu. »Und ich bin sicher, Mr. Lassiter wird mir in diesem Punkt beistimmen.«

Daß eine Frau mit ihm flirtete, war für Sloan keine Seltenheit. Er war an Flirts gewöhnt, und er wußte, wie er darauf zu reagieren hatte. Aber Brianne flirtete nicht mit ihm. Sie behandelte ihn wie jede andere zufällige Bekanntschaft, und der Gedanke machte ihn fast rasend.

Mrs. Potter sah etwas unsicher von einem zum anderen. »Wenn Sie es sagen . . .«

»Allerdings. Außerdem würde ich jetzt gern ein Bad nehmen. Ich hoffe, das Badezimmer ist frei.«

Mrs. Potter nickte. Sie kannte diese schöne junge Frau mit dem flammendrotem Haar nicht, und sie konnte nicht verstehen, worüber sie lachte, wenn gerade ihr Bruder spurlos verschwunden war. Aber den Wunsch, nach einem langen Ritt zu baden, konnte sie verstehen. Jedem Menschen würde es guttun, einmal am Tag zu baden. Eine Schande, daß nur wenige es machten.

Außerdem bewohnten Miß Delaney, ihr Bruder und Mr. Lassiter ihre besten Zimmer. In Mrs. Potters Augen durfte man eine Menge Dinge bei Leuten entschuldigen, die wie diese drei ohne mit der Wimper zu zucken die höchsten Preise zahlten. Cowboys und weniger wohlhabende Geschäftsleute wohnten im zweiten Stock. Aber selbst mit dieser nicht so erfreulichen Kundschaft war das Hotel nur selten gefüllt. Glücklicherweise würde sich dieser Zustand ändern, falls Wes McCords Reise nach Washington erfolgreich gewesen war. Der Gedanke belebte Mrs. Potter.

»Um diese Tageszeit wird das Bad kaum benutzt«, sagte sie.

»Die meisten Leute sind beim Essen. Ich schicke gleich George mit Wasser und frischen Handtüchern nach oben.«

»Gut.« Brianne blieb einen Moment am Fuß der Treppe stehen und sah über die Schulter zurück. »Ach, übrigens, wurde der Riegel an der Badezimmertür wieder befestigt?«

Mrs. Potter vereiste sichtbar. Die Frage, wie der Riegel überhaupt abgebrochen sein konnte, stellte ein unlösbares Rätsel für sie dar. »Mr. Potter hat ihn heute morgen wieder angebracht, Miß Delaney. Wir führen ein ruhiges und anständiges Haus, und so soll es auch bleiben. Bis jetzt gab es keine Klagen.«

Briannes bezauberndes Lächeln nahm der empörten Dame ein wenig den Wind aus den Segeln. »Vielen Dank, Mrs. Potter.«

Sloan starrte Brianne nach, während sie die Stufen hinaufeilte, die Augen auf ihre Hüften geheftet, die unter dem Reitkleid anmutig hin und her schwangen. Der Druck in seinen Lenden, der bei ihrem Lachen eingesetzt hatte, befahl ihm, ihr zu folgen, aber unter Mrs. Potters Adleraugen überlegte er es sich anders und zog sich in den kleinen Salon zurück, aus dem leises Klaviergeklimper ertönte.

Frisch und erholt von ihrem Bad betrat Brianne ihr Zimmer. Beim Anblick von Sloan, der mit verschränkten Beinen lässig in einem Sessel lehnte und sich offensichtlich keineswegs fehl am Platz fühlte, blieb sie wie angewurzelt stehen.

Bevor sie ihrer Empörung Luft machen konnte, hob er die Hand. »Ich weiß. Ich sollte nicht hier sein, aber ich bin es nun mal. Und wenn Sie nicht wollen, daß Mrs. Potter davon erfährt, sollten Sie lieber die Tür schließen.«

Brianne folgte seinem Vorschlag und warf ihr Handtuch und ihren Waschbeutel auf das Bett. »Und da Sie anscheinend ebenso auf Anstand achten wie ich, sollten Sie sofort gehen.«

»In einer Minute«, erwiderte er, ohne Anstalten zu machen,

sich aus dem Sessel zu erheben. Er nahm sich die Zeit, den wundervollen Anblick zu genießen, den sie bot. Das Nachthemd, das sie trug, war aus elfenbeinfarbenem Batist mit winzigen grünen Blümchen und Rüschen an Hals und Manschetten. Vom Hals bis zur Taille verschloß eine Reihe grüner Schleifen das Nachthemd über ihrer Brust. Der goldfarbene Morgenmantel, den sie übergeworfen hatte, war von einer tieferen Schattierung als der warme Pfirsichton ihrer Haut, und die Farbe ließ ihre Haut in einem verlockenden Glanz schimmern. Ihr Haar ergoß sich wie eine flammende Kaskade über ihren Rücken, in einem Rot, das selbst leuchtete, wenn die Sonne nicht darauf schien.

»Schade, daß Sie Ihr Haar flechten oder aufstecken müssen«, murmelte er mit rauchiger Stimme.

Briannes Pulsschlag beschleunigte sich. »Was wollen Sie?«

Verdammt gute Frage, dachte Sloan leicht verärgert, ohne zu wissen, warum oder über wen. Die einleuchtendste Antwort wäre gewesen, daß er sie wollte. Aber er war ein Mann, der gelernt hatte, seine Handlungen nicht zu überstürzen. Er hatte sich beigebracht, einen Gegner erst abzuschätzen, alles über ihn zu erfahren, bevor er handelte. Er stellte seine Einschätzung Briannes als Gegner nicht in Frage. Für Sloan war jeder Mensch ein Gegner.

Sein Blick fiel auf ein Skizzenbuch, das neben dem Sessel auf dem Boden lag, und er hob es überrascht auf. »Sie sind Künstlerin?«

Brianne ließ ihn nicht aus den Augen. »Eigentlich nicht.« Ihre Familie behauptete zwar immer wieder, daß sie großes Talent hätte, aber sie wußte nicht, ob es stimmte. Es hätte ohnehin nichts geändert, auch wenn sie soviel Talent wie ein Holzklotz besessen hätte. Sie liebte es zu zeichnen, mitzuerleben, wie Linien unter ihrem Stift Form und Gestalt annahmen. Und sie liebte es, zu malen, in Farben zu schwelgen, Strukturen, ja selbst den Geruch der Ölfarben.

Seite um Seite studierte Sloan ihre Zeichnungen – eine

Felsformation, ein Berg, der in der Ferne lag, ein blühender Baum, ein alter Cowboy. »Ich muß Ihnen widersprechen. Sie haben wirklich Talent. Diese Skizzen haben Sie auf Ihrer Reise gemacht, nicht?«

»Ja.« Es juckte sie in den Fingern, ihm den Skizzenblock aus der Hand zu reißen, getrieben von dem instinktiven Wunsch, sich vor Sloan zu schützen. Ihre Zeichnungen waren sehr persönlich, und sie seinen Blicken ausgesetzt zu sehen, gab ihr das Gefühl, sich irgendwie vor ihm zu entblößen.

Bei der letzten Zeichnung hielt Sloan inne. Das Bild zeigte die bemerkenswerte Wiedergabe einer Indianerin. Ihr Gesicht zeugte von großer Heiterkeit, aber in ihren Augen lag unergründliche Trauer.

»Es ist noch nicht fertig«, warf Brianne hastig ein. »Ich habe erst gestern abend angefangen.«

»Wer ist die Frau?«

»Meine Tante Rising Star. Sie starb vor drei Jahren im Kindbett, und seither wollte ich ihr Porträt anfertigen. Irgendwann werde ich es in Öl malen.«

»Ihre Familie scheint tatsächlich sehr ungewöhnlich zu sein.«

»Weil Rising Star eine Apachin war, meinen Sie?«

Ihr Tonfall verriet Sloan, daß sie kampfbereit war, falls er es wagen sollte, auch nur eine abfällige Bemerkung über ihre Tante oder ihre Familie zu machen. »Deshalb und aus anderen Gründen.« Er klappte das Skizzenbuch zu und legte es beiseite. »Brianne, ich möchte die Frage wiederholen, die ich Ihnen bereits heute morgen gestellt habe. Warum Kidnapping?«

Der unvermittelte Themenwechsel brachte sie leicht aus der Fassung. »Wie bitte?«

»Warum könnte Ihr Bruder nicht einfach überfallen und ausgeraubt worden sein oder sogar ermordet? Warum kamen Sie so schnell auf die Idee, man könnte ihn entführt haben?«

Brianne dachte sorgfältig darüber nach, wie sie diese Frage beantworten sollte. Normalerweise würde sie nicht im Traum daran denken, einem anderen etwas über Familienangelegenheiten zu erzählen, aber sie hatte bereits dem Hilfssheriff mitgeteilt, daß sie glaubte, Patrick wäre entführt worden, und mittlerweile würde die ganze Stadt davon wissen. Außerdem stand fest, daß zumindest eine Person, vielleicht sogar drei, gewußt hatten, wer Patrick war. Sie verschlang die Finger ineinander und sah Sloan ernst an. »Mein Bruder ist ein sehr reicher Mann. Die drei Männer im Saloon haben gestern nacht ohne Zweifel seinen Namen gehört.«

»Ihre Familie scheint also viel Geld zu haben?«

»Ja.«

Sloan seufzte und fragte sich gleichzeitig, warum er wünschte, Brianne besäße keinen Cent. »Ich habe noch einmal mit Katy gesprochen, und sie hat bestätigt, daß die drei Männer, die mir gestern auffielen, Delaney mitgenommen haben. Unter diesen Umständen begreife ich nicht, warum Sie nicht Ihrer Familie telegrafieren. Sie brauchen unbedingt Hilfe. Haben Sie Angst, daß sie Ihnen etwas tun, wenn herauskommt, daß Ihr Bruder entführt wurde?«

»Mir etwas tun?« So angespannt, wie ihre Nerven waren, erschien ihr die bloße Vorstellung, ihre Familie könnte ihr etwas tun, als derart absurd, daß sie in schallendes Gelächter ausbrach. Und obwohl sie genau wußte, daß ihre abrupten Stimmungswechsel alles andere als normal waren, ließ sie ihrer Heiterkeit freien Lauf und lachte sich die Angst um Patrick vom Herzen, bis ihr Tränen über das Gesicht liefen.

Plötzlich, während sie noch lachend nach Luft schnappte, fiel ihr Sloans düstere Miene auf, und sie versuchte, sich zusammenzureißen. Allmählich hatte sie sich wieder unter Kontrolle und überlegte, wie sie Sloan ihre Familie am besten schildern könnte. Eine kurze Erklärung mußte genügen, entschied sie schließlich.

»Sehen Sie, die Delaneys sind ein ziemlich wilder Haufen, und wenn einer in der Klemme steckt, kommen alle anderen sofort zu Hilfe geeilt. Und wenn Grandpa zu Ohren kommt, daß Patrick gekidnappt worden ist, wird er sämtliche Delaneys zusammentrommeln. Da ihr Aufbruch davon abhängt, wo meine diversen Onkel sich gerade aufhalten, würde es etwa zwei Wochen dauern, bis ich Hilfe bekäme. Und wenn sie sich erst mal in Bewegung setzen, kann ich sie durch nichts mehr aufhalten. Glauben Sie mir, es ist weit besser, wenn ich die Sache ein paar Tage allein in die Hand nehme. Mit etwas Glück werde ich Patrick finden und der Stadt die Delaney-Version des Zornes Gottes ersparen.«

»Und Sie sind natürlich überzeugt, daß Sie ihn finden, nicht wahr?«

Die letzten Spuren von Heiterkeit auf ihrem Gesicht erloschen. Sie warf den Kopf zurück. »Es ist mein *Bruder*, von dem wir reden. Natürlich finde ich ihn.«

Sloan runzelte die Stirn, leicht irritiert durch die Mischung von Ärger und Bewunderung, die er empfand. Er hätte ihr zartes Handgelenk mit einer Hand zerbrechen können, und doch wirkte sie so stark. Woher kam diese Kraft?

Brianne strahlte ein Selbstbewußtsein aus, das weder Tricks noch Schliche kannte. Ihre Schönheit wurde ergänzt durch eine Freiheit und Intelligenz, wie er sie noch bei keiner Frau, die er je kennengelernt hatte, auch nur annähernd angetroffen hatte. Und irgend etwas in ihrem Gesichtsausdruck ließ ihn fast glauben, daß sie ihren Bruder finden würde.

Aber nur fast.

Brianne schien eine ungewöhnliche Frau zu sein, aber in seinem Leben hatte es so viele ungewöhnliche Frauen gegeben, und alle hatten ihn enttäuscht. Alle Frauen wollten sich an ihn klammern, und er mußte frei sein.

Statt sie also in die Arme zu nehmen und zu küssen, wie sein Körper ihm befahl, erhob er sich und deutete eine leichte Verbeugung an. »Auf Wiedersehen, Miß Delaney, und viel Glück.«

Sloan verbrachte das Ende dieses Tages auf der Veranda des ›Duke Hotel‹. Bis auf die wenigen Male, die er durch die Stadt geschlendert oder essen gegangen war, hatte er den ganzen Tag hier auf seinem Beobachterposten gesessen. Er war nicht daran gewöhnt, so untätig zu sein, aber in diesem Fall verfolgte er damit einen ganz bestimmten Zweck.

Er hoffte, die Einwohner von Chango würden sich allmählich an seine Anwesenheit gewöhnen, weniger vorsichtig im Umgang mit ihm werden und anfangen, gelegentlich kleine Informationen fallenzulassen. Bis zu einem gewissen Grad ging sein Plan bereits auf.

Obwohl die Leute eher zurückhaltend und reserviert wirkten, würden sie sicher schnell auftauen, wenn sie erst einmal davon überzeugt waren, daß er harmlos war. Niemand durfte den wahren Grund seines Aufenthalts in der Stadt erraten, zumindest jetzt noch nicht.

Zuerst hatte er einige Zeit mit ein paar Männern in Luckys Saloon verbracht. Und hier war zum Teil auch seine Neugier in bezug auf Brianne befriedigt worden. Er hatte sich beiläufig erkundigt, ob jemand schon einmal von den Delaneys gehört hätte. Die Antworten waren äußerst interessant gewesen.

»Eine sture, hitzköpfige Bande«, verkündete einer der Männer.

»Unruhestifter«, fügte ein anderer hinzu.

Lucky mischte sich ein. »Sie haben dieses Land in Arizona besiedelt, wo früher nur Indianer lebten. Haben den Apachen einfach so lange Widerstand geleistet, bis sie aufgaben und in Frieden mit den Delaneys lebten.«

»Man sagt, ein paar von ihnen wären nach Mexiko gegangen und mit einem Vermögen zurückgekommen«, warf ein anderer ein. »Ziemlich mysteriös, wenn ihr mich fragt.«

Der Mann, der als erster gesprochen hatte, zielte auf einen der Spucknäpfe. »Nicht gerade die Sorte von Leuten, mit denen man gern zu tun hat. Ich finde, wir sollten alle ein paar

Geschäfte außerhalb der Stadt erledigen, bis die Sache mit dem Jungen ausgestanden ist.«

Alle nickten zustimmend.

Sloan nippte an seinem Bier und lächelte in sich hinein. Je mehr er über die Delaneys erfuhr, desto mehr begriff er Brianne. Eine eigenwillige und unabhängige Familie hatte ein eigenwilliges und unabhängiges Mädchen großgezogen. Sie war in unumschränkter Freiheit auf dem Land aufgewachsen, das von ihrer Familie erkämpft und verteidigt worden war – eine Prinzessin des Delaney-Reichs. Statt sich dadurch entmutigt zu fühlen, empfand er sie nur als noch anziehender.

Aber Wes McCord war der Grund für seinen Aufenthalt in Chango, und er würde nicht locker lassen. Während er bei einem Besuch in Nilsens Warenhaus zerstreut die Waren betrachtete, hatte er das Gespräch zweier Kundinnen mitangehört. In der Bank war auffallend viel Betrieb gewesen. Ein Stück weiter die Straße hinunter hatten Männer offene Wagen mit Baumaterial beladen und dann die Stadt Richtung Norden verlassen. Zwei kräftige Burschen bewachten den Eingang von McCord-Enterprises, aber von Wes war keine Spur zu entdecken.

Und noch etwas war ihm während seiner Runden durch die Stadt aufgefallen. Er hatte fast den Eindruck, daß die Bewohner von Chango Wes schützten, auch wenn sie Angst vor ihm zu haben schienen. Keine Frage, Wes hatte etwas Großes vor, und er würde herausfinden, was es war.

Der Hufschlag eines Pferdes riß ihn aus seinen Gedanken, und er starrte mit zusammengekniffenen Augen in die Dämmerung. Brianne kehrte zurück. Und sie war nicht allein.

Brianne beugte sich vor, um Dancer aufmunternd auf den Hals zu klopfen, mußte aber feststellen, daß sie sich in der eisernen Umklammerung der Dame, die hinter ihr im Sattel saß, kaum rühren konnte.

»Oh, ich falle hinunter!« stöhnte Henrietta Jones Bartholomew auf.

»Nein, bestimmt nicht«, versicherte Brianne ihr beruhigend. Sie hatte diese Frau alle paar Minuten beruhigen müssen, seit sie sie auf dem verlassenen Weg aufgelesen hatte. »Halten Sie sich gut fest. Wir sind gleich da.«

»Wir sind viel zu schnell! Kann dieses Tier nicht ein bißchen langsamer gehen?«

Wenn Dancer noch langsamer ging, würde er auf der Stelle treten, dachte Brianne. Aber Henriettas Bitte rührte an ihr Herz. »Ich habe Ihnen versprochen, Sie heil und ganz zum Hotel zu bringen, und ich werde mein Wort halten. Sehen Sie, da ist es schon, das zweistöckige Gebäude vorn links.«

Der Griff um ihre Taille verstärkte sich schmerzhaft. »Ich weiß nicht, was ich tun soll! Ich kann Ihnen doch nicht ewig zur Last fallen. Wovon soll ich leben? Wie soll ich je wieder nach Hause kommen? Was wird aus mir werden?«

»Henrietta, Sie brauchen sich keine Sorgen zu machen. Ich habe Ihnen doch gesagt, daß ich mich um alles kümmern werde. Sie sind jetzt in Sicherheit, und das ist die Hauptsache.«

Als Brianne Dancer vor dem Hotel zum Stehen brachte, stand Sloan auf und schlenderte zur Verandabrüstung.

»Haben Sie eine Spur von Ihrem Bruder entdeckt?«

Er scheint immer hier zu sein, ging es Brianne durch den Kopf, während sie die Erregung zu ignorieren versuchte, die bei seinem Anblick in ihr aufgestiegen war. Warum? fragte sie sich. Nach allem, was sie von Geschäftsleuten wußte, führten sie ihre Unternehmungen nicht von einer Hotelveranda aus durch.

Sie schüttelte den Kopf. »Nein.« Sie wandte den Kopf zu ihrer Begleiterin. »Sie müssen zuerst absteigen.«

Henrietta spähte angstvoll auf den Boden. »Es ist so hoch! Junger Mann«, wandte sie sich an Sloan, »könnten Sie uns vielleicht eine Leiter besorgen?«

Mit einem rätselhaften Blick auf Brianne verließ Sloan die

Veranda und trat zu Dancer. »Gestatten Sie mir, Ihnen behilflich zu sein?« sagte er und streckte die Arme aus.

»O nein! Das geht doch nicht! Wirklich nicht! Oooh!«

Sloan stellte Henriettas füllige Gestalt auf den Boden und wandte sich Brianne zu.

Sie warf ihm ein trockenes Lächeln zu. »Danke, ich komme allein zurecht.« Sie schwang ihr rechtes Bein über den Sattel und ließ sich von Dancers Rücken gleiten. »Mr. Lassiter, ich möchte Ihnen Mrs. . .«

»Miß, meine liebe!« Henrietta glättete den hohen Stehkragen ihrer Bluse. »Ich möchte mit dem Namen genannt werden, unter dem ich vor fünfundvierzig Jahren geboren wurde. Ich bin Miß Henrietta Jones.«

Brianne nickte ihr zu. »Richtig, Miß Henrietta Jones.«

»Ich weigere mich, den Namen dieses Mannes zu tragen!« Henrietta schnaubte erbost und zupfte aufgeregt an der graubraunen Jacke, die zu ihrem Rock paßte. »Bartholomew war der Name. Horace Bartholomew. Die Hochzeit war so schnell vorüber, daß ich gar nicht sicher bin, ob sie überhaupt legal war.«

»Henrietta, das ist Mr. Sloan Lassiter. Er wohnt auch hier im Hotel.«

Henrietta rückte ihren Hut auf ihrem straff zurückgebundenen mausbraunen Haar zurecht. »Guten Tag, Mr. Lassiter.«

Sloan warf Brianne einen fragenden Blick zu. Sie ignorierte ihn und nahm Henriettas Arm. »Hier entlang. Wir besorgen Ihnen jetzt ein Zimmer, und nach einem schönen, heißen Bad und dem Dinner werden Sie sich gleich viel besser fühlen.«

Henrietta zögerte und musterte Sloan kritisch von oben bis unten. »Leben Sie hier im Westen?« Sie sprach das Wort ›Westen‹ so angewidert aus, als ob es die Hölle bedeutete.

»Nein, Ma'am. Ich komme aus New York.«

Henrietta atmete sichtlich auf. »Gott sei Dank – ein zivilisierter Mensch! Mr. Lassiter, Sie können sich nicht vorstellen, was ich durchgemacht habe. Ich hatte kaum einen

Fuß aus der Postkutsche gesetzt, als dieser Mann mich zu einem Friedensrichter schleppte. Als nächstes fand ich mich in einem Hotelzimmer wieder, und dabei war es noch nicht einmal zwölf Uhr mittags! Nun, Sie verstehen sicher, was eine Frau von meiner Sensibilität empfunden hat, nicht wahr?«

Brianne konnte nur mit Mühe ein Lachen unterdrücken, als sie Sloans verwirrten Gesichtsausdruck sah. »Miß Jones kam aufgrund einer Heiratsannonce nach Kalifornien«, erklärte sie. »Der betreffende Gentleman scheint ein wenig, nun ja, stürmisch gewesen zu sein.«

»*Stürmisch*?!« Im verblassenden Tageslicht leuchtete Henriettas Gesicht bei der Erinnerung rot auf. Sie beugte sich zu Brianne und flüsterte ihr deutlich hörbar ins Ohr: »Meine Liebe, Sie haben ja keine Ahnung, was er von mir verlangt hat! Und das am hellen Tag! Der Wasserkrug war die einzige Antwort.«

»Erlauben Sie mir, daß ich Sie ins Hotel begleite?« warf Sloan höflich ein.

»Vielen Dank, das ist sehr freundlich von Ihnen. Ich bin sicher, daß es mir morgen schon viel besser gehen wird.«

Brianne schloß die Tür zu Henriettas Zimmer und ging den Flur hinunter zu ihrem eigenen. Den Blick nachdenklich auf die Stiefelspitzen gerichtet, dachte sie über den Tag nach, der eben vergangen war. Sie war in Richtung Süden geritten und hatte jeden Winkel durchforscht, jede Spur verfolgt. Aber nirgends hatte sie einen Anhaltspunkt dafür gefunden, was mit Patrick geschehen war und wo er stecken könnte. Wenn sie Henrietta nicht getroffen hätte, wäre sie über Nacht draußen geblieben, um ganz früh am nächsten Morgen aufbrechen zu können.

»Brianne.«

Ihr Kopf schoß hoch, und sie sah, daß Sloan neben ihrer Zimmertür lehnte. Er hatte sich zum Abendessen umgezogen und sah unglaublich attraktiv aus.

»Ist Miß Jones gut untergebracht?«

Brianne schluckte mühsam und nickte.

Sloans Blick glitt über ihre hängenden Schultern und ihr staubbedecktes Gesicht. »Sie kommen doch zum Dinner nach unten, oder?«

»Ich habe Henrietta versprochen, ihr das Abendessen aufs Zimmer schicken zu lassen.«

»Das ist keine Antwort auf meine Frage.«

»Ich habe daran gedacht, mir selber auch das Essen heraufbringen zu lassen.« Sie legte ihre Hand auf den Türgriff.

»Unsinn. Gehen Sie in Ihr Zimmer und waschen Sie sich, aber halten Sie sich nicht mit Umziehen auf. Ich warte auf Sie.«

Sie wandte sich zu ihm um und sah ihm offen in die Augen. »Warum?«

Brianne ist eine Frau, die sehr oft nach dem Warum zu fragen scheint, dachte er leicht belustigt. Leider konnte er ihr keine zufriedenstellenden Antworten geben. »Weil ich es hasse, allein zu essen. Und weil Sie eine kräftige Mahlzeit vertragen können.«

Ist das ein Anflug von Sorge um mich? fragte sie sich. Oder täuschte sie sich wieder einmal? »Beides mag stimmen, Mr. Lassiter, aber sehen Sie, es gibt ein Problem. Ich weiß nichts über Sie.«

Er trat näher, und seine Stimme änderte sich, wurde rauh und verführerisch. »Im Gegenteil, Brianne, Sie wissen eine Menge über mich.«

Ihre Augenbrauen fuhren in die Höhe. »Ach ja? Was zum Beispiel?«

Er lächelte. »Sie wissen zum Beispiel, wie meine Lippen sich anfühlen, wenn ich Sie küsse.«

Ihre Kehle wurde trocken, und sie schluckte nervös. »Das habe ich nicht gemeint.«

Ohne auf ihren Einwand zu achten, fuhr er fort: »Und Sie wissen, wie sich mein Körper an ihrem anfühlt, wie er

Wünsche in Ihnen erwecken kann, von denen Sie vorher nichts geahnt haben.«

Das Feuer seiner goldenen Augen bohrte sich in sie und machte jedes seiner Worte fast schmerzhaft wahr. Sie gab sich nicht die Mühe, es zu leugnen. »Was machen Sie in Chango, Sloan?« flüsterte sie.

Die Tatsache, daß sie ihn ohne zu überlegen Sloan genannt hatte, erfüllte ihn mit geradezu übertriebener Befriedigung. »Ich bin in Geschäften hier, die mich noch eine Weile aufhalten werden. Zufällig müssen auch Sie länger in der Stadt bleiben, als Sie beabsichtigt hatten. Wir sind beide fremd hier. Und wir beide müssen etwas essen. Es ist nur vernünftig, wenn wir zusammen essen.«

»Ist alles, was Sie tun, vernünftig?«

»Nein«, murmelte er. Nach einem raschen Blick über den Flur, um sich zu vergewissern, daß niemand kam, schob er sich zu ihr, bis sein Körper ihren Körper an die Tür drückte. Ihre Konturen waren kein Geheimnis für ihn, dennoch wirkte ihre Nähe wie ein Aphrodisiakum auf ihn. »Sie jetzt zu küssen, ist zum Beispiel ganz und gar nicht vernünftig.«

Seine Lippen streiften ihren Mund, dann wurde sein Kuß leidenschaftlich. Mit einem Erschauern hob Brianne die Arme und legte sie um seinen Hals. Sie sollten das nicht tun, nicht hier im Flur, wo jeden Moment jemand kommen konnte. Ihre Finger gruben sich in sein Haar. Was dachte sie da bloß? Sie sollten es überhaupt nicht tun! Und sie sollte es schon gar nicht genießen! Sie stöhnte auf und schlang ihre Arme fester um ihn.

Er hatte recht. Es war nicht vernünftig. Begehren brannte in ihrer Haut wie winzige feurige Pfeile, und ihr wurde fast schwindelig. Eine Stimme in ihrem tiefsten Inneren sagte ihr, sie sollte vor diesem Mann weglaufen, so schnell und so weit wie möglich. Aber ihre Knie waren weich, und . . .

Sie schmiegte sich an ihn, weiblicher und begehrenswerter als jede andere Frau, die er je in den Armen gehalten hatte. Seine Hände glitten über ihre Brüste, die so fest und so rund waren. Durch den Stoff spürte er, wie die Spitzen sich verhärteten. Er stöhnte auf, überwältigt von dem Wunsch, sie zu berühren, am ganzen Körper.

Die Knöpfe an ihrer Bluse stellten kein Hindernis für ihn dar, und seine Hand wollte sich gerade unter den Stoff auf die weiche Haut legen, als er ihren leisen Protestschrei hörte. Erst nach einem kurzen Stutzen wurde ihm bewußt, daß sie im Flur eines öffentlichen Hotels standen, und erst in diesem Moment erkannte er, daß er sie jetzt sofort, hier vor ihrer Tür, nehmen würde, wenn er sie noch länger küßte. Nur mit Mühe löste er sich von ihren Lippen und lächelte unwillkürlich, als er die Verwirrung und Überraschung auf ihrem schönen Gesicht sah. Er griff hinter sie und drückte auf die Türklinke. »Sie machen sich jetzt frisch, während ich unten auf Sie warte. Beim Essen können Sie mich mit der Geschichte, wie Sie Henrietta gefunden haben, unterhalten.«

Nachdem Sloan gegangen war, blieb Brianne mitten im Zimmer stehen und redete sich selbst ins Gewissen. In ihrer Welt hatte es durchaus Gefahren gegeben, aber bis jetzt auch immer Sicherheit und Geborgenheit. Und nun stand ihre Welt plötzlich Kopf. Ihr Bruder war verschwunden, und ihr Körper hatte ausgerechnet diesen Zeitpunkt gewählt, um unter den Berührungen eines Mannes zu neuem Leben zu erwachen. Und es war nicht irgendein Mann, sondern der harte und kaltblütige Sloan Lassiter mit den goldenen Augen.

Aber er zog sie an, so wie das Licht von der Dunkelheit angezogen wird, getrieben von dem Drang, die Schwärze zu erhellen. Ein Dinner mit Sloan in einem Speisesaal voller Menschen konnte jedoch kaum Schaden anrichten. Und heute abend würde sie ohnehin nichts mehr über Patrick herausfinden.

Sie hob die Finger an die Lippen, auf denen sein Mund noch vor wenigen Minuten gelegen hatte. Noch immer spürte sie die Hitze, und es war keine Einbildung.

Sloan Lassiter erregte sie, daran bestand kein Zweifel. Aber er beunruhigte sie auch. Die Erklärung für seinen Aufenthalt in Chango hatte zwar durchaus einleuchtend geklungen, aber sie wurde das Gefühl nicht los, daß seine wahren Gründe weit komplizierter waren. Es lag nicht nur an der Tatsache, daß er eine Waffe trug. Und auch nicht daran, daß er ständig nach etwas oder jemandem Ausschau zu halten schien.

Die einzigen Momente, in denen seine Augen diese seltsame Schattierung seelenlosen Goldes verloren, waren jene, wenn er sie voller Verlangen ansah.

Und er zeigte nur dann einen Hauch von Gefühl, wenn seine Hände ihre Haut berührten.

Warum um alles in der Welt sollte ich dann mit ihm essen? fragte sie sich. Die Antwort lag auf der Hand. Weil sie es wollte.

Briannes grüne Augen tanzten vor Vergnügen, als sie Sloans Blick über den Tisch hinweg begegnete. Die Farbe ihrer Augen wurde durch das Smaragdgrün ihres Kleides hervorgehoben. »Nun, anscheinend war Henrietta über das, was sie als unziemliche Eile ihres Ehemanns, die Ehe zu vollziehen, ansah, so schockiert, daß sie einen schweren Wasserkrug auf seinen Kopf sausen ließ.«

Sloans Mundwinkel verzogen sich zu einem Lächeln. »Und dann?«

»Zum Glück – zumindest ihrer Meinung nach – erwischte sie eine Postkutsche, bevor der arme Mann wieder zu sich kam. Leider ist sie so überstürzt aufgebrochen, daß sie ihre sämtliche Habe in Kalifornien zurückgelassen hat.«

»Und ich vermute, Geld hat sie auch keins mehr.«

Brianne wurde ernst. »Sie war Lehrerin in Philadelphia, und Mr. Bartholomew schickte ihr gerade genug Geld für die Fahrtkosten nach Westen. Als ihr auf der Rückfahrt das Geld ausging, schloß sie sich einer Gruppe junger Frauen an, die auf dem Weg nach Osten waren. Unglücklicherweise stellte sie während der Fahrt voller Entsetzen fest, daß diese Frauen nicht ganz so respektabel waren, wie sie angenommen hatte, sondern eher zu dem Typ Frau gehörten, die, äh . . .«

»Männern für Geld gefällig sind?«

»Ich denke, so könnte man es ausdrücken. Ohne an die Folgen zu denken, trennte sie sich sofort von der Gruppe, irgendwo mitten im Nichts. Und um Ihre Frage zu beantworten, nein, Henrietta hat kein Geld.«

»Was für ein Glück, daß sie Sie gefunden hat, nicht?«

Brianne entging sein zynischer Unterton nicht. »Eigentlich habe ich *sie* gefunden.«

»Und jetzt fühlen Sie sich für sie verantwortlich, und sie nutzt Ihre Gefühle aus.«

»Sloan, ich will ihr doch helfen! Die Frau ist regelrecht gestrandet. Es ist überhaupt kein Problem für mich, sie hier ein paar Tage ausruhen zu lassen und ihr dann die Heimreise zu zahlen.«

»Sind Sie immer so schnell bereit, Fremden zu helfen?« fragte er leise. Der Kerzenschein warf flackerndes Licht und Schatten auf seine harten Gesichtszüge.

»Wenn ich kann, ja.«

»Das ist nicht ungefährlich.«

Genau wie er. Ohne sich dessen bewußt zu sein, rieb sie die Narben an ihrem linken Unterarm, die von dem Ärmel ihres Kleids verdeckt wurden. »Henrietta scheint mir keine Bedrohung darzustellen.«

»Vielleicht nicht.« Er sah sie aus unergründlichen Augen an. »Und Sie wollen die Suche nach Ihrem Bruder immer noch nicht aufgeben?«

»Natürlich nicht.«

»Ich war heute bei Lucky. Es war sehr interessant. Ich konnte feststellen, daß die meisten Männer dort Angst vor Ihrer Familie haben.«

Ihr Mund verhärtete sich. »Diese Dummköpfe! Sie haben ja

keine Ahnung, was Angst bedeutet, aber glauben Sie mir, sie werden es sehr schnell lernen, falls Patrick etwas zustößt.«

»Aber helfen wird Ihnen trotzdem niemand.«

»Deshalb habe ich auch niemanden um Hilfe gebeten.«

»Warum haben Sie nicht mich gefragt?«

Seine ruhige Frage ließ sie zögern. »Der Gedanke ist mir nie gekommen.«

Sein Lächeln ließ einen Schauer über ihren Rücken laufen. »Das finde ich wirklich erstaunlich.«

Es war nach Mitternacht, und Sloan lag wach im Bett, die Augen auf die Decke gerichtet. Die Decke anzustarren war immer noch besser, als seinen eigentlichen Wünschen zu folgen und sofort in Briannes Zimmer zu gehen und in ihr Bett zu steigen. Sein Blut floß heiß durch seine Adern, und seine Lenden schmerzten von einem Verlangen, das befriedigt werden wollte.

Aber Brianne war nicht die Lösung. Was er brauchte, war eine Frau, die er nehmen und gleich wieder vergessen konnte. Wie Janice. Oder – er lächelte – wie Betsy Spenser, die schöne, junge Witwe seines Teilhabers Henry Spenser.

In der Absicht, ihren Schmerz zu lindern, hatte er sie ins Theater begleitet, wo er eine Loge hatte. Aber die Vorstellung des ›*Troubadour*‹ hatte ihn nicht fesseln können, und die Blicke, die Betsy ihm den ganzen Abend zugeworfen hatte, waren erregend gewesen. Er hatte sie also auf den Boden der Loge gezogen und sie auf Händen und Füßen vor sich geschoben. Dann hatte er sich hinter sie gekniet, ihre schwarzen Seidenröcke gehoben und ihre Höschen gelöst. Sorgsam darauf bedacht, den Kopf unter dem Logenrand zu halten, hatte er ihre Brüste umklammert und sie brutal genommen. Zum Glück hatten mehrere dramatische Höhepunkte auf der Bühne und ein gewaltiger Chor ihre ekstatischen Schreie übertönt.

Er erinnerte sich noch gut, wie fest und rund ihre Pobacken

gewesen waren, als er immer wieder in sie eingetaucht war. Wie üppig die Brüste, die er gehalten hatte. Und ihr rotes Haar . . .

Er schloß die Augen und stöhnte auf, als ihm klar wurde, daß Betsy Spenser in seiner Vorstellung irgendwie zu Brianne Delaney geworden war. Sein Kissen flog durch die Luft und prallte auf die gegenüberliegende Wand. Zur Hölle mit alldem!

6

Der Drang, die Hotelveranda in ihrer ganzen Länge auf und ab zu gehen, war fast überwältigend, aber Sloan riß sich zusammen und blieb in seinem Stuhl sitzen.

Sein Körper verharrte völlig regungslos, aber seine Muskeln schrien nach Bewegung, während sie sich langsam immer mehr anspannten. Er haßte dieses Gefühl. Und noch mehr haßte er den nagenden Zweifel, der ihn heute nicht losließ und ihm zu sagen schien, daß etwas nicht stimmte.

Er ging die Ereignisse des Tages in Gedanken noch einmal durch und versuchte dahinterzukommen, was ihn störte. Seine Nachforschungen über Wes machten Fortschritte; erst heute hatte er ein paar interessante Sachen erfahren. Niemand war bereit, ihm viel zu verraten, aber er hatte genug aufgeschnappt, um sich allmählich ein Bild zu machen.

Wes McCord war in Washington, der Hauptstadt, um sich dafür einzusetzen, daß die Eisenbahnlinie durch Chango führen sollte. Chango war schon jetzt eine blühende Stadt, aber wenn Wes Erfolg hätte, würde sie über Nacht einen unglaublichen Aufschwung erleben. Und aus diesem Grund schützten die Einwohner von Chango Wes vor neugierigen Fremden. Sie würden jedem mit Mißtrauen begegnen, der sich möglicherweise zwischen Wes McCord und seine Mission stellen könnte.

Es klang ganz danach, als ob Wes zu einem verantwortungsbewußten Bürger und Menschenfreund geworden wäre, aber Sloan wußte es besser. Wie sonst wäre die unterschwellige Angst zu erklären, die er aus manchen Gesprächen herausgehört hatte? Leider würde er vor Wes' Rückkehr vermutlich kaum noch etwas erfahren, und er war sicher, daß eben diese Untätigkeit an seinen Nerven zerrte.

Ja, das mußte es sein. Die Untätigkeit.

Er stand auf, trat an die Brüstung und suchte mit den Augen fast automatisch die Richtung ab, die Brianne heute morgen eingeschlagen hatte. Kurz nach Sonnenaufgang hatte er sie aus der Stadt reiten sehen, und jetzt war die Sonne seit über einer Stunde untergegangen. Sie würde doch bestimmt nicht so dumm sein und die Nacht im Freien verbringen!

Er konnte ihren Wunsch, Patrick zu finden, gut verstehen. Wenn es um David gegangen wäre, hätte er jeden einzelnen Stein in der Umgebung umgedreht, bis er ihn gefunden hätte. Aber er war ein Mann. Brianne sollte nicht allein durch dieses weite, wüste Land reiten, um die Fährten von vier Männern aufzuspüren.

Sie war so allein. Und er wußte, was es hieß, allein und verzweifelt zu sein.

Himmel, wenn er nur einen Drink hätte! Ein unerträglicher Schmerz brannte wie eine offene Wunde in ihm, und nur eine Flasche Whiskey könnte ihn betäuben. Aber seit jener Nacht in New York hatte er keinen Tropfen mehr angerührt, und er würde es auch jetzt nicht tun. Nicht, bis Wesley McCord für den Tod von David bezahlt hatte.

Aber den Frauen hatte er bei Gott nicht abgeschworen, und ein, zwei Stunden den weichen Körper einer Frau zu spüren, würde vielleicht seine Unruhe vertreiben und die schmerzhafte Härte in seinen Lenden lösen – vor allem, nachdem er einen Großteil der Nacht damit verbracht hatte, an Brianne zu denken.

Wo zum Teufel war sie nur?

Etwas erregte seine Aufmerksamkeit, und er blinzelte in das dämmerige Zwielicht.

»Es gibt kein edleres Tier als das Pferd«, stellte Phineas Tooley fest und wies mit weitausholender Geste auf Dancer, der die Main Street hinauftrottete. Briannes Pferd zog einen kastanienbraunen Wagen mit cremefarbenen Verzierungen, die auf beiden Seiten in großen blauen und goldenen Buchstaben ›TOOLEY'S WUNDERTRANK – EIN PATENTIERTES HEILMITTEL‹ ankündigte.

In den vier Stunden, die sie in Phineas' Gesellschaft verbracht hatte, hatte Brianne entdeckt, daß er zu überschwenglichen Gebärden neigte.

»Mein edles Tier scheint ziemlich erledigt zu sein«, bemerkte sie trocken. Das Hotel kam in Sichtweite, und sie sprach ein stummes Dankesgebet. »Es hat noch nie einen Wagen gezogen.«

»Aber Ihr Pferd macht das ganz phantastisch! Bewundernswert! Wenn ich nicht in einer momentanen Verlegenheit wäre, würde ich Ihnen ein Angebot machen.« Er wandte sich hoffnungsvoll zu ihr. »Vielleicht könnten wir ein kleines Geschäft machen. Wie Sie wissen, besitze ich immer noch den Inhalt des Wagens.«

»Ich würde mich nie von Dancer trennen. Er war ein Geschenk meines Onkels.«

Er winkte nachlässig ab, um ihr anzudeuten, daß er ihre Ablehnung mit philosophischer Gelassenheit aufnahm. »Nun, ich bin sicher, ich werde ein anderes, ebenso gutes Tier finden.«

»Zweifellos.« Brianne hatte gerade Sloan entdeckt. Er saß auf der Verandabrüstung und lehnte mit dem Rücken an einem Pfosten.

Sie zügelte Dancer und zog die Bremse des Wagens an. Mit einer anmutigen Bewegung sprang sie vom Kutschbock; Phineas folgte ihr. Sie nickte Sloan zu und schlenderte zu Dancer, um ihm liebevoll den Kopf zu streicheln. »Nehmen Sie die Sachen, die Sie brauchen, aus dem Wagen«, rief sie Phineas zu, »dann kann ich den Wagen zum Stall bringen. Ich bin sicher, wir können ihn dort unterbringen, bis Sie weiterfahren.«

»Vielleicht würde der Besitzer des Stalls ein paar Flaschen meiner Medizin als Bezahlung annehmen.« Phineas deutete mit der Hand auf den Wagen. »Es gibt kein Leiden, das man damit nicht kurieren könnte.«

»Davon bin ich überzeugt«, murmelte Brianne, die Augen auf Sloan gerichtet. Sie hatte keine überschwengliche Begrüßung erwartet, aber daß er weder Hallo gesagt noch sich nach Patrick erkundigt hatte, kränkte sie doch ein wenig. »Mr. Lassiter, das ist Mr. Phineas Tooley. Durch ein höchst unglückliches Ereignis hat er sowohl sein Geld wie sein Pferd verloren. Ein Glück, daß ich zufällig vorbeikam und ihm helfen konnte.«

»Ein großes Glück«, bestätigte Phineas. »Jenes unglückliche Ereignis, auf das Miß Delaney anspielt, war in Wirklichkeit kein Ereignis, sondern eine Frau von äußerst fragwürdiger Moral. Sie müssen wissen, ich habe ihr meine Freundschaft geschenkt, nachdem ich gründlich in meiner Seele geforscht und entschieden hatte, daß ich über ihren zweifelhaften Charakter hinwegsehen könnte. Aber diese Schlampe hat mich beraubt und im Stich gelassen! Mitten im Nichts!« Er zog ein Taschentuch hervor und wischte sich die Stirn. »Und unter den gegebenen Umständen hätte sie keinen schlechteren Zeitpunkt wählen können.«

»Was für Umstände?« fragte Brianne neugierig.

Nach einem verstohlenen Blick über die Schulter lächelte er freundlich. »Dieses Thema sollten wir vielleicht ein anderes Mal besprechen, Miß Delaney. Im Augenblick lassen Sie mich Ihnen nur sagen, daß Sie wirklich ein Engel an Barmherzigkeit sind.«

Sloan schwieg beharrlich, aber Brianne hatte den Eindruck, daß er innerlich vor Wut kochte.

Offensichtlich hatte Phineas denselben Eindruck empfangen, da er einen Schritt näher zu Brianne trat. »Auf jeden Fall muß ich meine ganze Ladung auspacken. Ich kann es nicht riskieren, so wertvolle Waren unbeaufsichtigt zu lassen.«

Brianne rechnete fest mit einer schneidenden Bemerkung von Sloan, und auch Phineas warf einen vorsichtigen Blick in seine Richtung. Sloans verbissenes Schweigen wirkte allmählich bedrohlich.

»Phineas!« Sie wartete, bis er seine Aufmerksamkeit wieder ihr zuwandte. »Sie können unmöglich all die Sachen aus dem Wagen mit ins Hotel nehmen. Mrs. Potter würde es nie dulden. Aber keine Angst, ich bezahle jemanden, der auf den Wagen aufpaßt.«

Ein breites Lächeln zauberte eine Reihe von Fältchen auf Phineas' Gesicht. »Liebe Dame, Sie sind zu freundlich!«

Brianne rettete ihre Hände aus seinem feurigen Griff und beobachtete leicht verwirrt, wie Sloan sich auf dem Absatz umdrehte und ins Hotel ging.

Das heiße Bad nahm Brianne ein wenig von ihrer Müdigkeit, aber nichts konnte ihre Angst und Sorge um Patrick verringern. Sie war eine ausgezeichnete Fährtensucherin, und wenn der Regen nicht sämtliche Spuren weggewaschen hätte, hätte sie ihn inzwischen sicher längst gefunden. Aber morgen war auch noch ein Tag, und mit etwas Glück könnte sie ihn noch aufstöbern. Wenn nicht, würde sie nach Killara telegrafieren, soviel stand fest.

Falcon war in New Mexico, Dominick irgendwo in der Gegend von St. Louis, und Cort und Sean waren auf Shamrock. Joshua war in Killara, seit Rising Stars Tod ein gebrochener Mann. Aber sie alle würden ohne Ausnahme so schnell sie konnten zu Hilfe eilen. Daran zweifelte sie keinen Augenblick.

Nein – die einzigen Zweifel, die sie hatte, betrafen Sloan Lassiter.

Sloan mochte nicht gerade einfach sein, aber er war praktisch der einzige Mensch in der Stadt, mit dem sie reden konnte. Sie hatte das Dinner mit ihm am vergangenen Abend sehr genossen. Ihre Unterhaltung war anregend gewesen. *Er* war anregend gewesen. Und doch war er vor einer Weile einfach von ihr weggegangen, als ob sie plötzlich nicht mehr existiert hätte.

Halb so schlimm, dachte sie bei sich. Sie hatte genug andere Dinge im Kopf, ohne auch noch an einen dunklen, bezwingenden Mann denken zu müssen, der so gut wie nichts von sich selbst preisgab.

Ein paar Minuten später betrat sie ihr Zimmer und lehnte sich an die Tür. Sloan war in ihrem Zimmer . . . schon wieder! Er saß so still und regungslos, daß man ihn für tot hätte halten können – bis auf seine Augen, in denen ein gefährliches goldenes Feuer aufblitzte. Sie hätte etwas sagen sollen, aber ihr fiel beim besten Willen kein einziges Wort ein.

»Haben Sie Ihren Freund gut untergebracht?« Seine Stimme war sehr tief und sehr ruhig.

»Ich kenne ihn nicht gut genug, um ihn als Freund zu bezeichnen. Ja, er hat ein Zimmer bekommen.«

»Zweifellos eins von Mrs. Potters schönsten.«

»Er wohnt in diesem Stockwerk«, gab sie zu. Sie fragte sich, wie jemand ohne das leiseste Anzeichen von Emotion in der Stimme soviel Mißfallen vermitteln konnte. »Aber am anderen Ende des Flurs.«

»Ich muß gestehen, ich bin überrascht.«

»Ach?« Sie schlenderte zu ihrem Bett. »Und worüber?«

»Daß Sie es schaffen, immer noch aufrecht zu gehen, obwohl die Probleme so vieler Menschen auf Ihren Schultern lasten.«

»Henrietta und Phineas sind keine Last.«

Er erhob sich aus dem Sessel und stand vor ihr, bevor sie auch nur blinzeln konnte. »Sie kleiner Dummkopf! Wissen Sie nicht, wie gefährlich es ist, einfach einem wildfremden Mann zu helfen?«

»Ich konnte doch nicht an ihm vorbeireiten!«

Er packte sie bei den Schultern und stieß zwischen zusammengebissenen Zähnen hervor: »Nicht nur das, Sie hätten einen so großen Bogen um ihn machen sollen, daß er von Ihrer Nähe nicht einmal etwas geahnt hätte!«

Sie riß sich los. »Ich würde nie einen Menschen, der Hilfe braucht, da draußen allein lassen!«

»Nein, natürlich nicht! Das wäre ja auch viel zu vernünftig, nicht?«

»Sloan! Man hat mir beigebracht, auf mich selbst aufzupassen. Ich schieße aus hundert Schritt Entfernung das Pik-As aus einer Spielkarte heraus.«

»Aber würden Sie auch einem Mann ins Herz schießen?«

»Wenn ich es müßte.«

»Ich glaube Ihnen nicht.«

Mit einer schnellen Bewegung war sie bei ihren Sachen, die sie auf den Boden gelegt hatte, und riß ihr Gewehr hoch. Sie richtete es direkt auf sein Herz. »Soll ich es Ihnen beweisen?«

Er lächelte, und seine Stimme senkte sich. »Sie hätten nicht einmal Gelegenheit, den Hahn zu spannen, Rotschopf.«

Sie glaubte ihm. Sie warf das Gewehr auf den Boden. »Gehen Sie, Sloan.«

»Erst wenn ich mit Ihnen fertig bin.«

Brianne explodierte. »Ich verstehe Sie nicht!«

Er verstand sich selbst nicht. Und er verstand sie nicht. Sie war nur eine Armlänge von ihm entfernt. Ihr Haar fiel in wilder Fülle über ihren Rücken, und ihre Haut verströmte den leise lockenden Duft, den er schon bei ihrer ersten Begegnung im Bad wahrgenommen hatte.

Wütend, weil sie sich in Gefahr begab, und wütend, weil er sich darüber ärgerte, griff er nach ihr.

Sie machte es ihm nicht leicht. Sie stemmte sich gegen ihn und wehrte sich mit aller Kraft. Aber er war stärker, und sein Verlangen war es auch.

Sein Mund preßte sich auf ihre Lippen; seine kraftvollen Arme umschlossen sie. Noch hatte er nicht völlig den Kopf verloren, aber was ihm an Vernunft geblieben war, wurde von einem hämmernden Begehren betäubt. Er streifte ihren Morgenmantel ab und ließ sich mit ihr auf das Bett fallen.

Briannes Wut steigerte sich, als sie die Matratze unter ihrem

Rücken spürte. Sie wollte nicht das Gewicht seines Körpers auf ihrem spüren, wollte nicht so wild von ihm geküßt werden. Sie wollte nicht, daß seine Hand ihre Brust bedeckte. Sie wollte nicht!

Sloans Finger griffen nach einem der Bänder, die ihr Nachthemd über der Brust zusammenhielten, und zog daran. Es ging so leicht. Er löste eine Schleife nach der anderen, bis er den Stoff zur Seite schieben und ihre Brüste entblößen konnte. Er löste sich von ihr, um sie zu betrachten, und was er sah, verschlug ihm den Atem. Keine Frau konnte einen so vollkommenen Körper haben. Es mußte eine Täuschung sein.

Er streckte eine Hand aus und schloß sie um einen der köstlich gewölbten Hügel. Nein, es war keine Täuschung. Ihre Brust füllte seine Hand aus und gab ihm das Gefühl, warmen, weichen Samt zu berühren.

Brianne hob die Faust und hämmerte gegen Sloans Brust, aber ihre Schläge besaßen nicht mehr Kraft als ein leichter Windhauch. Wann bin ich so schwach geworden? fragte sie sich. Wann so heiß?

»Hören Sie auf«, murmelte sie, aber ihre Worte klangen fast wie ein Flehen, nicht wie ein Befehl. »Bitte . . .«

Er blickte in ihre smaragdgrünen Augen und sah, daß sie einen weichen, verträumten Ausdruck bekommen hatten. Der Blick gefiel ihm. »Ich will aber nicht aufhören, Brianne.« Seine warme Hand glitt über ihre Brust, und sein Daumen und Zeigefinger legten sich um die harte Brustwarze. Ein leiser Seufzer entschlüpfte ihr, und er beugte sich vor, um ihn mit seinem Mund aufzufangen. »Sag noch einmal bitte«, raunte er, bevor seine Zunge in die Süße ihres Mundes eintauchte.

Verlangen war eine völlig neue Erfahrung für Brianne. Wie leicht wäre es, diesem Gefühl nachzugeben. Ihr Körper schien in hellen Flammen zu stehen. Dennoch konnte sie sich Sloan nicht ausliefern.

Sie versuchte, sich aus seinem Griff zu winden, aber er hielt sie mit seinem Arm fest umklammert. Sie drehte den Kopf hin und her, um seinen Lippen zu entkommen. »Hören Sie auf, Sloan. Sofort.« Ihre Worte waren leise, aber er hörte sie.

Er hob den Kopf und sah sie an. »Ich will dich, Brianne.«

»Aber ich will Sie nicht!«

Er lächelte. »Das kann ich schnell ändern, und es würde mich keine Mühe kosten.« Wie um seine Worte zu unterstreichen, liebkoste er mit dem Daumen ihre Brustwarze. Ein Stöhnen entrang sich ihr. »Nun, was habe ich gesagt?«

Brianne sah zu ihm auf und war verwirrt. Wie konnte sein Gesicht so hart und unbewegt bleiben, obwohl er sie verführen wollte, obwohl er lächelte?

Und dann plötzlich, als ob ein greller Blitz die dunkelsten Winkel ihrer Erinnerung erleuchtet hätte, fiel ihr ein, warum sein Lächeln ihr so vertraut erschien. Das gleiche Lächeln hatte sie schon einmal gesehen, bei dem einzigen Lebewesen, das sie je verwundet hatte – einem Wolf. Er hatte sie aus blaßgoldenen Augen angesehen, den Mund halb geöffnet, als ob er lächelte – und im nächsten Moment hatte er seine Zähne in ihren Arm geschlagen.

Die Erinnerung brachte ihre Kraft zurück. Im Bruchteil einer Sekunde hatte sie sich aus dem Bett gerollt und nach ihrem Gewehr gegriffen. Sie richtete es direkt auf sein Herz und spannte den Abzug. »Das ist eine Winchester 73 mit einer Kugel im Lauf und noch fünfzehn weiteren dahinter«, sagte sie. Kühle Selbstsicherheit erfüllte ihre Stimme.

Ihr Gesicht war vor Zorn gerötet, und ihr Nachthemd, das weit auseinanderklaffte, gab den Blick auf ihren wogenden Busen frei. Sloan hatte das Gefühl, noch nie im Leben eine schönere Frau gesehen zu haben. Herrgott, er begehrte sie so sehr!

»Mrs. Potter wird sich gar nicht freuen, wenn dieses Zimmer über und über mit Blut bespritzt wird«, bemerkte er trocken.

»Ich kaufe das verdammte Hotel, wenn es so weit kommt! Und jetzt stehen Sie gefälligst auf und verschwinden, Sloan!«

Er setzte sich auf, ließ sich von der Bettkante gleiten und

stand auf. Langsam ging er auf sie zu und blieb erst stehen, als der Gewehrlauf seine Brust berührte. »Du bist eine faszinierende Lady, Rotschopf. Du bist reich genug, um ein Hotel zu kaufen, mutig genug, um auf mich zu schießen, und schön genug, um mich dazu zu bringen, dich mehr zu wollen als je eine Frau zuvor. Ich gehe jetzt, aber ich komme wieder. Wir sind noch nicht fertig miteinander. Noch lange nicht.«

Brianne schlief schlecht in dieser Nacht und wachte später auf, als sie vorgehabt hatte. Und so war es schon sieben Uhr, als sie zum Aufbruch bereit war. Als sie auf dem Weg nach draußen am Speisesaal vorbeikam, hörte sie jemanden nach ihr rufen: »Brianne, oh, Brianne!«

Sie blieb stehen, und Henrietta erschien in der Tür, das mausbraune Haar zu einem adretten Knoten geschlungen, die hochgeschlossene Bluse straff in den braunen Rock gesteckt.

»Gehen Sie aus, meine Liebe?«

Brianne, in der einen Hand das Gewehr, in der anderen die Satteltasche, nickte. »Ich weiß nicht, wann ich zurückkomme, aber ich habe Mrs. Potter Anweisung gegeben, Ihnen alles zu geben, was Sie brauchen.«

»Das ist sehr lieb von Ihnen.« Henrietta verschlang die Hände ineinander. »Sie sind so freundlich zu mir, und ich hasse es, Sie um einen weiteren Gefallen zu bitten.«

Brianne fiel auf, daß sie ungeduldig mit der Stiefelspitze auf den polierten Eichenholzboden klopfte. Wann hatte sie sich diese Angewohnheit zugelegt? »Brauchen Sie noch etwas, Henrietta?«

»Nein, nein . . .«

»Aber natürlich!« Brianne ärgerte sich, daß sie nicht eher daran gedacht hatte. »Sie brauchen ein paar Sachen zum Anziehen, nicht wahr?«

»Na ja . . . Nun, da Sie es erwähnen . . . Ja. Da ich nur noch die Sachen besitze, die ich am Leib habe, zumindest so lange, bis ich wieder zu Hause bin und eine neue Stellung als Lehrerin gefunden habe, wäre es vielleicht günstig . . .«

»Tut mir leid, aber ich war so sehr mit der Suche nach meinem Bruder beschäftigt, daß ich gar nicht daran gedacht habe.«

»Oh, meine Liebe! Ich weiß doch, wie viele Sorgen Sie sich um Ihren Bruder machen, und ich habe gezögert, die Sache überhaupt zu erwähnen. Nur sind dieser Rock und die Bluse leider recht schmutzig geworden, und da ich nichts anderes zum Anziehen habe, kann ich sie nicht waschen.«

»Keine Sorge, Henrietta. Sobald ich zurück bin, gehen wir beide zu Nilsens Warenhaus. Ich habe die junge Frau, die zusammen mit ihrem Vater das Geschäft führt, kennengelernt. Sie wird uns sicher helfen können.«

Henrietta schenkte Brianne ein dankbares Lächeln.

»Ah, guten Morgen, die Damen! Welch ein Vergnügen, gleich nach dem Erwachen von soviel Schönheit begrüßt zu werden.«

Brianne drehte sich um und erblickte Phineas Tooley, der im vollen Glanz eines auffallend braunkarierten Anzugs die Treppe herunterkam.

»Guten Morgen, Phineas. Ich möchte Ihnen Miß Henrietta Jones vorstellen. Henrietta, das ist Mr. Phineas Tooley.«

»Entzückt, entzückt.« Er nahm Henriettas Hand und schüttelte sie lebhaft, während sein Blick interessiert auf der imposanten Wölbung ihres Busens ruhte. »Ihr Anblick ist eine wahre Augenweide, Madam.«

Die ehemalige Lehrerin entzog ihm kühl die Hand, trat einen Schritt zurück und beäugte den unternehmungslustigen kleinen Mann, als ob er ein besonders widerwärtiges Insekt wäre.

»Sie können einander Gesellschaft leisten, während ich unterwegs bin«, meinte Brianne betont heiter, um die frostige Atmosphäre ein wenig aufzuwärmen.

»Ich bleibe in meinem Zimmer, bis Sie zurückkommen,

meine Liebe«, verkündete Henrietta und wandte sich um, um die Treppe hinaufzuschreiten.

Phineas Augen verfolgten ihren Rückzug. »Die gute Frau leidet ganz offenkundig an Obstipation.«

»Obstipation?«

Er wandte sich zu ihr um. »Verstopfung – ein Leiden, das sehr leicht dadurch entstehen kann, wenn man nicht zur gewohnten Stunde auf die Toilette gehen kann. Ich bin sicher, daß Miß Jones dieses Problem hat.«

Brianne bedauerte, gefragt zu haben. »Oh.«

»Tooleys Wundertrank würde ihr im Handumdrehen helfen.« Er schwenkte den Zeigefinger durch die Luft. »Mein Wort, zwei oder drei Flaschen, und das Problem ist beseitigt. Ich werde sie sofort von dieser Heilmethode unterrichten.«

Brianne schaffte es im letzten Moment, einen Zipfel seines karierten Ärmels zu erwischen. »Das würde ich an Ihrer Stelle nicht tun, zumindest nicht jetzt. Ich muß nun los. Wir sehen uns, wenn ich zurückkomme.«

»Viel Glück!«

»Danke.«

Kamanahua, Sohn des Königs Tanamoro von Lakahani, einer hawaiianischen Insel, kauerte sich hinter einen Felsvorsprung und machte sich so klein wie möglich – was bei seiner Größe von einsachtundneunzig allerdings fast ein Ding der Unmöglichkeit war. Er zitterte vor Furcht beim Anblick der Frau, die auf ihn zugeritten kam.

Bald würde sie ihn entdecken. Er hob die Hand und preßte sie auf die Brust, um das heftige Klopfen seines Herzens zu beruhigen. Seit Tagen hatte er sich erfolgreich vor allen versteckt, die zufällig in seiner Nähe vorbeikamen. Aber diese Frau ritt langsam, und ihre Augen suchten ständig die Umgebung ab. Sie suchte nach ihm, und wenn er nicht schnell etwas unternahm, würde sie ihn finden.

Aber was sollte er tun?

Er blinzelte in das grelle Sonnenlicht. Wie eine Missionarin sah sie nicht aus, fand er. Alle Missionare, die er kannte, trugen schwarze Sachen und hatten verkniffene Gesichter. Ihr Gesicht wirkte nicht verkniffen. Dennoch, sicher würden ihre Augen streng blicken, wenn sie ihn sah. Und wenn er sich nun irrte? Das war durchaus möglich. Die Missionare hatten ihm doch ständig gesagt, daß er alles falsch machte.

In diesem Augenblick ließ ein Sonnenstrahl das kleine goldene Kreuz aufblitzen, das um ihren Hals hing, und er hätte vor Entsetzen fast laut aufgeschrien. Sie war eine Missionarin, und bald würde sie sein Versteck finden.

Er mußte handeln! Wenn er aus seinem Versteck sprang und sie überwältigte, könnte er sie dazu zwingen, ihn zum Meer zurückzubringen, damit er wieder nach Hause segeln konnte. Ja! Genau das würde er tun! Er war ein Krieger wie seine Vorfahren, und er würde genauso mutig sein.

Nach einem weiteren vorsichtigen Blick dankte er dem Herrn der Götter. Zumindest war sie allein. Und klein.

Mit einem Satz sprang er ihr direkt vors Pferd und schwenkte die Arme. »Auwe! Auwe!«

»Was zum . . .«

Dancer bäumte sich auf, und Brianne, die völlig überrumpelt war, stürzte zu Boden. Ein stechender Schmerz schoß durch ihr linkes Bein, und sie stieß einen Schrei aus.

»Bist du verletzt?«

Brianne richtete den Blick nach oben, dann noch ein gutes Stück höher. Vor ihr ragte ein riesenhafter junger Mann auf. Er war ebenso massig gebaut und dunkelhäutig wie groß. Bis zur Taille nackt, hatte er seine Hosen bis zu den Knien aufgerollt und seine Jacke um die Hüften geschlungen. Seine Schuhe waren an den Schnürsenkeln zusammengeknotet und hingen zusammen mit einer bedrohlich wirkenden Kette aus Zähnen um seinen stämmigen Hals.

Briannes erster Eindruck war, daß es sich um einen Indianer handelte. Ein zweiter Blick machte sie völlig ratlos.

Er beugte sich mit einem angstvollen Ausdruck auf seinem dunkelhäutigen Gesicht über sie. »Bist du verletzt?« wiederholte er mit Tränen in den Augen. »Ich bitte um Entschuldigung.«

Brianne stellte mehrere schnelle Überlegungen an. Ihr Gewehr war ein paar Meter entfernt auf Dancers Rücken. Und sie konnte unmöglich aufspringen und losrennen, da sie bereits spürte, wie ihr Knöchel anschwoll. Notfalls mußte sie sich mit dem Messer behelfen, das in ihrem Stiefel steckte. Aber im Grunde fiel es ihr schwer, sich vor jemandem zu fürchten, der fast weinte, weil er sich solche Sorgen um sie machte. Sie versuchte, durch das Leder des Stiefels hindurch ihren Knöchel zu reiben, während sie die seltsame Erscheinung in sich aufnahm. »Dein Name ist Entschuldigung?«

»Nein.« Er richtete sich stolz auf und schlug sich gegen die Brust. »Ich bin Kamanahua. Ich bin ein Alii. Mein Vater ist König von Lakahani. Ich werde König, wenn er stirbt.«

»Wie war dein Name?«

»Kamanahua.«

Brianne verzog das Gesicht vor Schmerz. Behutsam streifte sie ihren Stiefel ab. Der Schmerz in ihrem Knöchel und das verwirrende Auftauchen des jungen Riesen verursachten einen leichten Schwindel in ihrem Kopf. »Kann ich dich einfach Kam nennen?«

Kamanahua nickte lebhaft. Dann holte er tief Luft und fragte, den Blick starr auf das Kreuz an ihrem Hals gerichtet: »Bist du Christin? Glaubst du an Gott vom weißen Mann?«

Brianne starrte ihn überrascht an. »An Gott? Ja, natürlich.« Sie legte ihren Stiefel beiseite und sah voller Entsetzen auf ihren linken Knöchel. Er war um das doppelte angeschwollen, und der Schmerz war kaum zu ertragen. Aber sie glaubte nicht, daß der Knöchel gebrochen war.

»Dann bist du Missionarin.«

Brianne hörte die Furcht in seiner Stimme und sah, daß dicke Tränen über sein Gesicht liefen. »Nein, das bin ich nicht. Wie kommst du nur auf diese Idee?«

Er unterdrückte ein Schluchzen und deutete mit bebendem Finger auf ihren Anhänger. »Du hast ein Kreuz.«

»Dieses Kreuz hat mir mein Großvater zu meinem vierzehnten Geburtstag geschenkt.«

Kamanahua wirkte etwas beruhigt. Er wischte sich die Tränen vom Gesicht und versuchte, eine ebenso milde Miene aufzusetzen, wie es seiner Meinung nach seine Vorfahren getan hätten. »Ich gehe nicht zurück nach Boston! Ich gehe morgen den großen Ozean suchen!« Er sah zu der schönen Dame hinunter, um die Wirkung seiner Worte zu beobachten, und sah, daß ihre kleinen Hände über die Schwellung an ihrem Knöchel strichen. Sofort war ihm wieder zum Weinen zumute. »Ich bin so Entschuldigung für deinen Schmerz!«

»Du meinst, es tut dir leid.«

»Ja. Ich wollte dich nicht schmerzen.«

Wenn ihr Knöchel nicht so wehgetan hätte, hätte Brianne lachen müssen. »Wo hast du Englisch gelernt, Kam?«

»Die Missionare. Sie kommen auf unsere Insel. Sie bringen mir viel bei. Sie wollen mich nach Boston bringen, damit ich mehr lerne.«

»Boston?«

»Ich bin schnell weggelaufen.«

»Und von wo bist du schnell weggelaufen?«

»Wo Männer in der Erde graben. Nevada haben sie es genannt.«

»Ein Goldgräbercamp?« riet Brianne.

»Die Missionare wollen die Heiden verkehren . . . bekehren, meine ich. Aber ich bin schnell weggelaufen. Aber . . .« er sah sich ratlos um – »ich habe den Ozean verloren.«

Brianne stieß einen Laut aus, der eine Mischung aus Lachen und Schmerz war. »O, Kam, du hast wirklich ein Problem, aber ich auch, fürchte ich. Wir müssen uns gegenseitig helfen.«

Verwirrung malte sich auf seinen Zügen. »Ich muß dich wissen«, erklärte er. »Du hast mich gesucht, aber du bist nicht in Schwarz. Und dein Gesicht ist nicht verkniffen. Du bist keine Missionarin.« Seine Augen hefteten sich auf ihr Haar. Die Farbe erinnerte ihn an die rote Lava, die immer dann aus dem Vulkan einer Nachbarinsel floß, wenn Pele es befahl. Pele! Er reckte sich zu seiner vollen Höhe empor, voller Stolz, weil er jetzt wußte, wer die schöne Dame war. »Du mußt eine Göttin sein, die mir helfen will!«

»Ich bin keine Göttin, Kam, und ich habe dich auch nicht gesucht. Ich bin auf der Suche nach meinem Bruder. Glaubst du, die Missionare verfolgen dich?«

Er nickte mehrere Male entschieden. »Mit viel Sicherheit.«

Brianne seufzte. »Na schön. Keine Angst, ich helfe dir.«

»Hast du Macht, mich vor den Missionaren zu beschützen?«

»Ich beschütze dich, Kam, aber zuerst müssen wir in die Stadt zurück. Du mußt mich aufs Pferd setzen. Kannst du das?«

»Mit viel Sicherheit.«

»Und dann steigst du hinter mir auf.«

Kamanahua wollte das vierbeinige Tier nicht durch einen unerwarteten Blick aufschrecken, daher wandte er den Kopf sehr, sehr langsam zu ihm um und wisperte: »Wird es sich bewegen?«

»Wenn nicht, kommen wir nie in die Stadt.«

»Ich gehe neben dir«, verkündete er etwas lauter, da er nicht mehr zu dem Tier sah.

»Unsinn. Du wirst hinter mir sitzen.«

»Aber ich bin noch nie auf ein vierbeiniges Tier geklettert.«

»Ich werde es dir erklären, Schritt für Schritt.«

»Du bist mit viel Sicherheit eine Göttin!«

7

Die Menschen strömten scharenweise aus den Geschäften von Chango, um mit großen Augen zu bestaunen, wie Brianne am späten Nachmittag die Main Street hinunterritt, Kamanahua hocherhobenen Hauptes hinter sich im Sattel. Sie konnte sich lebhaft vorstellen, daß ihre Aktivitäten der letzten Tage und die Leute, die sie aufgelesen hatte, Anlaß zu zahlreichen Spekulationen boten, von denen einige vermutlich eher unerfreulich waren, aber sie sah keinen Grund, ihre Handlungsweise zu bedauern.

Einzig und allein Erleichterung erfüllte sie, als sie Dancer vor dem ›Duke Hotel‹ zum Stehen brachte. Der Ritt in die Stadt war eine wahre Qual für sie gewesen. Bei jedem Schritt Dancers hatte es unerträglich in ihrem Knöchel gehämmert und gepocht, und Schmerz war die ganze Länge ihres Beins hochgeschossen.

Ein rascher Blick auf die Hotelveranda verriet ihr, daß Sloan auf seinem üblichen Platz saß. Sie vermied bewußt, ihn anzusehen. Wozu auch? Sie wußte ohnehin, daß seine Augen voller Spott und sein Gesicht von jener steinernen Härte sein würde, die sie an ihm gewohnt war. Und sie wußte, er würde auch heute finden, daß es ein großer Fehler von ihr wäre, noch eine Person mit nach Chango zu bringen.

»Steig du zuerst ab, Kam.«

»Ich werde nicht fallen«, verkündete er großspurig, um im nächsten Moment seitlich vom Pferd zu rutschen und mit einem dumpfen Krachen auf den Boden zu plumpsen. Er rappelte sich hastig hoch und sah Brianne beifallheischend an.

Sie lächelte ihn an und streckte beide Arme aus. »Du wirst mich ins Hotel tragen müssen.«

»Kaum«, ließ sich Sloan vernehmen, der unvermutet an ihrer

Seite stand. Bevor sie wußte, wie ihr geschah, hatte er sie vom Pferd gehoben und hielt sie in den Armen.

»Ich will nicht, daß Sie mich tragen, Sloan.«

»Dann schieß doch auf mich.«

Er trug sie ins Hotel, und nach einem furchtsamen Blick über die Schulter trottete Kamanahua hinter ihm her.

»Miß Delaney! Was um alles in der Welt ist passiert?«

»Ich hatte einen kleinen Unfall, Mrs. Potter. Nichts Ernstes.«

Bei der Erinnerung, daß er der schönen Gottheit Schmerzen zugefügt hatte, stiegen Reue und Scham in Kamanahua auf. »Auwe! Auwe!«

In Sloans Armen und an die Wärme seiner Brust geschmiegt, hatte Brianne ihren neuen Schützling für einen Moment vergessen. »Ach ja, Mrs. Potter, das ist Kam. Er braucht ein Zimmer.«

Mrs. Potters Miene spiegelte fassungsloses Entsetzen wider. »Miß Delaney, Sie können doch unmöglich von mir erwarten, daß ich diesen . . . diesen halbnackten Wilden in meinem Haus aufnehme!«

Die Frau hat ein verkniffenes Gesicht, stellte Kamanahua fest, und strenge Augen. Und sie war aufgeregt, weil er sich nicht von Kopf bis Fuß mit Kleidern behängt hatte, die den Körper erstickten. Kamanahua verspürte keine große Lust, dem Mann mit dem harten Gesicht und den grimmigen Augen in die Nähe zu kommen, aber da der Mann Brianne trug, und Brianne versprochen hatte, ihn zu beschützen, blieb ihm keine andere Wahl. Er rückte zu Sloan heran und flüsterte: »Die Dame ist eine Missionarin.«

»Nein, das ist sie nicht, Kam«, beeilte Brianne sich zu sagen. »Es gibt keine Missionare in Chango – obwohl man hier ein paar ganz gut gebrauchen könnte, finde ich.« Es war nicht gerade leicht, die Situation zu beherrschen, dachte sie, solange der Schmerz in ihrem Knöchel pochte und ihr Körper mit den Empfindungen kämpfen mußte, die in Sloans Armen in ihr aufstiegen. »Mrs. Potter, Kam ist ein hawaiianischer Fürst. Sein

Vater ist König, das heißt, er ist ein Prinz. Wie viele Hotels können sich schon rühmen, einen Prinzen zu beherbergen? Ich bin sicher, Sie werden alles tun, um Kam einen angenehmen Aufenthalt zu bereiten.«

Mrs. Potter beäugte Kamanahua zweifelnd. Sie hatte sicher nicht die Absicht, einem Prinzen die Tür zu weisen, aber in ihren Augen sah er wie ein Wilder aus. Und er war so groß! Dennoch, er war ganz sicher ein Fremder, und sie nahm an, daß er tatsächlich eine Art Prinz sein könnte. »Was für eine Kette hat er da um den Hals?«

Diese Frage hatte Brianne sich auch schon gestellt.

»Zähne vom Hai«, verkündete Kamanahua mit unverkennbarem Stolz. »Ich bin ein großer Fischer mit meinem Speer!«

Mrs. Potter fiel ein Stein vom Herzen, daß es keine menschlichen Zähne waren. »Nun . . . Ich denke, ich könnte ihm ein Zimmer im zweiten Stock geben.« Sie fragte sich, ob sie vielleicht einen Knicks machen sollte.

»Ich will mit Brianne schlafen«, erklärte Kamanahua, der keine Neigung verspürte, sich von seiner Göttin zu trennen, die ihn vor den gefürchteten strengen Missionaren in Schutz nehmen würde.

Mrs. Potter schlug entsetzt die Hände über den Kopf zusammen, und Sloans Arme preßten sich schmerzhaft um Brianne.

»Das meint er nicht«, warf Brianne hastig ein. »Er hat mit der englischen Sprache noch Schwierigkeiten. Und ein Zimmer im zweiten Stock kommt nicht in Frage. Ich weiß, daß etliche Räume im ersten Stock leer stehen, und dort wird er auch wohnen.«

Mrs. Potter öffnete den Mund, aber Brianne sollte nie erfahren, was sie sagen wollte, da plötzlich Sloan dazwischenfuhr: »Genug davon! Jemand soll sofort den Doktor holen. Miß Delaney wird ihn in ihrem Zimmer erwarten.«

»Ich brauche keinen Arzt! Ich bin sicher, es ist nur eine Verstauchung.«

»Auwe«, stöhnte Kamanahua leise. »Ich bin so Entschuldigung.«

»Diesmal hast du dich selbst übertroffen, Brianne«, murmelte Sloan halblaut, während er sie die Treppe hinauftrug.

Die Petroleumlampe auf dem Nachttisch verströmte ein warmes, goldenes Licht. Brianne, gegen einen Berg von Kissen gelehnt, lag im Bett und betrachtete angewidert ihren Knöchel. Wie vermutet, hatte der Arzt eine Verstauchung festgestellt, den Knöchel bandagiert und auf zwei zusammengefaltete Steppdecken gelegt und angeordnet, daß sie den Fuß mehrere Tage lang nicht belasten dürfte.

Sloan hatte das Zimmer verlassen, als der Doktor erschienen war, und war nicht wiedergekommen, aber ihre drei Schützlinge waren nicht so leicht loszuwerden.

Nachdem sie taktvoll eine Flasche von Tooleys Wundertrank abgelehnt hatte, hatte sie Phineas schweren Herzens zum Telegrafenamt geschickt, damit er in ihrem Namen ein Telegramm nach Killara aufgab und Shamus von Patricks Verschwinden informierte.

Dann war da noch Kamanahua. Es hatte große Überredungskünste gefordert, aber schließlich war es ihr gelungen, ihn davon zu überzeugen, daß er die Nacht in seinem Zimmer am Ende des Gangs verbringen müßte und daß keine Missionare ihm etwas zuleide tun würden. Natürlich hatte er darauf bestanden, sie in das Zimmer zu tragen, damit sie es inspizieren und sich vergewissern konnte, daß keine Gefahren drohten.

Sie stellte fest, daß das Zimmer etwas einfacher als ihr eigenes, aber trotzdem sehr hübsch war. Das eiserne Bettgestell war weiß gestrichen und am Kopfende mit geraden Eisenspindeln verziert, die gut zwei Meter in die Höhe ragten und von verschnörkelten Aufsätzen gekrönt wurden. Obwohl Kamanahuas Augen beim Anblick dieses Betts aufgeleuchtet hatten, war Brianne nicht davon überzeugt, daß er auch darin schlafen würde.

Henrietta für ihren Teil hatte so viel Aufhebens um sie gemacht, daß Brianne am liebsten losgekreischt hätte, aber nachdem sie ihr auf einem Tablett das Abendessen gebracht und ihr in ein Nachthemd geholfen hatte, hatte Henrietta sich endlich in ihr eigenes Zimmer zurückgezogen.

Und jetzt war sie allein. Brianne schloß die Augen, sprach ein stummes Dankgebet und wandte ihre Gedanken wieder Patrick zu. Sie hatte getan, was sie konnte, aber das war nur ein schwacher Trost. Solange er verschwunden blieb, würde sie das Gefühl haben, daß eine Hälfte von ihr fehlte.

Sie betete, daß er nicht verletzt war und daß er von den Menschen, in deren Gewalt er war – wer immer das sein mochte –, gut behandelt wurde. Der Gedanke, daß Patrick leiden könnte, war ihr unerträglich. Inzwischen waren vier Tage seit seiner Entführung vergangen, und weder hatten seine Kidnapper sich gemeldet, noch hatte sie irgendeinen Anhaltspunkt gefunden, der zu ihm führen könnte.

Sie hatte Angst, und sie mußte sich unbedingt an den Gedanken klammern, daß Patrick in Ordnung war. Aber da man ihr von kleinauf an beigebracht hatte, den Tatsachen ins Auge zu sehen, mußte sie sich eingestehen, daß es nicht gut für ihn aussah. Dennoch weigerte sich etwas in ihr, die Möglichkeit zu akzeptieren, daß er nicht gefunden werden könnte. Irgend etwas mußte sie doch tun können!

»Tut der Knöchel weh?«

Brianne riß die Augen auf und stellte fest, daß Sloan am Fußende ihres Betts stand. »Wie sind Sie hier hereingekommen?«

»Keine Angst, niemand hat mich gesehen. Du hast meine Frage nicht beantwortet, Brianne.«

»Nein, ich habe keine Schmerzen.«

Er schob die Hände in die Hosentaschen. »Um deine Frage zu beantworten, ich kam durch die Tür.«

»Ich habe nichts gehört.«

»Vielleicht hast du gedöst.«

»Ich habe nicht geschlafen. Sie bewegen sich so geräuschlos, *zu* geräuschlos. Nicht wie andere Menschen.«

»Tatsächlich?« Sein Blick wanderte an ihr hinauf, und blieb an der üppigen Fülle ihres langen, schimmernden Haars hängen, das von einem grünen Band zusammengehalten wurde. Die Farbe des Bandes paßte zu den Schleifen an ihrem Nachthemd.

Verlangen stieg in ihm auf, so plötzlich, daß er es nicht kontrollieren konnte. Es machte ihn wütend. »Eine altjüngferliche Lehrerin und ein Schlangengiftverkäufer waren schlimm genug, aber dieser halbnackte Wilde übertrifft alles!«

»Oh, um Himmels willen! Kam ist nur ein verängstigter Junge. Nach allem, was er mir auf dem Weg in die Stadt erzählt hat, scheint er von einer der äußeren Inseln Hawaiis zu stammen, die erst vor kurzem von den Missionaren zum Ziel für ihre Bekehrungsversuche wurde. Sie wollen, daß sein Vater, der König, sein Land an sie überschreibt, und in der Hoffnung, ihn zu beeinflussen, haben sie beschlossen, Kam auf eine Missionsschule in Boston zu schicken. Irgendwo in Nevada gelang es ihm, ihnen zu entkommen, und seither wandert er verloren und verängstigt durch die Gegend.«

»Eine rührende Geschichte, Brianne. Wirklich rührend. Wie die Geschichten, die diese Lehrerin und der Wunderheiler dir aufgebunden haben. Ich bin sicher, daß Henrietta von einem sehr aufgebrachten Ehemann verfolgt wird, ganz zu schweigen von den Missionaren, die hinter deinem Kam her sind. Und wenn ich mich nicht sehr irre, ist auch dein fahrender Händler vor jemandem auf der Flucht.«

»Wahrscheinlich.«

»Was machst du, wenn alle diese Leute hier auftauchen, Brianne?«

»Ich werde mir etwas einfallen lassen.«

Sloan schüttelte verärgert den Kopf. »Es würde dich nicht

einmal aufregen, wenn die gesamte Armee der Vereinigten Staaten hinter ihnen her wäre, was?«

Sie verschränkte die Arme und warf ihm einen finsteren Blick zu.

Am liebsten hätte er sie gepackt und geschüttelt. Nein, noch viel lieber hätte er sie geküßt. »Du hast sie also unter deinen Schutz genommen und dir ihre Probleme aufhalsen lassen.« Er machte eine Pause, und seine goldenen Augen waren hart und feurig zugleich. »Was würdest du für mich tun, wenn ich dir eine ergreifende Geschichte auftische?«

»Denken Sie sich eine aus, und warten Sie es ab.«

Seine Lippen preßten sich zu einer schmalen Linie zusammen, und er drehte sich abrupt um, um zum Fenster zu gehen. Er schob die Spitzengardinen beiseite und starrte in die Dunkelheit hinaus.

Es ließ sich nicht länger leugnen. Als er sie heute nachmittag gesehen hatte, diesen riesigen Hawaiianer hinter sich im Sattel und offensichtlich von großen Schmerzen gequält, hatte er Angst und Wut empfunden. Da er die Angst nicht umgehen wollte, ließ er sich von der Wut beherrschen. Es war ein weit ungefährlicheres Gefühl, und eins, mit dem er spielend fertig wurde. Aber selbst jetzt konnte er die Angst, die er um sie gehabt hatte, nicht begreifen.

David war der letzte Mensch gewesen, um den er Angst gehabt hatte. Sich um jemand anderen Sorgen zu machen, sah ihm ganz und gar nicht ähnlich. Brutale Rücksichtslosigkeit und Egoismus, das paßte zu seinem Wesen, damit konnte er gut leben.

»Was wirst du jetzt machen, um Patrick zu finden?« erkundigte er sich.

»Ich habe meinem Großvater ein Telegramm schicken lassen.«

»Und in etwa zwei Wochen wird der Delaney-Clan über diese Stadt hereinbrechen.«

Sie fragte sich, auf was er hinauswollte. »Stimmt.«

Er ließ die Gardine zurückfallen und strich mit den Fingern zerstreut über die durchbrochene Spitze. »Und was wirst du inzwischen unternehmen?«

»Im Augenblick kann ich nicht viel machen.«

Er schwieg einen Moment. »Es gibt etwas, das du tun könntest.«

»Was?«

»Du könntest mich bitten, deinen Bruder zu suchen.«

Die Überraschung raubte Brianne für einen Moment die Worte. Er drehte sich um und zog eine Augenbraue hoch, und schließlich fand sie ihre Sprache wieder. »Sie würden mir helfen?«

»Unter einer Bedingung.«

Das hätte sie sich denken können. »Was für eine Bedingung?« fragte sie mißtrauisch.

»Ich werde deinen Bruder suchen, und wenn ich ihn finde, läßt du mich in dein Bett.«

Sie war völlig perplex. »Wie bitte?«

»Ich biete dir einen Handel an, Brianne, schlicht und einfach. Wenn ich deinen Bruder finde, gehst du mit mir ins Bett. Wenn nicht, bist du mir nichts schuldig.«

»Warum tun Sie das?«

»Ich glaube, du weißt es.«

Ja, sie wußte es. »Sie wollen mich.«

»Ich will dich«, bestätigte er. Gesicht wie Stimme waren ausdruckslos.

Brianne fühlte sich hilflos. Sloan bot ihr an, Patrick zu finden, etwas, das sie sich mehr als alles andere wünschte, aber er forderte einen ungeheuren Preis.

Die Vorstellung, mit Sloan zu schlafen, erweckte Gefühle in ihr, die hervorsprudelten und schäumten wie Wasser, das von einer unterirdischen Quelle an die Oberfläche dringt. Diese Gefühle waren stürmisch . . . und quälend, und sie wußte nicht, wie sie mit ihnen umgehen sollte. Sloan war gefährlich, ohne jeden Skrupel, und dennoch erregte er sie wie kein Mann zuvor. Wie mochte es sein, von einem solchen Mann geliebt zu werden?

Konnte sie seinem Vorschlag zustimmen? Konnte sie ihn ablehnen?

Er glaubte, er könnte sie benutzen, aber dieses Spiel konnten zwei spielen. Die Delaneys lebten nach ihrem eigenen Ehrenkodex, der sich im Grunde auf zwei Worte reduzieren ließ: Delaneys zuerst.

Im Moment zählte nur Patrick. Wenn er erst einmal gefunden war, würde sie schon einen Weg finden, um sich vor ihrem Teil der Abmachung zu drücken.

»In Ordnung, Sloan. Ich bin einverstanden.«

Sein Kiefer verhärtete sich, und ein Muskel zuckte in seiner Wange. »Noch etwas.«

»Was?«

»Ich brauche einen Beweis für deine Zuverlässigkeit.«

»Das verstehe ich nicht.«

»Ein Beweis deines guten Willens wird mir die Garantie bieten, daß du deinen Teil des Handels einhältst, falls ich Patrick finde.«

Bin ich so leicht zu durchschauen? fragte sie sich entsetzt. »Was stellen Sie sich vor?« fragte sie ruhig.

»Daß du alles tust, was ich von dir verlange – außer mit mir zu schlafen, natürlich.«

Brianne blieb fast das Herz stehen. Was er von ihr forderte, war unfaßbar.

Und unglaublich erregend.

Und sie verstand seine Motive. Das Wort Vertrauen existierte nicht in Sloans Wortschatz, deshalb sicherte er sich ab.

Ihr Einverständnis stellte einen hohen Einsatz dar, ein Risiko. Würde sie damit fertig werden? Noch bevor sie diese Frage genau überlegt hatte, beschloß sie, daß sie es riskieren konnte. Was war schon dabei, ein wenig zu geben, wenn soviel auf dem Spiel stand?

Als sie den Kopf hob, blickte sie in jene goldenen Augen, die

die Fähigkeit besaßen, andere bis ins Mark erstarren zu lassen. Bevor sie der Mut wieder verließ, murmelte sie: »Einverstanden, Sloan. Aber wir müssen diskret sein.«

»Wie gesagt, niemand hat mich hereinkommen sehen.«

Sie nickte und spielte nervös mit dem Saum ihrer Bettdecke. »Wann machen Sie sich auf die Suche nach Patrick?«

»Morgen früh.«

»Gut.«

»Aber heute abend möchte ich schon ein erstes Anzeichen deines guten Willens haben.«

Ich habe Smaragde gesehen, die weniger Feuer versprühten, dachte Sloan, als er das Aufblitzen ihrer grünen Augen bemerkte. Sie war ohne Zweifel wütend, daß sie sich seinen Bedingungen unterwerfen mußte, aber das berührte ihn nicht. Er war überzeugt, daß es ihn keine Mühe kosten würde, den Zorn in ihren Augen in heiße Leidenschaft zu verwandeln.

»Öffne dein Nachthemd.«

»Was?«

»Du sollst dein Nachthemd öffnen, Brianne.«

Sie hielt trotzig seinem Blick stand, während ihre Hand nach der obersten Schleife griff und an dem Band zog. Langsam senkte sich ihre Hand nach unten und löste eine Schleife nach der anderen. Dann ließ sie die Hand auf die Bettdecke fallen und starrte sie an. Wann habe ich zu zittern begonnen? fragte sie sich.

»Schieb das Nachthemd auseinander.«

Ihr Blick flatterte.

»Zieh das Nachthemd zur Seite, damit ich deine Brüste sehen kann, jeden Zentimeter von ihnen. Ich will nicht, daß auch nur ein winziges Stück von ihnen bedeckt bleibt.«

»Ich . . . ich weiß nicht, ob ich das kann.«

»Tu es.«

Wild entschlossen, sich vor ihm keine Schwäche anmerken zu lassen, tat sie, was er verlangte.

Sloan sog scharf den Atem ein. Mein Gott, war sie schön.

Ihre Brüste waren genauso, wie er sie in Erinnerung hatte – hochangesetzt, voll und perfekt geformt. Bevor er sich zurückhalten konnte, sprach er aus, was er dachte. »Du bist schön.«

Brianne starrte ihn überrascht an. Schon viele Männer hatten ihr gesagt, daß sie schön wäre, und es hatte sie weit weniger berührt. Aber als Sloan diese Worte aussprach, durchströmte aus irgendeinem Grund ein Gefühl von Freude ihren Körper, und sie mußte sich wieder eingestehen, daß dieser Mann eine ungewöhnliche Wirkung auf sie hatte. Er berührte sie nicht, er stand nicht einmal neben ihr. Aber in seinen Augen glomm eine Leidenschaft, die von einer fast unerträglichen Intensität war . . . und sehr erregend. Unter seinem Blick begannen ihre Brüste zu schmerzen, und die Spitzen zogen sich zusammen.

Als sich die rosigen Aureolen ihrer Brüste verdunkelten und die Warzen sich steil aufrichteten, strömte Hitze in Sloans Lenden, und er spürte sein Glied hart anschwellen.

Ohne Hast trat er ans Bett und setzte sich. Er hob die Hand, legte die Fingerspitzen auf ihren Nacken und strich leicht darüber. »Du bist noch Jungfrau, nicht?«

Seine Berührung, seine Nähe ließen ihr den Atem stocken. Aber sie durfte ihn nicht spüren lassen, wie sehr diese Liebkosung und seine leise, rauhe Stimme ihre Selbstbeherrschung ins Wanken brachte. »Ja.«

»Es sollte einen Unterschied machen. Ich sollte meinen Vorschlag zurücknehmen. Du bist der Typ Frau, der einem Mann zum ersten Mal in der Hochzeitsnacht gehört.« Er ließ die Fingerspitzen auf dem heftig pochenden Puls in ihrer Halsgrube ruhen. »Als ich dich das erste Mal sah, hatte es noch etwas zu bedeuten.«

Briannes Brüste hoben und senkten sich unter ihren hastigen Atemzügen. »Und plötzlich nicht mehr?«

»Nicht plötzlich, Rotschopf.« Er ließ seine Finger wie einen Hauch über die Wölbung ihrer Brüste gleiten, bis sie die samtige Weiche ihrer Spitzen erreichten. »Nicht plötzlich.«

Eine Fingerkuppe kreiste um ihre Brustwarze, und er beobachtete gebannt, wie sie sich noch mehr verhärtete.

Brianne griff nach seinem Handgelenk, um seine Hand wegzustoßen. Sie gab sich verzweifelte Mühe, erreichte aber nur, daß er den Blick hob und ihr ins Gesicht sah. Nicht eine Sekunde hielt sein Finger in seinem erregenden Kreisen inne.

Brianne unterdrückte ein Stöhnen. Hitze wallte in ihr auf, verschlang sich in ihrem Unterleib zu feurigen Knoten.

»Natürlich erschwert deine Jungfräulichkeit die Dinge ein wenig«, fuhr er fort, die Stimme gesenkt. »Es wäre einfacher, du wärst wie Janice, bereit, die Beine zu spreizen und mich in dich zu lassen, wann immer ich will.«

Ohne Vorwarnung schloß er Daumen und Zeigefinger um die aufgerichtete Brustwarze und rieb daran. Diesesmal konnte Brianne ihr Aufstöhnen nicht unterdrücken.

Sloan senkte den Kopf und preßte seine Lippen an ihren Hals. »Aber das macht nichts«, flüsterte er. »Es stört mich nicht. Auf diese Weise wird es sogar interessanter sein. Und am Ende bekomme ich doch, was ich will.«

Brianne wurde bewußt, daß sie immer noch sein Handgelenk umklammerte. Sie ließ es im selben Moment los, als sein Mund die üppige Fülle ihrer Brust hinunterwanderte. »Du bist ein skrupelloser Bastard«, stieß sie hervor, bevor er die harte Brustwarze mit den Lippen umschloß. »Ein Bastard«, wiederholte sie kraftlos und vergrub die Finger in seinem weichen schwarzen Haar.

Er sog heftig an ihrer Brustwarze, während seine Hand sich auf die andere Brust legte. Sloan liebte das Gefühl, die Spitze ihrer Brust im Mund zu haben, so hart und geschwollen – und so süß.

Unvorstellbare Empfindungen durchströmten ihn – Hunger, Wollust, Begehren. Keine ungewöhnlichen Empfindungen bei einem Mann, der die Brust einer Frau mit den Lippen liebkoste. Aber warum empfand er es als dermaßen überwältigend?

Das war nicht normal. Lag es vielleicht daran, daß er

versuchte, sich an ihr zu nähren, die Fülle ihrer übersprudelnden Lebensfreude aus ihr herauszuziehen? Der Gedanke beunruhigte ihn, aber er fuhr fort, an ihrer Brust zu saugen, da tatsächlich ein Teil ihrer Kraft auf ihn überzugehen schien. Er spürte sein Blut pulsieren von dem, was er von Brianne empfing.

Seine Zunge kreiste um die Brustwarze, zog sie dann wieder in den Mund. Was würde passieren, wenn er jetzt nicht aufhörte, sondern ewig weitermachte? Wäre es möglich, daß Briannes Energie und Lebhaftigkeit das Gegenmittel waren für den Haß, den er für Wes McCord empfand?

Wes? Wie hatte sich Wes in seine Gedanken drängen und mit Brianne vermischen können? Er hatte keine Ahnung. Er liebte es so sehr, sie zu spüren und zu kosten, daß er keine Fragen mehr beantworten konnte. Und als ihm das klar wurde, zwang er sich, die Kontrolle über sich zurückzugewinnen.

Sloan löste sich von ihr und starrte sie an. Ihr Brustkorb hob und senkte sich ebenso heftig und schnell wie sein eigener. Ihre Brüste wirkten schwerer, geschwollen von seinen Liebkosungen. Gott, es war so schwer, der Versuchung zu widerstehen, seinen Mund wieder auf ihren zu pressen. Aber er zwang sich, seinen Blick zu ihrem Gesicht emporzuheben. Er wollte ihre Augen sehen. Ja, der Zorn war noch da, aber darunter lag Leidenschaft. Sie war zornig, weil er sie gezwungen hatte, sich ihm zu unterwerfen, aber auch zornig, weil sie so sehr auf sein Verlangen reagierte. Ihre Leidenschaft machte ihn glücklich.

Ihre Lippen waren leicht geöffnet, fast so, als ob sie einen Kuß erwartete – nein, als ob sie einen Kuß forderte. Er gab ihrem unausgesprochenen Verlangen nach, preßte seine Lippen auf ihren Mund und ließ seine Zunge in demselben Rhythmus hin und her fahren, in dem er sich bald in ihrem Körper bewegen würde.

Da er spürte, daß er allmählich wieder dem Feuer und dem Leben verfiel, das er in ihr gefunden hatte, brach er den Kuß ab. Es bereitete ihm ungeheure Genugtuung, sie einen unterdrückten Schrei der Enttäuschung ausstoßen zu hören.

Er strich mit der Hand über ihre Wange. »Keine Angst, Rotschopf«, flüsterte er. »Morgen abend, wenn alle anderen schlafen, komme ich wieder.«

Sie wich vor seiner Berührung zurück. »Finde lieber Patrick!«

»Das werde ich, früher oder später. Inzwischen wünsche ich, daß du hier in deinem Zimmer bleibst und dich nicht von der Stelle rührst.«

Sie zog mit einer heftigen Bewegung ihr Nachthemd über der Brust zusammen. »Du magst mich vielleicht in der Nacht beherrschen, aber was ich tagsüber tue, geht dich nichts an!«

Er spielte mit einer langen roten Locke, die ihr ins Gesicht hing. »Du wirst überrascht sein, wozu Leidenschaft einen Menschen treiben kann, Brianne. Bald werde ich nichts mehr fordern müssen. Bald wirst du ohne zu überlegen tun, was ich mir wünsche.«

»Ich weiß vielleicht nicht viel über Leidenschaft, aber ich kenne mich selbst. Und niemand wird mich je dazu bringen, etwas zu tun, das ich nicht will.«

»Aber darum geht es ja eben, Rotschopf. Du *wirst* es wollen. Und wie du es wollen wirst.«

8

Noch in derselben Minute, in der Sloan am nächsten Morgen kurz vor Sonnenaufgang auf die Veranda heraustrat, wußte er, daß Wes McCord zurückgekommen war. Die Fenster seines Büros waren hell erleuchtet, und vor dem Gebäude lungerten ein paar Männer herum. In einem der Bürofenster konnte er hinter der Jalousie die Silhouette eines Mannes erkennen.

Der Drang, sofort über die Straße zu rennen und mit gezogenem Revolver das Büro zu stürmen, war fast überwältigend. Er schloß die Augen und zwang sich, diesen ersten Impuls zu unterdrücken.

Seit er in Chango war, hatte sich in ihm langsam und allmählich die Idee zu einem Plan geformt. Er glaubte, mit ziemlicher Sicherheit zu wissen, was Wes vorhatte; er mußte sich nur noch vergewissern, ob er wirklich recht hatte. Mit stichfesten Beweisen könnte er Wes eine Menge Ärger machen. Und nach einer Weile, wenn er der Meinung war, daß Wes genug gelitten hatte, würde er ihn töten. Und die Beschaffung dieser Beweise paßte zufällig ausgezeichnet zu seinem kleinen Handel mit Brianne.

Als er spürte, daß das mörderische Verlangen nachließ, öffnete er die Augen und starrte auf die andere Straßenseite hinüber. *Er* würde die Zeit und den Ort ihrer ersten Begegnung bestimmen. Diesmal würde *er* derjenige sein, der die Situation im Griff hatte.

Da er den Eindruck hatte, daß es günstiger wäre, Wes nichts von seiner Anwesenheit zu verraten, bevor er bereit zum Zuschlagen war, wählte er einen Umweg zum Mietstall und verließ wenig später die Stadt. Er wußte von Brianne, welche Richtung sie eingeschlagen und welche Gegend sie abgesucht hatte, und entschied sich nun für einen anderen Weg. Falls er innerhalb der nächsten Tage weder Patrick Delaney noch die

Beweise, die er gegen Wes verwenden wollte, fand, würde er damit anfangen, noch einmal gründlich die Gegend zu durchkämmen, in der sich Brianne bereits umgesehen hatte.

Aber so weit sollte es nicht kommen. Am frühen Nachmittag stieß er auf eine kleine Hütte. Rauch stieg aus dem Schornstein auf, aber es waren nirgends Pferde zu sehen. Er stieg bei einer kleinen Baumgruppe ab und band sein Pferd an.

Ohne ein Anzeichen von Hast zu verraten, betrachtete er das kleine Lehmgebäude und das Stück Land, auf dem es lag. Die Hütte war einfach gebaut und hatte sicher nicht mehr als zwei Räume. Auf der einen Seite befand sich eine Art Garten, aber nach dem Aussehen zu urteilen, brachte der Boden genausoviel Unkraut wie Gemüse hervor. Ein verrosteter Pflug stand einsam und verlassen auf einer halb beendeten Furche.

Der Rauch verwirrte ihn. Es gab sonst kein einziges Anzeichen von Leben, nicht einmal Vieh, das in der Nähe weidete. Möglicherweise hauste eine Siedlerfamilie in der Hütte, aber das erschien ihm mehr als zweifelhaft.

Die fünfzehn bis zwanzig Meter zwischen der Baumgruppe und der Hütte boten keinerlei Deckung. Er würde sich auf sein Glück verlassen müssen. Grimmig zog er den Revolver, spannte den Hahn und begann sich vorsichtig vorwärts zu bewegen.

Nachdem er das Haus ohne Zwischenfall erreicht hatte, preßte er seinen Körper an die kühlen Lehmziegel und lauschte. Keine Schüsse begrüßten ihn, aber er konnte Stimmen hören. Den Rücken an die Hausmauer gedrückt, schob er sich an der Wand entlang, bis er eins der zwei Fenster erreicht hatte. Er wandte den Kopf leicht nach rechts und spähte durch die verschmierte Glasscheibe.

Vier Männer saßen um einen Tisch herum und spielten Karten. Drei von ihnen erkannte er wieder. Es waren dieselben Männer, die er an jenem Abend in Luckys Saloon bemerkt hatte. Von dem vierten sah er nur die Rückseite, aber es handelte sich unzweifelhaft um Patrick Delaney. Das kastanienbraune Haar war unverkennbar. Sloan duckte sich unter das Fenster und schlich sich an die Veranda heran.

Ein kräftiger Tritt ließ die Tür aus den rostigen Angeln springen und mit lautem Krachen in einer Staubwolke zu Boden knallen. Sloan stürmte das Zimmer. Alle vier Männer sprangen auf. Die Spielkarten flatterten auf den Fußboden, und die drei Männer aus dem Saloon hoben beim Anblick von Sloans Waffe sofort die Hände.

Der größere von ihnen, dessen Augen vor Panik geweitet waren, deutete auf Patrick. »Er ist *unser* Gefangener.«

»Ja«, bestätigten die anderen beiden, ohne die Hände sinken zu lassen.

»Sind Sie in Ordnung, Delaney?« fragte Sloan, ohne die drei aus den Augen zu lassen.

»Ja, mir geht's gut, und der Revolver ist völlig überflüssig.«

Sloan hörte die Belustigung in Patricks Stimme und heftete den Blick auf ihn. »Was zum Teufel ist hier los? Wir dachten, Sie wären gekidnappt worden.«

»Ist er auch!« behauptete einer der Männer so aufgebracht, daß sich Sloans Aufmerksamkeit sofort wieder auf die drei richtete. Alle hielten noch immer gehorsam die Hände in die Höhe.

Der Große meldete sich wieder zu Wort. »Ich hab' doch gesagt, daß er *unser* Gefangener ist!«

»Wir kriegen Geld für ihn«, fügte ein anderer hinzu.

»Sie kriegen mehr Ärger, als Sie sich vorstellen können, wenn ich nicht in den nächsten zehn Sekunden erfahre, was los ist.«

Alle drei begannen gleichzeitig zu reden.

»Wir wollten ihm doch nie was tun!«

»Alles, was wir wollten, war das Geld!«

»Farmarbeit ist ganz schön hart!«

»Ich hab' ja gleich gesagt, wir sollten nicht soviel Geld verlangen!«

Patrick steckte zwei Finger in den Mund und stieß einen

gellenden Pfiff aus. Alle wandten sich zu ihm um. »Ich glaube, es ist besser, wenn ich Mr. Lassiter alles erzähle, meint ihr nicht?«

Die drei nickten einträchtig. »Wie Sie wollen, Mr. Delaney.«

Patrick warf Sloan ein schiefes Grinsen zu. »Lassiter, ich denke, es ist an der Zeit, Sie mit den Grimes-Brüdern bekanntzumachen. Odis, Hannibal und Lester. Jungs, das ist Mr. Sloan Lassiter.«

»Freut uns«, murmelten die drei.

»Warum setzen wir uns nicht«, schlug Patrick vor. »Und Sie, Lassiter, können mir erzählen, was Sie hergeführt hat.«

Sloan hielt den Revolver unverwandt auf die drei Brüder gerichtet. »Sie und ich können sitzen, aber diese drei bleiben, wo sie sind, mit den Händen in der Luft, bis ich endlich weiß, was zum Teufel hier gespielt wird.«

Patrick sah die Grimes-Brüder an. »Klingt ganz vernünftig, findet ihr nicht, Jungs?«

Sie nickten, den Blick auf die Revolvermündung geheftet.

»Möchten Sie 'n Kaffee?«

Odis' zaghaft vorgebrachte Frage trug ihm einen scharfen Blick von Sloan ein. Er wählte einen Stuhl, von dem er die drei Männer im Auge behalten konnte. »Um Ihre Frage zu beantworten, Delaney, ich bin hier, weil Ihre Schwester den Eindruck hatte, Sie könnten Hilfe brauchen.«

Patricks Miene wurde besorgt. »Ist ihr etwas passiert? Ist sie krank? Verletzt?«

»Nichts Ernstes. Sie hat sich den Knöchel verstaucht. Sie war gestern nachmittag gerade auf der Suche nach Ihnen, als ihr Pferd scheute und sie herunterfiel. Der Arzt sagt, sie müßte nur eine Weile den Knöchel schonen.« Er warf Patrick einen neugierigen Blick zu. »Wie kommen Sie auf die Idee, daß Brianne etwas zugestoßen sein könnte?«

Das Grinsen kehrte auf Patricks Gesicht zurück. »Weil es ihr gar nicht ähnlich sieht, jemand anderem ihre Arbeit zu überlassen.«

»Oh . . . ja, natürlich.« Da er Brianne inzwischen besser kannte, überraschte ihn die Bemerkung ihres Bruders keineswegs.

»Sind Sie sicher, daß sie in Ordnung ist?«

»Sie ist fast krank vor Sorge um sie. Sie war entschlossen, Sie allein zu finden, aber nach dem Sturz vom Pferd hat sie Ihrem Großvater telegrafiert.«

Patrick schnitt ein Gesicht. »Das habe ich befürchtet.«

»Glauben Sie mir, Brianne gab das Telegramm erst auf, als sie nicht mehr weiterwußte.«

Patricks weit auseinanderliegende Augen studierten gedankenvoll den Mann, der ihm gegenübersaß. »Und dann hat sie Sie geschickt, damit Sie mich suchen.«

»Diese Suche hat mir zufällig keine Ungelegenheiten bereitet.«

»Verstehe. Offensichtlich haben Sie und Brianne sich recht gut kennengelernt, seit ich verschwunden bin. Sonst hätte sie Sie nie um diesen Gefallen gebeten.«

Sloans Antwort verriet Patrick nichts. »Sie hat mich nicht darum gebeten. Ich habe es ihr angeboten.«

Der kleine, stämmige Hannibal wagte eine Bewegung in Richtung Patrick. »Sein Onkel Joshua hat uns mal bei einem Viehtrieb gefeuert. Und dabei hatte ich nur auf ein Kaninchen geschossen.«

»Er hat es verfehlt«, bemerkte Patrick, »aber dafür eine Stampede ausgelöst.«

»Na ja, ich hatte es eben satt, Bohnen zu essen«, greinte Hannibal.

Sloan hob den Revolver und zielte direkt zwischen Hannibals Augen. »Wer hat dir erlaubt, den Mund aufzumachen?«

Lester, der die gleiche Statur wie sein Bruder hatte, kam ihm zu Hilfe. »Er hat sich nichts dabei gedacht, ehrlich.«

Sloan verlagerte die Stahlmündung des Revolvers auf Lester. »Delaney, ich glaube, Sie fangen lieber an, mir die Sache zu erklären.«

»Sie haben mich gekidnappt, das stimmt. Sie haben die Kleine, mit der ich mich ein bißchen amüsiert hatte, bestochen und mich mit Äther betäubt, den sie vorher dem Dentisten geklaut hatten.«

Odis, der offensichtlich das Gefühl hatte, weitere Informationen liefern zu müssen, fügte hinzu: »Der Dentist macht einem auch einen tollen Haarschnitt.«

Der Revolver schwenkte zu Odis, der so nervös schluckte, daß sein Adamsapfel auf und ab hüpfte.

»Auf jeden Fall«, fuhr Patrick fort, »warfen sie mich auf mein Pferd . . .«

»Wir ha'm den Gaul nich' geklaut!« warf Hannibal panisch ein. »Mr. Delaney hat ihn geritten. Wir können für keinen Pferdediebstahl nich' gehängt werden!«

Patrick verdrehte die Augen, erzählte aber weiter. »Ich habe den Eindruck, sie hatten Schwierigkeiten, den Weg aus der Stadt hinaus zu finden . . .«

»War aber nich' unsere Schuld!« behauptete Lester. »Es hat doch so gegossen, und wir war'n 'n bißchen benebelt von dem Äther.«

Sloans Brüllen erfüllte den Raum. »Noch ein Wort von euch drei Witzfiguren, und man findet eure Körperteile in vier Distrikte zerstreut!«

Die drei Brüder zogen scharf die Luft ein und stöhnten auf.

Patrick schüttelte grinsend den Kopf. »Nun, ich schätze, es gab einiges Hin und Her, bis sie mich schließlich hierher brachten. Als ich aufwachte, war ich fuchsteufelswild, und mir war ziemlich lange hundeelend. Ich mußte mich von dem Äther übergeben, und Hannibal machte aus Sympathie gleich mit.«

»Konnte es einfach nich' aushalten, ihn so schweinemäßig leiden zu sehen. Und außerdem hab' ich einen schwachen Magen«, klagte Hannibal, um es im nächsten Moment zu bedauern, als sich Sloans eiskalte Augen in ihn bohrten.

»Und ich hatte fürchterliche Kopfschmerzen während der

letzten Tage. Aber in dieser Zeit sind mir zwei Sachen absolut klar geworden«, fuhr Patrick fort. »Erstens, die drei sind komplett unfähig – in jeder Beziehung.«

Odis öffnete den Mund, um zu protestieren, aber ein Blick auf Sloan ließ ihn schnell seine Meinung ändern.

»Und zweitens, sie sind im Grunde anständige Burschen.«

Die drei Brüder strahlten.

Sloan legte seinen Revolver auf den Tisch und rieb sich die Stirn. »Wenn das alles stimmt, warum sind Sie dann nicht in die Stadt zurückgekommen?«

»Weil einer von ihnen in der ganzen Aufregung vergessen hatte, das Gatter vom Korral zu schließen und die Pferde davonliefen.«

Sloan starrte Patrick ungläubig an. Patrick zuckte mit den Schultern.

»Die kommen wieder«, warf Odis ein. »Später oder früher kommen sie immer wieder.«

Lester und Hannibal nickten zustimmend.

»Außerdem . . .« Patrick zögerte und sah die drei Brüder an. »Seid so nett und wartet draußen, ja?«

Tiefe Furchen traten auf Hannibals Stirn, als er ihre Situation überdachte. »Können wir die Hände runternehmen, wenn wir rausgehen?«

»Ja«, stimmte Lester zu. »Mein Blut läuft schon in die Ellbogen. Ich kann's spüren!«

»Ihr könnt die Hände wieder runternehmen.«

Odis zögerte und warf Patrick einen besorgten Blick zu. »Versprechen Sie, nicht abzuhauen?«

»Ehrenwort.«

»Na gut, dann ist es okay.«

Nachdem die Brüder das Haus verlassen hatten, stieß Patrick einen Seufzer aus. »Sie sehen ja, wie sie sind. Totale Stümper. Sie haben alles probiert, von Goldgraben bis Viehdiebstahl, und sie haben bei allem völlig versagt. Dann wollten sie diese

Farm bewirtschaften, sind aber schnell dahintergekommen, daß man dafür hart arbeiten muß.«

»Und daraufhin haben sie beschlossen, Sie zu kidnappen.« Sloan hatte immer noch Schwierigkeiten, die Logik der Situation zu erfassen.

»Da sie einmal für unsere Familie gearbeitet haben – wenn auch nur kurz –, hatten sie eine ungefähre Vorstellung von unserer finanziellen Situation. Als sie meinen Namen hörten, glaubten sie, schnelles Geld machen zu können. Ich bin natürlich spielend mit ihnen fertig geworden. Meine einzige Sorge in der ganzen Zeit galt Brianne. Ich wußte, daß sie sich um mich ängstigen würde, und ich wußte auch, daß sie sich allein auf die Suche nach mir machen würde.«

»Beides trifft zu.«

Patrick nickte und hielt ihm dann die Hand hin. »Ich möchte Ihnen danken, daß Sie ihr geholfen haben.«

Sloan nahm seine Hand, sagte aber nichts.

»Da es mir inzwischen besser geht, hatte ich vor, morgen zu Fuß in die Stadt zurückzugehen, aber jetzt wäre es mir lieber, Sie würden Brianne sagen, daß es mir gut geht und wir uns bald wiedersehen werden.«

»Sie wollen hierbleiben?«

»Bis die Pferde wiederkommen. Ich kann nicht zulassen, daß mein Großvater und meine Onkel über die drei herfallen. Ich muß sie beschützen.«

»Was ist nur los mit euch Delaneys? Ihr scheint alle unter der Zwangsvorstellung zu leiden, anderen helfen zu müssen.«

»Vielleicht, weil wir Verständnis für die Hilflosen haben.«

Irritiert sah Sloan Patrick an. »Vielleicht sind Sie nur zu vertrauensselig.«

»Nein, ganz sicher nicht.« Patrick erinnerte sich an Briannes anfängliches Mißtrauen gegenüber Sloan, und er fragte sich, ob sich daran inzwischen etwas geändert hatte. Schließlich hatte der Mann ihr seine Hilfe angeboten. Dann fiel ihm sein Rat ein, nicht an Sloans Oberfläche zu kratzen. Irgendwie bezweifelte er, daß seine Schwester diesen Rat befolgt hatte. »Glauben Sie mir, wir lassen uns von niemandem ausnutzen. Wir haben schon früh gelernt, zwischen Schafen und Wölfen zu unterscheiden. Wenn nicht, hätten wir nicht überlebt.« Er schwieg einen Moment, um seine Worte einsinken zu lassen, und erkundigte sich dann: »Was hat Brianne denn angestellt?«

Sloan schüttelte den Kopf. »Sie scheint Menschen zu sammeln.«

»Aha.« Patrick bedurfte keiner weiteren Erklärung. »Also, sobald die Pferde zurückkehren, kommen wir in die Stadt.«

In Sloans Vorstellung formte sich sofort das Bild der drei Grimes-Brüder im ›Duke Hotel‹, und seine nächsten Worte trieften vor Sarkasmus. »Mrs. Potter wird entzückt sein.«

In Nilsens Warenhaus vermengte sich der Geruch von frisch gefärbtem Tuch und dem Leder der Stiefel, Gürtel und Zügel mit dem Duft von Tee und Gewürzen, die in kleine Leinensäckchen abgepackt waren. Kaffeebohnen, Mehl und Zucker quollen beinahe aus den Fässern über; zwei kleinere Fäßchen enthielten dunkle, zähe Melasse, ein anderes eingelegtes Gemüse.

An einer langen Wand befand sich ein Ständer mit einem Sortiment von Kleidern. Schinken, Würste und eine Reihe von Pfannen hingen an Haken in der Decke. Mitten im Raum stand ein behäbiger, dickbäuchiger Ofen, um den herum Stühle angeordnet waren.

Anna saß auf einem dieser Stühle, im Arm die neugeborene Tochter von Rebecca Hunter. »Sie ist bezaubernd, Rebecca. Du und Keith müßt sehr stolz auf sie sein.«

»Wir versuchen, es uns nicht anmerken zu lassen, aber natürlich sind wir es. Keith wollte eigentlich einen Sohn, aber als er Deborah sah, hat er blitzartig seine Meinung geändert. Er ist mächtig stolz auf sie. Außerdem könnte ich mir vorstellen, daß es beim nächsten Mal ein Junge wird.«

Anna lächelte das winzige Mädchen in ihrem Arm liebevoll an. Sie konnte sich gut vorstellen, wie glücklich ein Ehepaar, das sich so sehr liebte wie Rebecca und Keith, darüber war, neues Leben geschaffen zu haben. Sie gab sich Mühe, den leisen Neid, der sie bei diesem Gedanken beschlich, zu unterdrücken, aber es gelang ihr nicht. Sie glaubte nicht daran, daß ihr Leben sich eines Tages ändern und sie dieselbe Art Glück wie Rebecca erfahren würde. Und dieses Gefühl von Verlust war ein Schmerz, der ständig an ihr nagte.

Als sie das Baby seiner Mutter zurückgab, fing sie ein paar Töne eines alten schwedischen Volkslieds auf, das ihr Vater im Hinterzimmer summte, während er geschäftig hin und her ging und die Warenladung sortierte, die gerade eingetroffen war. Das Geräusch tröstete sie. Die Ruhe und Zufriedenheit ihres Vaters waren jeden Preis wert.

»Ich muß jetzt gehen«, verkündete Rebecca. »Es ist heute das erste Mal seit Deborahs Geburt, daß ich ausgegangen bin, und ich ermüde immer noch leicht.«

»Das kann ich verstehen. Was ist mit deiner Bestellung?«

»Keith wird später vorbeikommen und die Sachen abholen.« Die junge Frau wandte sich zur Tür und schnappte im nächsten Moment laut nach Luft.

Der Eingang wurde von einem halbnackten, barfüßigen Riesen blockiert, der eine junge Frau in den Armen hielt.

»Sie brauchen keine Angst zu haben«, versicherte Brianne der Frau hastig.

Anna trat ein paar Schritte vor. »Sind Sie in Ordnung, Miß Delaney?«

»Vollkommen.«

»Geh weiter, du großer Lümmel«, befahl Henrietta, die hinter Kamanahua stand und ihn ebenso behandelte wie früher ihre Schüler. »Geh schon! Ich muß sehen, ob es ein paar Stühle gibt, auf denen wir es Brianne bequem machen können.«

Kamanahua gehorchte und schritt in den Laden, gefolgt von Henrietta und Phineas.

»Das arme Kind hat sich den Knöchel verstaucht und darf den Fuß ein paar Tage nicht belasten«, erklärte Henrietta den beiden Frauen, die die Gruppe mit offenem Mund anstarrten. Eilig schob sie einige Stühle heran.

»Ist es nicht ein Glück, daß ich Kam habe?« meinte Brianne heiter.

»Brianne ist eine Göttin«, erklärte Kamanahua. »Ich diene ihr. Sie beschützt mich.«

»Da.« Henrietta deutete mit einem zufriedenen Lächeln auf die beiden Stühle, die sie nebeneinander gestellt hatte. »Setz sie dort ab, Kam, aber sei bloß vorsichtig. Gut so, und jetzt den Fuß auf den anderen Stuhl. Wunderbar, so ist es richtig.«

»Hätten Sie gern ein Kissen für Ihren Fuß, Miß Delaney?« fragte Anna, während sie aus dem Augenwinkel beobachtete, wie Rebecca das Baby fest an die Brust gedrückt, sich an der Gruppe vorbeischob und zur Tür eilte.

»Das wäre sehr nett von Ihnen, und bitte, nennen Sie mich Brianne. Es sieht so aus, als ob ich noch eine Weile in Chango bleiben würde, und vielleicht ergibt sich die Gelegenheit, daß wir uns näher anfreunden.«

Als Anna mit einem Kissen zurückkam und es unter ihren Knöchel legte, fuhr Brianne fort: »Anna, ich möchte Ihnen meine Freunde vorstellen. Das ist Miß Henrietta Jones, eine Lehrerin auf dem Heimweg nach Osten.«

»Stimmt genau, Jones!« In Henriettas Augen lag wieder das kriegerische Funkeln, das unweigerlich dann auftauchte, wenn ihr der Mann einfiel, den sie bewußtlos in einem Hotelzimmer in San Francisco zurückgelassen hatte. »Sehr erfreut.«

»Und das ist Mr. Phineas Tooley, ein fahrender Händler, der ein Heilmittel anzubieten hat.«

Phineas trat vor und ergriff Annas Hand. »Ich bin entzückt, werte Dame, wirklich entzückt. Ich kann nicht umhin zu bemerken, daß Ihre Regale keinerlei Medizin enthalten. Vielleicht haben Sie später ein wenig Zeit, damit ich Ihnen von Tooleys Wundertrank erzählen kann. Er heilt garantiert sechzig verschiedene Leiden, unter anderem Rippenfellentzündung, Lungenentzündung, Frauenleiden und andere Krankheiten.«

»Das ist sehr interessant«, antwortete Anna. »Aber bei uns verkauft nur der Arzt Medikamente.«

»Verstehe.« Phineas rieb sich das Kinn. »Nun, vielleicht könnten Sie mir verraten, ob in letzter Zeit irgendwelche Fremden in der Stadt aufgetaucht sind.«

Ein Lachen tanzte in Annas Augen. »Eine ganze Menge, seit Miß Delaney in die Stadt gekommen ist.«

Brianne lächelte, während sie sich im Geist eine Notiz machte, Phineas nach dem Rest seiner Geschichte zu fragen. »Sie sollen mich doch Brianne nennen, wissen Sie noch? Nun brauche ich Ihnen nur noch eine Person vorzustellen.« Sie deutete auf Kamanahua, der neben ihr Position bezogen hatte, die bloßen Füße kraftvoll auf den Holzboden gestemmt, die Arme über der massiven Brust verschränkt. »Das ist Kam, ein hawaiianischer Prinz. Ist das nicht interessant?«

»Sehr«, bestätigte Anna und lächelte leicht.

»Kam wird ein paar Hemden brauchen«, fuhr Brianne fort.

»Böse Dämpfe können nicht entweichen, wenn zu viele Sachen den Körper bedecken«, verkündete Kamanahua.

Brianne drehte sich um und sah zu ihrem selbsternannten Leibwächter auf. »Glaub mir, ich lasse dich nichts tragen, das diese bösen Dämpfe am Entweichen hindert.«

Anna räusperte sich. »Ich fürchte, wir haben nichts Passendes für Kam, aber ich kann Ihnen die Adresse eines guten Schneiders nennen. Kam könnte ein paar Stoffe auswählen. Sie sind dort drüben.« Sie wies auf einige Rollen Tuch, die sich auf einem Tisch türmten.

»Ich verlasse Brianne nicht«, erklärte Kamanahua eigensinnig.

»Wir werden sie später ansehen«, entschied sie dann und wandte sich an Henrietta. »Haben Sie Ihre Liste dabei?«

»Ja.« Die ältere Frau zog einen kleinen Zettel aus ihrer Tasche. »Ich brauche einen Kamm und eine Bürste. Und eventuell einen Rock und eine Bluse, irgend etwas Praktisches.« Sie hob die Augen von der Liste und ließ den Blick abschätzend über den Kleiderständer gleiten. Sie nickte zufrieden. »Sie scheinen ein gutes Angebot zu haben.«

»Nehmen Sie mehrere Röcke und Blusen, Henrietta. Ich bestehe darauf. Und dann brauchen Sie sicher noch ein Duftwasser, vielleicht eine Flasche Rosenwasser.«

Henriettas strenge Züge wurden weich. »Sie sind so lieb, Brianne.« Sie beugte sich vor und wisperte ihr zu: »Was ist mit den etwas intimeren Kleidungsstücken einer Dame? Sie wissen schon . . .«

Brianne lächelte. »Sagen Sie Anna nur, was Sie brauchen.«

In diesem Moment kam ein kleiner Mann mit beginnendem Bauchansatz aus dem Hinterzimmer geeilt. Der Anblick, der sich ihm bot, ließ ihn wie angewurzelt stehenblieben. »Nanu, was haben wir denn da?« rief er mit unverkennbarem schwedischem Akzent.

Anna drehte sich um. »Papa, das ist Miß Brianne Delaney. Sie und ihre Freunde machen einen kleinen Einkaufsbummel. Miß Delaney, Miß Jones, Mr. Tooley, Kam, das ist mein Vater, Mr. Nilsen.«

Angesichts dieser etwas ungewöhnlichen Ansammlung rieb sich Lars Nilsen leicht verwirrt die Hände. »Nun, nun . . .«

»Wie schön, daß Ihr Geschäft so floriert, Mr. Nilsen. Nichts könnte mir größere Freude bereiten.«

Alle fuhren herum, um den Neuankömmling anzusehen, der diese Worte gesprochen hatte.

Der Mann war groß und auffallend gut gekleidet, stellte Brianne fest. Und er war unbestreitbar attraktiv mit dem lichtbraunen Haar, den blaßgrauen Augen und dem charmanten Lächeln. Dennoch spürte Brianne ein warnendes Prickeln in ihrem Nacken.

Anna räusperte sich. Brianne warf ihr einen Blick zu und bemerkte, daß sich eine kühle Reserviertheit über das Verhalten der schönen jungen Frau gesenkt zu haben schien.

»Guten Tag, Mr. McCord«, sagte Anna. »Hatten Sie eine angenehme Reise?«

Er zog seinen Hut. »Ja, allerdings. Danke, Miß Nilsen. Mr. Nilsen.« Er nickte Annas Vater zu. »Ich bin nur gekommen, um nachzusehen, ob inzwischen meine spezielle Tabakmischung eingetroffen ist.«

»Papa?«

Mr. Nilsen machte einen verstimmten Eindruck. »Ja. Er ist hinten, Mr. McCord. Ich hole ihn.«

»Mein Name ist Wes McCord«, stellte der Mann sich vor und umschloß die Anwesenden mit einem charmanten Lächeln und einem Blick, der Henrietta und Phineas flüchtig streifte, einen Augenblick bei Kamanahua verweilte und schließlich bei Brianne hängenblieb. »Ich glaube, ich hatte noch nicht das Vergnügen, Ihre Bekanntschaft zu machen.«

Etwas widerstrebend, wie es Brianne erschien, stellte Anna die Anwesenden vor. »Das sind Miß Delaney, Miß Jones, Mr. Tooley und Kam.«

Wes McCord betrachtete die Fremden interessiert. »Haben Sie die Absicht, sich in Chango niederzulassen?«

»Nein«, antwortete Brianne sowohl für sich als auch für ihre Freunde. Sie war sich nicht sicher, was sie an dem Mann irritierte, aber Malvina hatte sie auf gute Manieren gedrillt, und deshalb bemühte sie sich, höflich zu sein. »Unser ursprünglich kurzer Besuch hat sich unvorhergesehen verlängert.«

»Welch ein Glück für Chango«, murmelte Wes.

»Hier ist Ihr Tabak, Mr. McCord. Brauchen Sie sonst noch etwas?«

»Nein, ich glaube nicht. Zumindest nicht heute.« Er griff nach dem Tabaksbeutel, der auf dem Ladentisch lag. »Würden Sie das bitte mit auf meine Rechnung setzen, Mr. Nilsen?«

Annas Vater nickte kurz. »Ja.«

Wes' Lächeln schloß jeden im Raum ein. »Einen schönen Tag noch.«

Es herrschte Schweigen, bis er das Geschäft verlassen hatte, dann brach es aus Annas Vater heraus: »Ich mag diesen Kerl nicht!«

»Aber, Papa«, beruhigte Anna ihn. »So etwas darfst du nicht sagen.«

»Ich weiß, daß er angeblich viel für die Stadt tut, aber er ist kein guter Mensch!«

Annas besorgter Blick wanderte zu dem breiten Schaufenster, durch das sie Wesley McCord auf die andere Straßenseite schlendern sah. »Das kann ja sein, Papa, aber dagegen können wir nichts tun. Er ist zu mächtig.«

»Hmph!«

»Komm, Papa, ich möchte nicht, daß du dich aufregst. Warum gehst du nicht nach oben und machst dir eine schöne Tasse Tee? Ich kümmere mich um Miß Delaney und ihre Freunde.«

Mr. Nilsen nickte wortlos und trottete aus dem Raum.

Anna wandte sich zu Brianne um, ein freundliches Lächeln auf den Lippen. »Nun, wo waren wir stehengeblieben?«

9

Dichte Wolken verbargen den Mond und tauchten den Pfad, den Anna entlangschritt, in solch undurchdringliches Dunkel, daß sie kaum weiter als einen Schritt sehen konnte. Aber sie brauchte keine Lampe, die ihr den Weg wies. Jeder Zentimeter dieses Pfades, der aus der Stadt hinausführte, war ihr nur zu gut vertraut, da sie diesen Weg zweimal in der Woche zurücklegte.

Als sie den Stadtrand erreichte, zog sie ihren Schal enger um die Schultern und blieb, wie es ihre Gewohnheit war, stehen, um sich umzusehen. Niemand war in der Nähe, aber sie mußte ganz sicher sein.

Sie drehte sich um und blickte nach vorn. Dort war es – das Haus, das ihr Ziel war. Obwohl sie noch ein gutes Stück entfernt war, sah sie in zwei Räumen hinter den zugezogenen Vorhängen Licht schimmern, eines im Erdgeschoß, eines im ersten Stock. Ihr Mund verhärtete sich, und sie setzte ihren Weg fort.

Als sie das Haus erreicht hatte, zögerte sie nicht. Sie stieg die breiten Stufen zur Veranda hinauf, griff nach der Messingklinke und öffnete die Tür. Untrüglich führten ihre Schritte sie den langen Gang hinunter bis zur ersten Tür zu ihrer Rechten. Sie holte tief Luft und trat dann über die Schwelle.

Wesley McCord saß in einem behäbigen Lehnstuhl aus Walnußholz, in der Hand einen Drink. Sein Kopf lehnte an der blauen Samtpolsterung, und seine grauen Augen waren halb geschlossen.

Annas Hände ballten sich mit solcher Kraft zu Fäusten, daß sich ihre Fingernägel in die Handfläche bohrten. »Ich hatte gehofft, du würdest von deiner Reise nach Washington nie zurückkehren.«

Wes stellte sein Glas ab, stand auf und durchquerte das Zimmer, bis er vor ihr stand. Er hob eine Hand und berührte leicht ihre Wange. »Ich weiß«, murmelte er mit einem Lächeln und zog sie in seine Arme. »Ich weiß.«

Minuten später lagen sie nackt in Wes' Bett, und er glitt in Anna hinein und heraus, langsam, mit überwältigender Kraft und mit großem Geschick.

Wie immer hatte er die Lampe neben dem Bett brennen lassen. Er wollte sich an dem Anblick ihres langen blonden Haars erfreuen, das sich wie ein Fächer über das Kissen breitete, und er wollte es genießen, ihr Gesicht zu beobachten, während er sie ausfüllte, aus ihr herausglitt und wieder in sie eindrang.

Die Leidenschaft schien ihre Schönheit zu vergrößern, schien sie von innen heraus leuchten zu lassen. *Ich* bin es, der das bewirkt, dachte er triumphierend. *Ich* bin es, der sie vor Lust aufschreien läßt – und das, obwohl es gegen ihren Willen geschieht.

Er verlagerte sein Gewicht auf die Ellbogen und nahm ihr Gesicht in beide Hände. »Mach die Augen auf, Anna, meine Süße, und erzähl mir, wie sehr du dir gewünscht hast, jemand würde mich töten, bevor ich zu dir zurückkommen konnte.«

Eindringen, herausgleiten, eindringen, herausgleiten – die Gewalt seiner langsamen Bewegungen ist unendlich und bringt mich fast um den Verstand, dachte Anna voller Verzweiflung und mit einem tiefen, nagenden Hunger. Zögernd hoben sich ihre Lider und zeigten ihm Augen, deren Blau sich vertieft hatte und in einem unbezähmbaren Begehren erglänzte. »Ja«, flüsterte sie. »Ich wünschte, du wärst tot.«

Er lachte leise und stieß gleichzeitig tief in sie hinein. Unwillkürlich entrang sich ihrer Kehle ein Stöhnen, und er lächelte.

»Von all meinen Feinden«, murmelte er mit belegter Stimme, »bist du mir am liebsten.«

»Ich wäre . . . nicht hier, wenn . . .« Ein schwacher Seufzer trat über ihre Lippen. ». . . wenn du mich nicht erpressen würdest.«

Wieder fühlte er ihre samtige Enge um sich, und er erschauerte. Gott, wie sehr hatte er sie vermißt! Nichts auf der Welt kam diesem Gefühl gleich. »Erwarte nicht, daß ich mich entschuldige, Anna. Ich werde es nicht tun.«

Er knabberte an ihrer Unterlippe und ließ dann seine Zunge in ihren Mund gleiten. Anna duldete diesen Kuß ebenso, wie ihr Körper seine harten Stöße aufnahm. Sie wollte es nicht, aber sie konnte nichts dagegen tun. Wie im Fieber warf sie den Kopf hin und her. »Das ist teuflisch! Ich hasse die Gefühle, die du in mir erweckst!«

»Nachher vielleicht, aber nicht jetzt, nicht wenn ich das mache.« Mit einem Aufstöhnen drang er tief in sie ein und ließ seine Hüften kreisen.

Sie stieß einen unterdrückten Schrei aus, als ein köstliches Prickeln sie erfüllte, das ständig stärker wurde. Ihre Gedanken wurden vage und verschwommen. Ohne es zu wollen, stemmte sie ihre Fersen auf das Bett und bog ihm ihre Hüften entgegen.

»Überzeuge dich davon, Anna, daß du diese Gefühle jetzt, in diesem Augenblick, haßt.« Noch eine feste Bewegung, und ihr Innerstes schien in heißen Flammen zu stehen.

Ein Aufschrei brach von ihren Lippen. »O Gott, Wesley! Noch einmal!«

Aber er zügelte seine Bewegungen. Am ganzen Körper brach ihm der Schweiß aus, während er sich zu einem langsamen und behutsamen Rhythmus zwang, der sie beide von Gipfel zu Gipfel trug, ohne sie je den vollen Höhepunkt erreichen zu lassen. Es war eine wunderbare Art von Folter. Wochenlang hatte er auf Anna verzichten müssen. Nun, da sie endlich wieder ihm gehörte, wollte er sich Zeit lassen. Außerdem liebte er es, wenn sie sich unter ihm wand, wild und unbeherrscht.

Tagsüber eine kühle Dame in ihrem Geschäft; nachts, in seinem Bett, eine lustvolle Frau.

Er strich besänftigend über ihre feuchte Stirn. »Anna . . . meine süße Anna . . . so schön . . . und so rein.«

Nur für einen Moment klärte sich ihr Verstand. »Rein! Du hast mir meine Jungfräulichkeit genommen!«

Seine Augen blitzten auf. »Und bei Gott, du warst gut! Du *bist* gut.« Er konnte es kaum noch aushalten.

Anna spürte, daß er aus ihr herausglitt und zögerte. Ihre Hände umklammerten seine Hüften und zogen ihn wieder zu sich hinunter, in sie hinein. Gewalttätigkeit hätte sie sich widersetzen können, nicht aber der köstlichen, behutsamen Art, in der er ihren Körper in Besitz nahm. Er hatte diesen Körper sorgfältig studiert und allzu gut kennengelernt.

»Ruhig, Kleines, ruhig«, flüsterte er heiser. »Warte noch ein bißchen.«

Ihre Nägel bohrten sich in seinen Rücken. »Ich kann nicht, Wesley!«

»Doch, du kannst, Anna.« Er kostete seinen Triumph über sie aus, ihr verzweifeltes Verlangen nach ihm. Er legte eine bebende Hand auf ihre kleine, runde Brust, und sie drängte sich gegen seine Hand. »Du kannst warten, weil du weißt, wie gut es ist, und weil du unsere Liebesnächte genauso vermißt hast wie ich.«

»Ich habe sie nicht vermißt, und ich will nicht warten. Ich will es jetzt!« schrie sie. »Ich kann es nicht mehr aushalten!«

»Psst. Bald. Bald. Ich kann jetzt noch nicht aufhören. Verdammt, dazu ist es dem Paradies viel zu nahe! Kannst du dir vorstellen, was ich in dir empfinde? Du gibst mir das Gefühl, daß sich deine kleine Hand, gehüllt in dunklen, samtigen Stoff, fest um mich schließt.« Er überschüttete ihr Gesicht und ihren Hals mit leidenschaftlichen Küssen, ohne in seinen rhythmischen Bewegungen innezuhalten. Selbst wenn in diesem Moment jemand mit gezogener Waffe das Zimmer betreten und sie an seine Schläfe gehalten hätte, hätte er sie nicht verlassen können.

In einem kraftvoll wiegendem Rhythmus tauchte er immer wieder in sie ein und entdeckte ihre empfindlichsten Punkte, bis sie glaubte, verbrennen zu müssen. Von Wes geliebt zu werden, war so, als ob man vor Wonne starb, aber dieser Tod dauerte endlos an. Und, Gott helfe ihr, wie sehr genoß sie diesen Tod.

Schließlich umklammerten Annas Hände verzweifelt die Holzverzierung am Kopfende des Betts. Wes' Hände glitten unter sie, griffen nach ihren Pobacken und zogen ihre Hüften hoch, damit er tiefer und tiefer in sie eindringen konnte. Sein muskulöser Körper verkrampfte sich, als Anna ihre Leidenschaft auf den Höhepunkt schnellen spürte, und jeder von ihnen, getrennt voneinander und dennoch auf seltsame Art vereint, erreichte den berauschenden und befreienden Gipfel ihrer Lust.

Lange Zeit später spürte Wes, daß Anna sich neben ihm bewegte. »Geh noch nicht.«

»Ich muß. Papa wird bald heimkommen.«

»Du kannst ihm sagen, daß du Rebecca Hunter besucht hast, um ihr Baby zu sehen.«

»So spät am Abend? Das würde er mir nie glauben.« Sie wand sich aus seinen Armen und stieg aus dem Bett. Unbewußt seufzte sie beim Anblick ihrer Kleider, die auf dem Boden verstreut lagen.

Wes rückte die Kissen hinter seinem Rücken zurecht und setzte sich auf. Er griff nach Tabak und Zigarettenpapier und begann sich eine Zigarette zu drehen, als ihm auffiel, daß Anna sich wusch.

»Wenn du zu mir kommst, mache ich das«, bemerkte er.

Leichte Röte überflutete Annas zarte Haut, und sie drehte sich verlegen um, um sich anzuziehen. »Eines Tages wird irgend jemand dich umbringen«, sagte sie dumpf.

»Das kannst du vergessen, Anna.« Er zündete seine Zigarette

an und betrachtete sie durch einen Schleier von Rauch. Ein ironisches Lächeln kräuselte seine Lippen. »Warum sollte ich zulassen, daß mir etwas zustößt, solange es dich in meinem Leben gibt? Ich habe mein Pferd zuschanden geritten, nur um bis Donnerstag abend hier zu sein, dem Tag, an dem dein Vater Chorprobe hat.«

Sie knöpfte die spitzenbesetzte Kante ihres Mieders zu, und wandte sich dann zögernd zu ihm. »Es bringt meinen Vatrer um, wenn du ihm diese Schuldscheine präsentierst. Du wirst es doch nicht tun, oder?«

Sein Lächeln veränderte sich, wurde grausam. »Ich habe dir eine Menge beigebracht, nicht? Ich habe dich gelehrt, zu lieben, aber auch, zu mißtrauen.«

»Und den Menschen zu belügen, den ich am meisten auf der Welt liebe.«

»Lügen haben nichts zu bedeuten, meine Süße.«

»Für mich schon.«

Er stieß eine Rauchwolke aus. »Ich weiß. Um deine Frage zu beantworten, nein, ich werde deinem Vater nichts sagen – nicht, solange du zu mir kommst, wann immer ich dich darum bitte.«

Etwas beruhigt schlüpfte sie in ihr Kleid und ließ es an ihrem Körper heruntergleiten. Sie ging um das Bett herum, setzte sich mit dem Rücken zu Wes auf die Kante und zog die goldene Fülle ihres Haars nach vorn. »Würdest du bitte die Knöpfe zumachen?«

Er drückte die Zigarette aus. »Du trägst immer so einfache Kleider. Am liebsten hätte ich dir ein Dutzend der prachtvollsten Kleider, die in Washington aufzutreiben waren, mitgebracht.«

Sie warf ihm über die Schulter einen Blick zu. »Du weißt, daß ich sie nie anziehen könnte.«

»Deshalb habe ich sie ja nicht gekauft.« Er begann, das Kleid zuzuknöpfen. Als er beim letzten Knopf angelangt war, murmelte er: »Bleib bei mir.«

Sie wandte sich ein Stück um, um ihn anzusehen. Das Licht der Lampe spielte auf seinem schönen, gebräunten Körper, und gegen ihren Willen glitten ihre Augen an ihm herunter, über die behaarte Brust bis zu jenem Körperteil, das sie mit so unglaublichen Wonnen zu erfüllen vermochte. Sie stand abrupt auf. »Den letzten Knopf kann ich selbst zumachen.« Sie trat zu seiner Kommode, hob die Bürste auf und begann, mit einigen raschen Strichen ihrem Haar zumindest den Anschein von Ordnung zu geben.

Wes sah ihr zu. Er empfand dieselbe Freude wie immer, wenn er sie dabei beobachtete, wie sie ihr Haar bürstete. Obwohl er eine Schachtel mit Haarnadeln für sie bereitgestellt hatte, weigerte er sich, ihr eine eigene Bürste zu kaufen. Ihm gefiel es, daß sie seine benutzen mußte. Und jedesmal, wenn sie ging, nahm er die Bürste in die Hand, suchte nach ihren langen goldenen Haaren und ließ sie durch seine Finger gleiten, manchmal so lange, bis er eingeschlafen war.

Sie steckte gerade die letzte Nadel in ihr Haar, als sie ihn sagen hörte: »Von jetzt an mußt du einen Weg finden, um auch montags am Abend zu mir zu kommen.«

Ihr Rücken versteifte sich, und sie fuhr herum. »Das ist unmöglich! Papa geht nur Donnerstag- und Samstagabend aus, das weißt du doch!«

»Ermuntere ihn ein bißchen, seine sozialen Kontakte mehr zu pflegen. Donnerstagabend Chorprobe und Samstagabend ein Kartenspiel mit Freunden reicht einfach nicht aus.«

»Ich kann nicht! Ich will nicht!«

»Laß dir etwas einfallen, Anna«, sagte er ruhig.

Ihre Schultern sanken. »Ja, Wesley.«

Sloan streckte sich auf dem Samtsofa in Briannes Zimmer aus und schloß die Augen. Auf seinem Gesicht spürte er die leichte Brise, die durch das offene Fenster hereinwehte, und er wußte, daß der Wind leise in den apfelgrünen Vorhängen an ihrem Bett spielen würde. Die grünen Schleifen über ihrer Brust würden keusch zusammengebunden sein.

Brianne. Er würde sie genießen wie ein köstliches Festmahl. Er würde von ihr trinken, ihren Geschmack auskosten. Selbst jetzt spürte er seinen Mund schon trocken werden bei dem Gedanken an ihre wundervollen Brüste, wie sie schmeckten, wie sie sich anfühlten.

Wenn er ihr mitteilte, daß er ihren Bruder gefunden hatte, würde sie heute nacht ihm gehören. Dann konnte er sie nehmen, wieder und wieder, bis ihrer beider Körper völlig erschöpft waren. Aber bei Sonnenaufgang wäre alles vorüber. Und dieser Gedanke hielt ihn zurück, ihr die Wahrheit zu sagen.

»Du verschweigst mir etwas, nicht?«

Sloan schlug die Augen auf und sah, daß sie aufgerichtet im Bett saß. »Was sollte ich dir verschweigen?«

»Daß du Patrick gefunden hast – tot.«

Ein Lächeln spielte um seine Lippen. »Was ist aus der tapferen jungen Frau geworden, die mir versichert hat, ihr Bruder wäre nicht tot?«

Brianne hob die Hände. »Er ist schon so lange verschwunden.«

»Fünf Tage sind nicht lang, Brianne, nicht unter diesen Umständen. Die Kidnapper werden Patrick nichts tun. Sie wollen Geld.« Als er einen Funken Hoffnung in ihren Augen aufflackern sah, durchzuckte Sloan ein flüchtiges Gefühl, das ihm so fremd war, daß er einen Moment brauchte, um es als Schuldbewußtsein zu erkennen. Er rutschte unruhig hin und her. Es war lange Jahre her, daß er sich wegen irgend etwas schuldig gefühlt hatte. Dennoch würde er seinen Entschluß nicht ändern. Brianne jeden Abend so zu genießen, wie er es sich wünschte, bot einen zu großen Anreiz.

Er stand auf und schlenderte zu ihrem Bett. Während er sich neben sie setzte, wiederholte er tröstend Patricks Worte, vielleicht nicht den genauen Wortlaut, aber den Inhalt. »Deinem Bruder geht es gut, und du wirst ihn bald wiedersehen.«

Briannes Lächeln war schwach. »Du hast recht. Es ist nur ziemlich hart, gar nichts für ihn tun zu können.«

»Aber du tust doch etwas. Du erfüllst deinen Teil deines Handels mit mir.«

Brianne brauchte nicht an dieses Abkommen erinnert zu werden, um eine Hitzewelle durch ihren Körper strömen zu fühlen. Es hatte in dem Moment begonnen, als Sloan ihr Zimmer betrat. Und als er sich neben sie setzte und seine Hüfte sich an ihre drückte, lief ein erwartungsvolles Beben über ihren Körper.

»Mach die Schleifen auf, Brianne. In Zukunft brauchst du sie gar nicht erst zuzubinden. Das erspart uns eine Menge Zeit und Mühe.«

Als sie die linke Hand hob, fiel die Rüsche des Ärmels zurück und gab einen Teil der Narben frei.

»Warte.« Sloan nahm ihren Arm und schob den Ärmel weiter hinauf. »Wie ist das passiert?« Er beugte sich vor, um die dünnen weißen Linien zu betrachten, die die Vollkommenheit ihrer Haut zerstörten.

In Gedanken war sie so sehr damit beschäftigt gewesen, was sich nach dem Lösen ihrer Schleifen abspielen würde, daß seine Frage sie überrumpelte und sie unwillkürlich herausplatzte: »Ein Wolf hat mich angegriffen.«

»Ein Wolf? Wie ist das passiert? Und wann?«

»Es ist schon Jahre her; ich war noch sehr jung. Eines Tages, als ich einen Ausritt machte, sah ich, daß sich das Tier in einer Falle gefangen hatte. Sein Bein war blutig und bis auf den Knochen aufgerissen. Ich glaubte, etwas in seinen Augen zu sehen, so etwas wie ein Flehen um Hilfe.«

Er stieß einen Fluch aus, aber seine Hände strichen zärtlich und behutsam über die Narben.

Herausfordernd begegnete sie dem Blick seiner goldenen

Augen, die denen des Wolfs so sehr ähnelten. »Der Wolf ließ es zu, daß ich ihm half, und alles wäre gut gegangen, wenn ihn nicht plötzlich etwas erschreckt hätte.« Ihre Stimme klang traurig. »In seiner Angst ging er auf mich los. Es war Patrick, der auf mich zuritt. Er mußte den Wolf erschießen, um mich zu retten.«

»Danke Gott für deinen Bruder.«

»Wenn der Wolf nur gewußt hätte, daß er mir hätte vertrauen können.«

»Du meinst, wie es inzwischen Henrietta, Phineas und Kam gelernt haben.« Er schüttelte den Kopf. »Es überrascht mich, daß du in meiner Abwesenheit nicht noch einen Menschen gefunden hast, der deinen Schutz braucht.«

Der unverhohlene Ärger in seiner Stimme brachte sie fast zum Lächeln, und genau das wollte sie nicht. »Der einzige Mensch, den ich heute kennengelernt habe, war ein Mann namens Wes McCord, und mir ist noch nie jemand begegnet, der weniger schutzbedürftig gewirkt hätte.«

Sloan wirkte auf einmal seltsam starr. Als er sprach, erinnerte seine Stimme Brianne unwillkürlich an das Knurren des Wolfes. »Wo hast du Wes McCord getroffen?«

Seine Reaktion auf ihre Bemerkung verwirrte Brianne. »In Nilsens Warenhaus. Anna Nilsen hat uns miteinander bekanntgemacht.«

»Halt dich von dem Mann fern, Brianne.«

»Warum?«

»Weil ich ihn erst ruinieren und dann töten werde.«

Seine Antwort hätte Brianne nicht schockieren dürfen. Schließlich hatte ihr Instinkt sie von Anfang an davor gewarnt, wie gefährlich Sloan unter seiner ruhigen Oberfläche war. Dennoch war sie entsetzt. Sie schüttelte das Gefühl ab. »Warum?«

»Weil Wes McCord mich und meinen Bruder vor fünfzehn Jahren in den verfluchten Ebenen von Texas in den Tod geschickt hat.«

»Aber du bist am Leben.«

»Mein Bruder nicht.« Mit einer viel weicheren Stimme fügte er hinzu: »David war erst vierzehn Jahre alt.«

»Wie George«, murmelte Brianne. Jetzt wurde ihr vieles klar. Sloan ähnelte dem Wolf weit mehr, als sie geahnt hatte, mit einem Unterschied – seine Wunden saßen tief in seinem Inneren, und sie waren nie geheilt worden. Würde sie es ertragen, wenn er sich wie der Wolf gegen sie wandte? Der Gedanke beunruhigte sie. Sloan bedeutete ihr nichts. Sie benutzte ihn, das war alles.

Dann fiel ihr wieder ein, wie alle Instinkte in ihr Alarm geschlagen hatten, als sie McCord gesehen hatte. Er war nicht der Typ Mann, den man unterschätzen sollte. Er wäre in jedem Fall ein unerbittlicher Gegner, und falls Sloan die Absicht hatte, gegen ihn anzutreten, würde er sich mit Sicherheit in große Gefahr begeben.

Und vermutlich war sie deshalb so entsetzt. So schwer es ihr fiel, diese Tatsache zu akzeptieren, so machte sie sich doch Sorgen um Sloans Sicherheit.

Da sie nicht recht wußte, was sie sagen sollte, griff sie auf ein unverfängliches Thema zurück. »Dann bist du also gar nicht aus New York, sondern aus Texas.«

»Die Zeit, die mich geprägt hat, war die Zeit nach Davids Tod. Ich verließ Texas und bin nie wieder dorthin zurückgekehrt. Während des Bürgerkriegs war ich Blockadebrecher, einer der besten. Ich machte ein Vermögen, mit dem ich nach New York ging, wo ich es verdoppeln und verdreifachen konnte. Und jetzt wird endlich das geschehen, wofür ich all die Jahre gelebt habe. Ich werde den Tod meines Bruders rächen.«

Sie bemühte sich, sich ihr Unbehagen nicht anmerken zu lassen. »Auch Rache macht deinen Bruder nicht wieder lebendig.«

»Nein, und sie wird mir auch mein eigenes Leben nicht zurückgeben. Aber das hat nichts zu bedeuten. Zumindest für den Moment habe ich etwas gefunden, das mir die Illusion vermittelt, am Leben zu sein.« Er riß die Schleifen über ihrer Brust auf und schob das Nachthemd grob auseinander. »Deine Brüste mit meinen Lippen zu kosten, gibt mir das Gefühl, daß etwas von deiner Lebenskraft in mich übergeht.«

Brianne fühlte sich heiß und seltsam willenlos. Nur zu gern hätte sie sich eingeredet, daß sie diesen Moment seit gestern abend *nicht* herbeigesehnt hätte, aber sie konnte es nicht.

»Sloan, ich muß dir etwas sagen . . .«

»Nicht jetzt«, flüsterte er und umschloß mit den Händen ihre Brüste. Träge ließ er seine Handflächen auf ihnen kreisen, das Gefühl ihrer Üppigkeit und Festigkeit auskostend. »Sieh nur«, murmelte er. »Ich habe deine Brustwarzen noch nicht einmal berührt, aber schon richten sie sich auf.«

Brianne sah an sich hinunter und bemerkte, daß die Spitzen ihrer Brüste hart und steif geworden waren.

»Siehst du? Sie wollen meine Lippen und meine Zunge spüren, nicht wahr?« Er sah sie an. »Brianne? Sie wollen es doch? Sie sehnen sich nach meinem Mund.« Seine Finger strichen über die Wölbungen und drückten leicht zu. »Nicht wahr?« fragte er leise.

»Ja«, gestand sie mit einem leichten Aufstöhnen.

Er verringerte den Druck seiner Finger, nur um zart mit den Daumen über ihre Brüste zu streichen und in den empfindlichen Nervenenden ein Gefühl hervorzurufen, als ob Feuer und Sand über sie hinwegfegten.

»Ja!«

»Gut.« Er senkte den Kopf und umschloß eine schmerzende Brustwarze mit den Lippen. Gierige, hungrige Laute kamen aus seiner Kehle.

Ihre Finger vergruben sich in seinem Haar, und sie warf mit einem Stöhnen den Kopf zurück, als das Lustgefühl sich von ihrer Brust auf den Unterleib senkte und zwischen ihren Schenkeln aufflammte. Im selben Moment beschloß sie, dieses

Gefühl zu genießen und auszukosten. Sie sagte sich, daß sie nicht zu befürchten brauchte, daß Sloan ihre Schwäche ausnutzte. Sie beide hatten einen Pakt geschlossen, der alles einschloß – nur nicht, daß sie jetzt schon miteinander schliefen. Das bedeutete, daß sie es sich erlauben durfte, sich zu entspannen und diese wundervolle neue Welt an Empfindungen in sich aufzunehmen, ohne befürchten zu müssen, daß sie ihre Jungfräulichkeit verlieren würde.

Sloans Lippen glitten zu der anderen Brust, diesmal jedoch nicht, um sich sofort wieder an ihr zu nähren. Seine Zunge spielte mit der harten Spitze und nahm sie dann zwischen die Zähne.

»O Sloan!«

»Was?« fragte er, ohne seine Zähne von der Brustwarze zu lösen.

»Das tut so gut!«

»Willst du mehr?«

»Ja.« Ihre Hand strich über seine Wange, verharrte an seinem Mund, und sie senkte die Spitze ihres Daumens in seine halb geöffneten Lippen. »O ja!«

Wieder spürte sie seine Zähne an ihrer Brust, und die Muskeln in ihrem Unterleib zogen sich schmerzhaft zusammen. »Ooooh!«

»Ein schöner Schmerz, nicht?«

Sie nickte, doch er konnte es nicht sehen.

»Ich werde mir ein wenig für morgen aufheben.« Er umschloß ihre Brustwarze wieder mit den Lippen.

Unter ihrer Hand spürte sie die Muskeln auf seiner Wange. Ungeheure Empfindungen stauten sich in ihr, und doch fühlte sie sich so leer. Ganz leicht begannen ihre Hüften sich zu heben und zu senken.

Sloan löste sich von ihrer Brust, und seine Lippen wanderten zu ihrem Mund, während sich eine Handfläche auf die sanfte Erhebung über ihren Schenkeln legte.

Wildes Verlangen durchzuckte sie, so heftig, daß es sie am ganzen Leib erzittern ließ.

»Du bist pures Feuer, Rotschopf«, murmelte er, während er seine Lippen von ihren löste und in ihre verzückten, von Leidenschaft verschleierten Augen blickte. »Ich kann morgen abend kaum noch erwarten.«

10

Während Sloan auf der Hotelveranda gesessen und beobachtet hatte, wie beladene Wagen und Männer die Stadt verließen, hatte er genau darauf geachtet, welche Richtung sie einschlugen. Als ein Resultat dieser Beobachtungen zügelte er kurz vor Mittag Demon auf einer kleinen Erhebung, von der aus man eine kleine Zeltstadt überblicken konnte. Seine harten Gesichtszüge verrieten große Befriedigung. Genau das hatte er vermutet.

Die meisten Männer hätten die offizielle Bestätigung der Regierung für den Verlauf der Eisenbahn abgewartet, bevor sie das Baumaterial und die Arbeiter zusammengeschart hätten – Wes nicht. Er war gierig und wollte offensichtlich nicht mehr Zeit als unbedingt nötig verschwenden. In diesem Fall spielte er Sloan direkt in die Hände, denn gierige Männer wollten immer mehr, und sie machten Fehler. Allein die Existenz dieser Zeltstadt war ein deutlicher Beweis.

Im Zentrum der kleinen Stadt erhob sich ein großes Zelt, ohne Zweifel die Küche und die Kantine. Ringsum breiteten sich geordnete Reihen von kleineren Zelten aus, vorübergehende Behausungen für Aufseher, Landvermesser, Ingenieure und Schienenleger.

Im Augenblick schien noch keine rege Tätigkeit zu herrschen. Etliche Männer lungerten auf dem Gelände herum; einige vertrieben sich die Zeit mit Kartenspielen, andere dösten unter Bäumen oder schliefen im Freien auf Schlafsäcken. Ein Zelt stand in einiger Entfernung von den anderen, umgeben von mehreren kleineren Zelten. Hier sah Sloan Frauen, Frauen, die man, wie er vermutete, hergebracht hatte, damit die Männer etwas Abwechslung hatten, bis die Arbeit begann.

Da er sich erinnerte, Wes heute morgen in sein Büro in Chango gehen gesehen zu haben, lenkte er Demon langsam den Hügel hinunter und ritt auf die Zeltgruppe zu, wo er die Frauen entdeckt hatte. Männer vertrauten ihre Geheimnisse nicht anderen Männern an, aber vielleicht Frauen. Er mußte nur die richtige Frau finden.

Janice, die vor ihrem Zelt saß und gerade damit beschäftigt war, ein neues Kleid zu säumen, stach sich mit der Nadel in den Finger. Mit einem Fluch hob sie den blutenden Finger an ihren Mund. Wenn ich früher auf meine Mama gehört und Nähen gelernt hätte, dachte sie erbittert, würde ich mich vielleicht nicht immer stechen, sobald ich auch nur versuchte, einen Faden durch das Nadelöhr zu bringen. Aber andererseits wäre sie in dem Fall vermutlich schon längst mit einem langweiligen Farmer verheiratet und hätte einen ganzen Stall voller Kinder, statt an dem aufregenden Abenteuer des Eisenbahnbaus teilzunehmen.

Das Geräusch von Hufschlägen ließ sie den Kopf wenden, und beim Anblick des Mannes auf dem großen schwarzen Hengst sprang sie auf. Das neue Kleid und ihr verletzter Finger waren vergessen. »Sloan, Mr. Lassiter, meine ich, was machen Sie denn hier?«

»Hallo, Janice.« Er stieg ab. »Sag ruhig Sloan zu mir. Und ich könnte dich das gleiche fragen. Was machst du hier?«

»Bei Lucky war nicht besonders viel los« – sie warf ihm unter den Wimpern einen vielsagenden Blick zu – »vor allem, da Sie sich nicht mehr blicken ließen. Ein Freund hat mich überredet, hierher zu kommen.«

Sein Blick wanderte forschend über das Zeltlager. »Weißt du, wer das Ganze hier leitet?«

Sie runzelte ihre Stirn, während sie seine Frage überdachte. »Wahrscheinlich meinen Sie Mr. McCord.« Eine großzügige Handbewegung umschloß das Lager. »Das alles gehört ihm.«

Sloan musterte sie aufmerksam. »Aber soweit ich weiß, war er längere Zeit verreist. Wer kümmert sich um alles, wenn er nicht hier ist? Hat er keinen Vormann oder Aufseher?«

Ihre Stirn glättete sich. »Oh, das ist Dan. Dan Cummings. Er ist Mr. McCords Aufseher.«

»Kennst du ihn?«

»Dan? Sicher.«

»Wie gut?«

Janice hätte zu gern gewußt, worauf Sloan hinauswollte. Wie aufregend, wenn er sie gewollt hätte! Dan war schon in Ordnung, aber noch nie hatte ein Mann sie so sehr fasziniert wie Sloan Lassiter. Aber so gern sie auch Eifersucht aus seiner Frage herausgehört hätte, wußte sie doch, daß es nicht der Fall war und sie ihm ruhig die Wahrheit sagen konnte. »Es war Dan, der mich gebeten hat, herzukommen.«

»Er wollte dich öfter sehen?«

Sie nickte. »Ja. Und es lohnt sich, das zu tun, was er will. Außerdem macht es meistens auch eine Menge Spaß.«

Er nahm sie am Ellbogen. »Ich muß mit dir reden, Janice. Wo können wir uns ungestört unterhalten?«

Ein Funken Hoffnung flackerte in ihren Augen auf. »Mein Zelt ist genau hinter uns.«

Helles Sonnenlicht fiel durch die Fenster des zur Straße gelegenen Salons im ›Duke Hotel‹ und tanzte auf dem Rosenmuster des goldbraunen Wollteppichs. Brianne starrte aus dem Fenster und strich zerstreut über den olivgrünen Samtbezug des Sofas, auf dem sie saß. Neben ihr hatte Phineas es sich bequem gemacht und plauderte über seine Reisen, während Henrietta am Klavier saß und eine höchst kraftvolle Version des Liedes *›Bringing in the Sheavs‹* brachte. Wo Kamanahua steckte, wußte Brianne nicht. Vermutlich hätte sie sich Sorgen um ihn machen sollen, ebenso wie sie Phineas lauschen sollte, ganz zu schweigen von Henriettas Hymne, der sie ebenfalls kaum Aufmerksamkeit schenkte. Leider schlich sich immer wieder Sloan in ihre Gedanken und verdrängte alles andere.

Sie würden nicht miteinander schlafen, ganz gewiß nicht. Sie spürte instinktiv, daß er sie nie zwingen würde. Eisern wiederholte sie sich immer wieder, daß sie auf keinen Fall nachgeben würde. Und dennoch . . .

Bald würde sein Leben in großer Gefahr schweben, vielleicht sogar schon in diesem Augenblick. Er hatte den gefährlichen Weg der Rache eingeschlagen, einen Weg, der leicht mit seinem Tod enden könnte. Er wußte es, aber es machte ihm nichts aus.

Aber ihr machte es etwas aus. Das war das Problem. Es machte ihr schrecklich viel aus. Sie wollte nicht, daß er starb. Sie wollte, daß er am Leben und bei ihr blieb. Sie wollte – ja, was eigentlich?

Sie spürte, daß ihre Hände schmerzhaft gedrückt wurden. »Miß Delaney, Brianne, Sie müssen mir zuhören! Ich versuche gerade, Ihnen klar zu machen, daß meine Situation etwas unangenehmer ist, als ich Sie anfänglich vermuten ließ.«

Mit Mühe riß Brianne ihre Gedanken von Sloan los und wandte sich Phineas zu. »Wie bitte?«

Ein rascher Blick über die Schulter gab Phineas die Gewißheit, daß Henrietta völlig in ihre Hymne versunken war. Trotzdem rückte er vorsichtshalber noch ein wenig näher an Brianne heran und senkte die Stimme. »Nun, vor einer Weile – es ist noch gar nicht lange her, kurz bevor wir uns trafen, um genau zu sein – kaufte ein gewisser Mr. Fairfield mehrere Flaschen meiner Medizin, um seine . . . äh . . .«

»Ja?« stieß Brianne nach.

»Um seine erlahmende Manneskraft zu stärken. Anscheinend konnte der Gentleman sich nicht entschließen, ob er die Medizin innerlich oder äußerlich anwenden sollte. Er tat beides. Mit dem Resultat – wie er behauptet! – daß er an einer äußerst delikaten Stelle seines Körpers sämtliche Haare verlor.« Phineas wackelte in einer, wie er meinte, bedeutungsvollen Art mit den Augenbrauen. »Außerdem, fürchte ich, leidet er unter hartnäckigem Durchfall.«

Brianne starrte ihn an. »Das ist nicht Ihr Ernst!«

Phineas nickte feierlich.

Sie stieß einen schweren Seufzer aus. Im selben Moment fiel ihr Blick auf Kamanahua, der den Kopf zur Tür hereinsteckte und mit seinen schwarzen Augen wie gebannt das schimmernde Mahagoniklavier fixierte.

»Oh, Kam, da bist du ja. Ich hatte mich schon gefragt . . .«

Mit einem Satz sprang er in den Raum, schwenkte einen Gegenstand, bei dem es sich in Briannes Augen um einen weißlackierten eisernen Bettpfosten zu handeln schien, und stürmte auf das Klavier los.

»Auwe! Auwe!« brüllte er und begann, mit dem Bettpfosten auf das Musikinstrument einzudreschen.

Henrietta fuhr entsetzt hoch. »Was um Himmels willen machst du denn da?«

»Die Missionare!« schrie er, während er wieder und wieder auf das Klavier einschlug, die Augen voll Panik und angstverzerrt. »Sie haben mich gefunden!«

Brianne humpelte auf ihrem intakten Fuß zu ihm hinüber. »Kam, hör sofort damit auf!«

»Die Missionare haben sich in dieser Holzkiste verbogen!«

Phineas, der Brianne seinen Arm leihen wollte, blieb verwundert stehen. »Verbogen?«

»Er meint verborgen«, erwiderte Brianne ungeduldig und packte Kamanahua am Arm. »Kam, du hörst jetzt sofort auf!«

»Aber sie schmerzen mich mit diesem Geräusch!«

»Sperr die Ohren auf, Kam! Die Musik hat aufgehört.«

Kamanahuas Arm verharrte in der Luft, bereit, im nächsten Moment wieder zuzuschlagen. Seine Augen wanderten argwöhnisch durch den Raum. »Wo sind die Missionare?«

»Es waren nie welche hier. Das Klavier ist – war«, verbesserte Brianne sich nach einem Blick auf den Haufen von Holztrümmern, »ein Musikinstrument, auf dem Henrietta eine Hymne gespielt hat.«

Kamanahua starrte Henrietta durchbohrend an.

Etwas zittrig drohte sie ihm mit dem Finger, wie in ihren besten Lehrerinnenzeiten. »Wir haben das bereits besprochen. Ich bin keine Missionarin!«

Brianne zerrte an Kamanahuas Arm. »Laß mich sehen, was du da hast. Es sieht aus wie . . .«

»Mein Bettpfosten!« kreischte Mrs. Potter, die in der Tür erschienen war. »Mein Bettpfosten!«

»Das hatte ich befürchtet«, murmelte Brianne.

Mrs. Potter betrat den Salon. »O mein Gott, mein Klavier!«

»Ich mag nicht das gefällige Geräusch zu Gott«, verkündete Kamanahua trotzig.

Brianne schloß die Augen und zählte bis fünf. Unglücklicherweise fühlte sie sich um nichts besser, als sie die Augen wieder öffnete, aber sie zwang ein Lächeln auf ihre Lippen und raffte sich zum Handeln auf. »Liebe Mrs. Potter, Sie brauchen sich überhaupt keine Sorgen zu machen. Ihr Klavier wird selbstverständlich ersetzt, ebenso wie Kams Bett.«

Mrs. Potter zog ein Taschentuch aus ihrem Gürtel hervor und preßte es schnüffelnd an ihre Nase. »Diese Dinge sind unersetzlich! Ich habe sie wie einen Schatz gehütet!«

»Und«, fuhr Brianne unbeirrt fort, »ich zahle Ihnen eine Entschädigung, um Ihnen den Verlust zu erleichtern.«

Mrs. Potter hob den Kopf. »Das würde aber eine Menge Geld kosten.«

Brianne nickte. »Das ist mir klar, glauben Sie mir. Wenn Sie jetzt vielleicht so nett wären, uns allein zu lassen, würde ich gern mit Kam reden.«

Mrs. Potter sah zu Kamanahua hinauf, dann auf den Bettpfosten, den er noch immer eisern umklammerte.

»Ich habe das Bett verlegt«, erklärte er. »Ein Krieger muß Keulen und Speere haben.«

»Er meint zerlegt«, schaltete sich Brianne hastig ein, als sie Mrs. Potters verständnislose Miene bemerkte.

Phineas sah der Hotelbesitzerin aus nachdenklich zusammengezogenen Augen nach. »Für mich steht eindeutig fest, daß die gute Frau nur deshalb so auffallend übellaunig ist, weil sie unter Hämorrhoiden leidet. Ein halber Liter von Tooleys Wundertrank gemischt mit einem halben Liter Öl des ältesten und kräftigsten Specks, den wir auftreiben können, wird wahre Wunder wirken. Diese Therapie hat sich in zahlreichen Fällen ausgezeichnet bewährt, versichere ich Ihnen.«

Brianne, die sich plötzlich wie erschlagen fühlte, ließ sich auf das Sofa fallen und brach in schallendes Gelächter aus.

Zur Dinnerzeit kehrte Sloan zurück, hochzufrieden mit seinem heutigen Tagewerk. Er hatte Janice für ihre Hilfe eine Summe angeboten, die hoch genug war, daß sie sich damit jederzeit zur Ruhe setzen konnte, wenn sie wollte. Wie erwartet, hatte sie ohne zu zögern angebissen. Ob er ihr trauen durfte, blieb abzuwarten.

Sloan wusch sich und zog sich um. Aber statt im Speisesaal des Hotels zu essen, lenkte er seine Schritte zu einem Café, das ein Stück die Straße hinunter lag. Sowohl in der Aufmachung wie vom Angebot her war es eher einfach, aber es besaß einen großen Vorzug gegenüber dem Hotel – Wes McCord pflegte hier seine Mahlzeiten einzunehmen.

Sloan betrat unauffällig das Lokal und lehnte sich einen Moment an die Wand. Der Raum war etwa zur Hälfte gefüllt; die Gäste waren hauptsächlich Männer. Die wenigen Frauen, die anwesend waren, hatte er schon gelegentlich in der Stadt gesehen. Das Klappern von Besteck vermengte sich mit gedämpftem Stimmengemurmel. Buntbedruckte Baumwollvorhänge hingen vor den Fenstern, und quadratische Kalikodekken lagen auf den Tischen. Auf einer Anrichte aus poliertem Eichenholz stapelten sich Teller und Schüsseln.

Nichts im Raum war ungewöhnlich, nichts war zu sehen, was Sloan stutzig hätte machen können – außer der Tatsache, daß Wes McCord am Ende des Raums an einem Tisch saß und aß. Er saß mit dem Gesicht zu Sloan, hielt aber den Kopf beim

Essen gesenkt. Er hob ihn nur einmal, um mit dem Mann zu sprechen, der ihm gegenüber saß. Sloan ließ ihn nicht aus den Augen.

In den vergangenen fünfzehn Jahren waren Wes' Brustkorb und Schultern breiter, seine Gesichtszüge ausgeprägter geworden. Ein erster Anflug von Grau lag auf seinen Haaren.

Als Sloan sich an den Tischen vorbeischob, senkte sich eine eisige Ruhe über ihn, die ihn von jedem anderen im Raum isolierte. An die tausendmal hatte er in Gedanken diesen Weg zurückgelegt. Er hörte keine Stimmen, kein Klirren von Besteck an Porzellan mehr; er nahm den Geruch von Essen nicht mehr wahr. Alle seine Sinne konzentrierten sich auf Wes McCord. Er trat an den Tisch und blieb stehen.

Wes sah fragend auf. »Kann ich Ihnen helfen?«

»Hallo, Wes. Es ist lange her.«

Graue Augen bohrten sich in Sloan. »Tut mir leid, kennen wir uns?«

Es gab keinen Grund, warum Wes in dem Mann, der vor ihm stand, den mageren Jungen wiedererkennen sollte, den er vor fünfzehn Jahren mitten in West Texas seinem Schicksal überlassen hatte. Objektiv betrachtet hätte er daran denken müssen, daß Wes ihn für tot hielt. Dennoch erreichte der Zorn in ihm einen brodelnden Höhepunkt. Er wartete, bis Wes sein Glas Whiskey an den Mund gehoben hatte. »Wir kennen uns tatsächlich«, sagte er ruhig. »Ich bin Sloan Lassiter.«

Überraschung flackerte in den Tiefen von Wes' grauen Augen auf – und noch etwas, aber es war verschwunden, bevor Sloan es identifizieren konnte. Wes setzte behutsam sein Glas ab. »Was für ein Zufall, sich nach so langen Jahren wiederzusehen.«

»Allerdings«, erwiderte Sloan.

Kühl und unbewegt lehnte Wes sich zurück und schob die Daumen in den Gürtel. »Und was bringt dich nach Chango?«

Sloan behielt ihn scharf im Auge, um sicherzugehen, daß seine Hand nicht zum Revolver glitt. »Geschäfte.«

Blaßbraune Augenbrauen hoben sich. »Ach? Eigenartig, daß ich noch nichts davon gehört habe.«

»Du hörst es jetzt«, bemerkte Sloan.

»Richtig.« Unvermittelt trat das Lächeln, mit dem er vor so vielen Jahren Sloan und David bezaubert hatte, auf Wes' Gesicht. »Wir haben einiges nachzuholen. Setz dich zu uns.«

»Nein danke, heute nicht. Ich wollte nur vorbeikommen und dich begrüßen.«

Wes' Lächeln verblaßte. »Ein anderes Mal vielleicht?«

»Ich bin sicher, wir sehen uns noch.«

Sloan wandte sich zum Gehen, aber Wes' nächste Worte hielten ihn zurück. »Übrigens, wie geht es deinem Bruder? David, nicht wahr?«

»Ja«, sagte Sloan langsam. »David. Er ist tot.«

»Ich habe deinen Bruder nicht gefunden«, sagte Sloan zu Brianne, als er später am Abend ihr Zimmer betrat. »Keine Sorge«, fügte er hinzu, als er die Enttäuschung in ihren Augen sah. »Ich bin überzeugt, du wirst Patrick bald wiedersehen.«

Aus irgendeinem Grund trösteten seine Worte Brianne. »Ich weiß.«

Sloan warf die Satteltasche, die er mitgebracht hatte, auf das Bettende und hängte seinen Revolvergürtel an den Bettpfosten. Dann wanderte er unruhig hin und her und trat schließlich zur Kommode. Zerstreut hob er ihren silbergefaßten Spiegel auf, strich mit den Fingern über die Ziselierung, warf ihn abrupt beiseite und griff nach ihrer Bürste, auch hier das Silbermuster mit den Fingern nachzeichnend.

Brianne beobachtete ihn neugierig. Er trug tabakbraune Hosen und ein cremefarbenes Hemd, dessen Ärmel er bis zu den Ellbogen hochgekrempelt hatte. Sloan verbreitete immer eine Aura ungezügelter Kraft, aber heute abend schien eine seltsam ruhelose Energie seinen schlanken, harten Körper fast zu zerreißen.

»Wie geht es deinem Knöchel?« erkundigte er sich.

»Schon viel besser. Ich denke, in ein bis zwei Tagen kann ich den Fuß wieder voll belasten.«

»Ich würde nichts überstürzen«, erwiderte er beiläufig. Sein Blick fiel auf ihr Skizzenbuch. Er hob es auf und blätterte darin, bis er zu der Zeichnung kam, die sie heute angefertigt hatte. Es war ein Porträt von ihm. Sorgsam studierte er die energischen Striche, die sie auf das Papier geworfen hatte, die harten, dunklen Linien, die seinen Mund darstellten. Seine Augen waren noch nicht völlig ausgeformt, aber eine Mischung von Leere, Leidenschaft und Schmerz schien in ihnen zu liegen. Und eine Spur von Zärtlichkeit. Sie irrt sich, dachte er. In mir ist keine Zärtlichkeit. Er legte den Block beiseite.

»Ich habe heute abend Wes McCord gesehen«, sagte er.

Kalte Furcht griff nach ihr, und sie erinnerte sich, wie sie sich an diesem Nachmittag hatte eingestehen müssen, daß ihr sehr viel an Sloan lag. Wie hatte es geschehen können, daß sie sich um einen Mann sorgte, der kein Anzeichen von Herz oder Seele zeigte? Wann hatte sie begonnen, ihn zu lieben – zu lieben? Ja – sie liebte ihn.

Sie hörte ihn leise lachen. »Wes hat mich nicht erkannt. Jede Minute in den letzten fünfzehn Jahren habe ich für diese Begegnung gelebt – und dieser Hurensohn erkennt mich nicht einmal.«

»Ich – ich finde, das ist verständlich. Schließlich hast du erwartet, ihn zu sehen; er nicht.«

»Kaum. Er hielt mich für tot.«

»Verdammt, Sloan, muß diese Blutrache denn sein?«

Überraschung zeigte sich für einen Moment auf seinem Gesicht. »Natürlich.«

»Aber es ist gefährlich. Du könntest getötet werden.«

Er setzte sich auf die Bettkante und berührte leicht ihre Wange. »Brianne, das Bedürfnis, mich an diesem Bastard für den Tod meines Bruders zu rächen, lebt schon so lange in mir, daß ich nicht weiß, ob noch irgend etwas in meinem Inneren übrigbleiben würde, wenn dieses Gefühl nicht mehr existierte.«

»Das ist nicht wahr!«

Er lächelte und ließ die Hand sinken. »Allmählich solltest du mich kennen.«

Sie beugte sich vor. »Ich verstehe vielleicht, was du in all diesen Jahren durchgemacht hast, nachdem du deinen Bruder auf so schreckliche Weise verloren hattest und beinahe selbst ums Leben gekommen wärst«, sagte sie eindringlich. »Aber ich kenne alle Seiten des Todes, und ich weiß, daß es keine Lösung ist, einen anderen zu töten.«

Wieder hob er seine Hand, aber diesmal blieb er unter ihrem Haar. Seine Finger schoben sanft eine Locke aus ihrer Stirn. »Du bist dir dessen, was du sagst oder tust, immer sehr sicher, nicht? Als erstes hat mich dein Lachen fasziniert, weißt du das?«

Sie schüttelte stumm den Kopf.

»Dein Lachen hat mich aus dem Schlaf gerissen und ans Fenster gelockt. Und dann habe ich dich gesehen, unten in dem schlammigen Korral. Du wirktest so lebendig, und in einer Situation, in der die meisten Frauen weinen würden, hast du gelacht.«

Brianne schluckte.

»Du warst bezaubernd«, murmelte er und senkte den Kopf, um sie lange und besitzergreifend zu küssen. Seine Finger begannen, die Schleifen ihres Nachthemds zu lösen. Er flüsterte an ihren Lippen: »Habe ich dir nicht gesagt, du solltest sie offen lassen?«

»Ich habe es vergessen.«

»Nein, das hast du nicht«, antwortete er und lachte leise. »Du dachtest, wenn die Schleifen schon offen wären, wenn ich komme, würde ich glauben, du hättest Sehnsucht nach meinen Händen . . . und nach meinem Mund.«

Er hatte recht. Genau das hatte sie sich gedacht. Und heute abend hatte sie sich nach ihm gesehnt. Allzu schnell hatten ihre

Brüste sich an seine Hände und seine Lippen gewöhnt. Allein seine Nähe ließ sie vor Verlangen pulsieren. Sie konnte sich nicht vorstellen, eines Tages die Liebkosungen seiner Hände und Lippen entbehren zu müssen.

Aber jetzt, da sie wußte, daß sie ihn liebte – was würde jetzt geschehen, wenn er Patrick fand? Ursprünglich hatte sie beabsichtigt, sich vor ihrem Teil der Abmachung zu drücken. Aber jetzt ließ sie allein der Gedanke, ihn in sich zu spüren, schwach werden.

Sloan löste sich von ihr und sah auf ihre Lippen hinab, die von seinem Kuß feucht und gerötet waren. Er würde alles darum geben, diese Lippen um sich zu spüren, weich, warm und fest. Er würde fast alles geben, was er besaß, wenn er nur in der Lage wäre, etwas mehr Zeit mit ihr zu verbringen. Aber bald würde er ihr erzählen müssen, daß Patrick in Sicherheit war. Er brachte es nicht über sich, sie noch länger zu täuschen.

Aber heute noch nicht. Vielleicht morgen oder übermorgen. Im Augenblick war sie zu nahe, zu süß und verlockend, als daß er sie hätte aufgeben können. Er lächelte langsam. »Ich habe dir etwas mitgebracht.«

»Was?« Verwirrt durch die Gefühle, die sich in seinen goldenen Augen widerspiegelten, hätte sie mit diesen Worten zuletzt gerechnet.

Er griff nach seiner Satteltasche und öffnete sie. »Ich habe heute wilde Erdbeeren gepflückt und habe sie vorhin in der Hotelküche waschen lassen.«

Ihr Gesicht leuchtete auf. »Ich liebe Erdbeeren.«

Seine Mundwinkel bogen sich nach oben. »Das habe ich mir gedacht. Hier.« Er hielt ihr eine rote Erdbeere vor den Mund, und sie biß hinein.

»Mmmm«, murmelte sie und kostete den vollen, süßen Geschmack der Frucht aus. »Köstlich.«

»Ein Glück; ich habe nämlich Hunger.« Er nahm sich zwei Erdbeeren, schluckte sie und bot dann wieder Brianne welche an.

»Hast du heute abend nichts gegessen?« fragte sie, ohne zu merken, daß einige Tropfen Fruchtsaft aus ihrem Mund rannen.

Die Augen auf ihren Mund geheftet, schüttelte er den Kopf und beugte sich dann vor, um den Saft abzulecken. »Ich will dich bis zur Taille nackt sehen.«

Seine sinnliche Berührung hatte sie aus der Fassung gebracht. »Ich bin n-nicht sicher . . .« stammelte sie.

»Bis zur Taille, Brianne«, wiederholte er und schob das Nachthemd von ihren Schultern.

Heiße Erregung durchzuckte sie, und sie half ihm. Als ihr Oberkörper entblößt war und ihr Nachthemd um ihre Taille lag, lehnte sie sich gegen die Kissen zurück und wartete.

Er nahm eine Handvoll Erdbeeren aus der Satteltasche und zerquetschte sie in seiner Hand. »So werden sie besonders gut schmecken«, murmelte er mehr zu sich selbst und begann, die Früchte auf ihren Brüsten zu verteilen. »Verdammt gut!«

Seine Zungenspitze berührte sie zuerst. Die Hände zu beiden Seiten ihres Oberkörpers aufgestützt, beugte er sich vor und streifte mit der Zunge leicht ihre Haut. Dann noch einmal. Und noch einmal. Allmählich wurden die Berührungen intensiver, bis er mit einem harten Kreisen seiner Zunge die dünne Erdbeerschicht von ihrer Haut entfernt hatte.

Brianne stand in Flammen, und ihre Hände umklammerten krampfhaft die Bettdecke.

Sloan wandte sich der anderen Brust zu. Er senkte den Kopf, um das süße Fruchtfleisch in den Mund zu nehmen. Zwischen seinen Beinen hämmerte und pochte sein hartes Fleisch. Er sehnte sich danach, tief in sie eindringen zu können. Nur dann würde er Erlösung finden.

»Zieh dein Nachthemd aus«, murmelte er heiser. »Ich will dich nackt sehen, alles von dir.«

Brianne war nicht fähig, ihm zu antworten, so heftig klopfte ihr Herz, so groß war die Schwäche in ihren Gliedern.

»Setz dich auf, meine wunderschöne Brianne, und heb die Arme.«

Ihr Nachthemd glitt über ihren Kopf und flog so schnell durch das Zimmer, daß ihr der Kopf wirbelte. Sie fiel in die Kissen zurück.

Einen langen Augenblick verharrte er regungslos. Er sah sie nur an, sog ihre Schönheit in sich auf, das wilde Feuer ihres Haars, das Smaragdgrün ihrer Augen, die glatte, pfirsichfarbene Haut, die langen, schlanken Beine. Einen Moment verweilte sein Blick an dem winzigen Dreieck roter Locken, wanderte dann ihren flachen Bauch hinauf bis zum schnellen Heben und Senken ihrer Brüste. Ihre Lippen waren geöffnet, ihre Wangen gerötet, ihre Augen flehend auf ihn gerichtet.

Abrupt sagte er: »Spreiz die Beine.«

Sie rang nach Atem, immer noch unsicher, doch voller Verlangen nach ihm. Sie wollte nicht, daß er heute nacht ging. Sie wollte ihn. Sie liebte ihn.

»Spreiz die Beine«, wiederholte er sanfter und schob mit den Händen ihre Schenkel auseinander. Er legte sich zwischen ihre Knie und berührte die seidenweiche Haut auf der Innenseite ihrer Schenkel. Während seine Hand auf und ab glitt, murmelte er rauh: »Mein Gott, du fühlst dich an, als ob du in Flammen stündest.«

Jede Berührung brannte wie Feuer auf ihrer Haut, und immer höher strichen seine Hände, bis Brianne glaubte, den Verstand zu verlieren. »Sloan«, wimmerte sie. »Bitte . . .«

Seine Stimme klang seltsam gepreßt. »Du brauchst nicht zu bitten, Brianne, nur zu fragen.«

Seine Hand war ganz oben angelangt, und seine Finger streiften die weiche Wärme zwischen ihren Schenkeln. »Sloan!«

»Verdammt!« Er nahm die Erdbeeren, zerdrückte sie und bedeckte jeden Zentimeter der Innenseite ihrer Schenkel mit dem Fruchtfleisch. Mit harten, fordernden Bewegungen glitt seine Zunge über ihre Haut, leckte, knabberte, biß.

Als die Unterseite ihrer Schenkel vom letzten Stück Frucht

befreit war, kniete er sich plötzlich vor das Bett, packte sie und drehte sie so, daß ihre Beine ihn einschlossen. Ihre Hüften ruhten auf der Bettkante, und ihre Füße berührten den Boden.

Sie hob den Kopf. »Sloan, was machst du da?«

Als ob er den Stoff nicht auf seiner Haut ertragen könnte, riß er sich das Hemd vom Leib. »Ich will dich besser spüren können. Ich muß es.«

Brianne war wie gebannt. Goldene Flammen züngelten in seinen Augen, und die Leidenschaft ließ die harten Gesichtszüge nur noch deutlicher hervortreten. Sie ließ den Kopf zurückfallen und stieß ein Stöhnen aus, als seine Zunge an ihren Schenkeln hinaufglitt. Sie zitterte am ganzen Körper vor Verlangen. Wie lange würde sie das noch ertragen?

Seine Hände schoben sich unter sie und umschlossen ihre festen, runden Pobacken. Er umklammerte sie, während seine rauhe und zugleich samtweiche Zunge sie erforschte und ihr das Gefühl gab, daß er Schicht um Schicht ihre Haut entfernte und die Nervenenden bloßlegte.

Schließlich waren auch die letzten Spuren von Fruchtfleisch verschwunden. Sloan lehnte sich zurück und sah sie an. Er war halb wahnsinnig vor Verlangen nach ihr. Wie er es schaffen sollte, jetzt aufzustehen und sie zu verlassen, wußte er nicht.

Wie von selbst fuhr Briannes Kopf unruhig auf dem Bett hin und her. Sie wollte nicht mehr Sloans Zunge spüren, sie wollte ihn, alles von ihm. Aber kein Wort kam über ihre Lippen, nur ein leises, hilfloses Aufstöhnen.

Der Anblick, der sich ihm bot, ließ sein Herz wie rasend gegen seine Rippen hämmern. »O Gott, Brianne, du bist so heiß und feucht«, stieß er hervor.

»Sloan, o Sloan . . .«

»Warte. Warte ein bißchen«, murmelte er und beugte sich langsam vor.

Briannes Körper erbebte, als eine Woge von Hitze sie durchflutete und sich auf die Stelle konzentrierte, die Sloan mit seiner Zungenspitze liebkoste. Ihr Kopf sank zurück, ihre

Hände schlangen sich in sein Haar. Verzweifelte Schreie drangen aus ihrer Kehle. Diese Ekstase war fast mehr, als sie ertragen konnte. »Hör auf, Sloan, hör auf!«

Sloan achtete nicht auf sie. Immer wieder tauchte seine Zunge in sie hinein.

Ihr Körper siegte. Alles Denken war ausgelöscht, Raum und Zeit vergessen. Geräusche verstummten, und alle Farben wurden zu einem verschwommenen Weiß. Die Welt, wie sie sie kannte, hörte zu existieren auf.

11

Stunden später lag Sloan noch immer wach. Der kühle Nachtwind strich mit einem leisen Rascheln durch die langen Gräser; über ihm flimmerten Millionen Sterne am tiefschwarzen Himmel. Ein paar Schritte von ihm entfernt knisterte und flackerte das Lagerfeuer, das allmählich am Erlöschen war.

Als er und David Jungen waren, hatten sie viele Nächte wie diese unter freiem Himmel verbracht, die Sterne gezählt und Geschichten erzählt, bis sie einschliefen. Obwohl der Altersunterschied zwischen ihnen drei Jahre betrug, waren sie einander sehr nahe gestanden. Ihr Vater hatte nie Zuneigung zu Sloan verraten, und nach dem Tod ihrer Mutter hatte Sloan gewußt, daß David der einzige Mensch war, der ihn aufrichtig liebte.

Er rollte sich auf die andere Seite und starrte in die Dunkelheit hinaus. Langsam gewöhnten sich seine Augen an das spärliche Licht, und er konnte die schattenhaften Umrisse von Bäumen und Büschen erkennen. Wie oft hatten er und David auf ihren Decken gelegen und sich ausgemalt, wer jenseits ihres Lagerfeuers lauern mochte. Manchmal waren sie felsenfest davon überzeugt gewesen, daß Indianer oder wilde Tiere im Dunkeln darauf warteten, daß sie einschliefen, und hatten vor Angst geschlottert.

Jetzt war er ein Mann, und David war tot. Und es gab nichts mehr, was ihm Angst einjagen konnte. Nächte wie diese hatten für ihn ihr Geheimnis und ihr Abenteuer verloren – und in seinem Inneren saß ein tiefer, nagender Schmerz, der sich quälend langsam ausbreitete. Er kannte die Ursache dieses Schmerzes, aber es gab nichts, was er dagegen tun konnte.

Etwas in ihm war zerrissen, als er Brianne auf dem Bett hatte liegen sehen, so leidenschaftlich, so bereit für ihn. Er hatte gewußt, daß er gehen mußte, oder er würde sie sofort nehmen, ohne Beherrschung, ohne Rücksicht. Er würde sie nehmen und nie verlassen . . . nie wieder.

Er hatte ihr Zimmer fast fluchtartig verlassen, sich nur so lange in seinem Zimmer aufgehalten, um sich umzuziehen, und hatte dann das Hotel und die Stadt so weit wie es nur ging hinter sich gelassen.

Er stöhnte auf. Seit wann zum Teufel wurde er von Skrupeln geplagt? Wann zum Teufel war ihm Brianne wichtiger geworden als die Befriedigung seiner eigenen Bedürfnisse? Vermutlich gab es keinen bestimmten Zeitpunkt. In dem Augenblick, als er ihr Lachen gehört hatte, war er amüsiert und von ihr angezogen gewesen; sein Verlangen war fast im gleichen Moment erwacht.

Er hatte geglaubt, sein Herz wäre seit langem tot. Aber langsam und allmählich und ohne daß er sich dessen bewußt geworden wäre, hatten Briannes Lebensfreude und Energie, ihre Liebe zu den Menschen und zum Leben selbst, ihre Weigerung, eine Niederlage hinzunehmen und ihre Überzeugung, alles zu schaffen, seinen Wall von Haß durchdrungen und ihm etwas gegeben, das er verzweifelt brauchte: Leben, Wärme, Lachen.

Aber sie hatten ein Abkommen getroffen. Er hatte ihr zugesagt, nicht mit ihr zu schlafen, bevor er Patrick gefunden hatte. Aber er hatte ihr verschwiegen, daß ihr Bruder in Sicherheit war und bald wieder nach Chango kommen würde. Er hatte sie belogen.

Sein Körper schrie danach, in ihr die Erlösung zu finden, mit beiden Händen die Freude und die Ruhe zu ergreifen, die sie ihm bot. Aber er konnte es nicht. Im Augenblick gab es nichts, was er Brianne hätte bieten können. Er mußte Rache nehmen an einem Mann, der durchaus imstande war, ihn zu töten. Sie konnte es nicht verstehen. Er konnte sich nicht ändern.

Aber hatte er sich nicht schon ein wenig geändert? Er hatte Wes gegenübergestanden, genauso, wie er es sich tausendmal in seiner Phantasie ausgemalt hatte. Aber in seinen Gedanken hatte er immer seinen Revolver gezogen und abgedrückt und Wes erschossen. Der Plan, ihn zu ruinieren, war erst entstanden, seit er in Chango war.

Und dieses Ziel war jetzt zum Greifen nahe. Bei Tagesanbruch würde er zur Zeltstadt reiten und mit Janice reden. Vielleicht war heute der Tag, an dem er die Beweise erhielt, die er brauchte, und seine Rache an Wes konnte beginnen.

Er seufzte müde. Was machte das alles schon aus? Die Lage der Dinge hatte sich kaum verändert. Noch immer würde er Wes schließlich töten und mit ziemlicher Sicherheit selbst dabei ums Leben kommen.

Und wenn er wie durch ein Wunder überlebte, was dann? Was würde ihm bleiben? Brianne sicherlich nicht. Die Vorstellung, den Rest seines Lebens glücklich und zufrieden zu verbringen, erschien ihm völlig abwegig. Mehr noch, er war überzeugt, daß es unmöglich war.

Sloan schloß die Augen und zwang sich, einzuschlafen.

Vom Hügel aus beobachtete Sloan im Schutz einiger Felsen das Treiben unter ihm. Es war Samstag, und im Zeltlager herrschte Geschäftigkeit. Sloan hatte die Absicht, dieses Menschengewirr zu seinem Vorteil zu nutzen. Bei so vielen Männern, die in das Lager ein und aus ritten, bestand eine gute Chance, daß niemand auf ihn achten würde.

Gegen zehn ritt er den Hügel hinab. Janice erwartete ihn.

»Sie hatten recht, Sloan. Dan hat gestern ein bißchen zu tief ins Glas geschaut und mir einiges erzählt.« Sie rümpfte leicht die Nase. »Solange er mich nicht betatscht hat, heißt das. Also, Dan sagt, Mr. McCord plant, durch ein paar finanzielle Manipulationen und eindeutigen Betrug große Summen der Konstruktionsverträge für seine eigene Tasche abzuzweigen.«

Sloans Triumphgefühl verbarg sich hinter einer unbewegten Miene. »Bist du ganz sicher, Janice? Hältst du es für möglich, daß Dan weiß, daß du für mich arbeitest?«

Sie zuckte mit den Schultern. »Warum sollte er?«

»Wahrscheinlich hast du recht.« Er schob seinen schwarzen Hut zurück. »Mir erscheint es nur ein bißchen ungewöhnlich, daß ein Mann im Bett soviel ausplaudert.«

Janice zupfte geistesabwesend an ihrem Rock. »Schwer zu sagen, aber es könnte sein, daß er mich beeindrucken wollte.«

»Was meinst du damit?«

»Ich glaube, Dan versucht, einen Weg zu finden, selbst ein Stück vom Kuchen abzubekommen. Er hat mir erzählt, daß er bald ein reicher Mann sein wird. Mr. McCord bezahlt ihn sehr gut, aber Dan ist gierig. Er bildet sich ein, er könnte noch ein bißchen mehr für sich herausschlagen.«

»Ohne McCords Wissen?«

»Na sicher. Mr. McCord ist nicht der Typ, mit dem man sich offen anlegen sollte.«

Nein, das ist er bestimmt nicht, dachte Sloan. Und er hatte den Eindruck, daß Dan Cummings aus demselben Holz geschnitzt war. Hoffentlich täuschte Janice sich nicht über Cummings Gefühle für sie. Er wollte nicht, daß ihr etwas zustieß.

»Hab' ich meine Sache gut gemacht?« fragte sie, die etwas enttäuscht über Sloans scheinbaren Mangel an Enthusiasmus war. Das Geld, das er ihr geben wollte, war toll, aber wenn sie ihn *und* das Geld haben könnte . . .

Er legte eine Hand auf ihre Schulter. »Mehr als das, Janice, aber ich muß dich noch um einen Gefallen bitten.«

»Was denn?« fragte sie argwöhnisch. Dan mochte vielleicht verrückt genug nach ihr sein, um ihr zu sagen, daß sie seine Frau werden würde, aber er war kein Dummkopf. Und er konnte bösartiger als eine Giftschlange werden, wenn ihm jemand in die Quere kam. Es wurden Geschichten über ihn getuschelt, die einem Mädchen eine Gänsehaut verursachen konnten.

»Ich brauche Beweise für das, was Dan gesagt hat. Ich müßte zum Beispiel einen Blick auf die Bilanzen werfen.«

»Bilanzen?«

»Geschäftsbücher. Ich bin sicher, daß Wes mit seinen Manipulationen noch vor seiner Reise nach Washington begonnen hat. Andernfalls wäre er mit alldem hier noch nicht so weit vorangekommen. Aber ich muß Zahlen sehen. Ich muß absolut sicher sein.«

Janice runzelte ratlos die Stirn. »Aber wie kann ich Ihnen da helfen?«

»Für mich besteht nicht die geringste Chance, in sein Büro in der Stadt zu kommen, ohne entdeckt zu werden, aber es muß hier draußen eine Kopie des Hauptbuchs geben. Weißt du, wo Dans Zelt ist?«

»Na klar. Ich war letzte Nacht dort.«

»Gut. Heute ist Samstag. Was spielt sich hier normalerweise am Samstag abend ab?«

Janice lachte. »Da ist die Hölle los. Alle hauen auf die Pauke.«

»Wird viel getrunken?«

Sie nickte, ein breites Lächeln auf ihren Lippen. »Das kann man wohl sagen! Die meisten können sich nach Mitternacht nicht mehr auf den Beinen halten.«

»Das habe ich mir gedacht, und das ist meine Chance. Kannst du Dan dazu bringen, heute nacht in deinem Zelt zu bleiben?«

Sie nickte. »Kein Problem.«

»Dann zeigst du mir nachher genau, wo sein Zelt steht. Morgen bin ich vor Tagesanbruch wieder hier. Ich sollte genug Zeit haben, um nach diesen Büchern zu suchen.«

Janices Augen funkelten. »Das ist unheimlich aufregend!«

»Aber es könnte gefährlich werden«, warnte Sloan sie. »Sei vorsichtig.«

Ihre Hand strich über seinen Hals. »Sie brauchen sich um mich keine Sorgen zu machen.«

Sloan zögerte. »Janice, ich muß heute hier bleiben. Meinst du, es kommt jemand in dein Zelt?«

Sie schmiegte ihre üppigen Kurven an ihn. »Nur, wenn ich jemanden einlade.«

»Wir beide haben eine rein geschäftliche Beziehung, Janice, mehr nicht.«

Das plötzliche Aufblitzen von eisiger Kälte in seinen goldenen Augen ließ Janice zurückweichen. »Ja, natürlich, Sloan, ich weiß.«

Die Sonne ging über Chango auf und wieder unter, ohne daß Sloan sich blicken ließ, und Brianne kochte vor Wut. Sie hatte keine Ahnung, wie sie es geschafft hatte, diesen Tag zu überstehen. Nur vage erinnerte sie sich daran, Anna Nilsen kurz besucht zu haben. Und sie hatte Mrs. Potter wortreich versichert, daß ihr Hotel noch stehen wüde, wenn Brianne und ihre Schützlinge endlich aufbrachen.

Wie gewöhnlich hatte Kamanahua sich geweigert, von ihrer Seite zu weichen. Sie hatte ein Pferd für Phineas' Wagen gekauft, aber auch er schien sie mittlerweile als Schutz zu betrachten, und lehnte es im Moment ebenfalls ab, die Stadt zu verlassen.

Sie hatte viel Zeit damit verbracht, Henrietta zu überreden, ihre Reise nach Osten wieder aufzunehmen. Aber Henrietta war eine treue Seele und beharrte auf ihrer Absicht, so lange zu bleiben, bis Brianne keine Hilfe mehr brauchte.

Was ich vor allem brauche, dachte Brianne, sind etwas weniger Menschen, die um mich herumschwirren. Sie fühlte sich so verletzlich wie ein Vogeljunges und so wütend wie ein gereizter Bär. Außerdem war sie überzeugt, daß ihr hemmungsloses Verlangen nach Sloan augenscheinlich war und ihre Liebe zu ihm so hell erstrahlte wie der Nordstern . . . für alle deutlich sichtbar.

Und Patrick war und blieb verschwunden. Ihr Glaube, daß er noch am Leben war, wankte nicht. Hätte sie etwas anderes angenommen, wäre sie augenblicklich zusammengebrochen.

Aber ihre Angst um ihn hatte sich verzehnfacht. Sie war so sicher gewesen, daß Sloan ihn bald finden würde! Morgen, beschloß sie, würde sie sich selbst wieder auf die Suche nach ihrem Bruder machen.

Himmel, was für ein Chaos, hatte sie an diesem Tag schon mindestens fünfzigmal gedacht.

Und nun, als sich die Nacht über Chango senkte, war sie endlich allein. Obwohl ihr Knöchel noch nicht ganz in Ordnung war, hielt er ihr Gewicht aus, und immer wieder erhob sie sich vom Sofa und lief im Zimmer auf und ab. Die Tür stand einen Spalt offen, damit sie sofort hören konnte, wenn Sloan zurückkam.

Wo war er? Und wie hatte er es wagen können, sie letzte Nacht zu verlassen, als sie ihn so verzweifelt brauchte! Oh Gott, vielleicht war er in Gefahr! Er konnte verletzt sein, oder schlimmer noch . . .

Lange Zeit war verstrichen, bevor sie ihn an ihrer Tür vorbeigehen und sein Zimmer betreten hörte. Vor Erleichterung wurde ihr schwach in den Beinen. Er war wieder da, heil und unversehrt und bald würde sie in seinen Armen liegen. Sie wartete. Ihr Fuß pochte ungeduldig auf den Boden, ihre Finger spielten nervös mit dem Kreuz an ihrem Hals. Ihr Herzschlag beschleunigte sich, als sie seine Schritte hörte, aber er ging an ihrer Tür vorbei den Gang hinunter zum Bad.

Sie schob die Tür etwas weiter auf und lauschte. Sie hörte George die Treppe heraufkommen und das Quietschen der Eimergriffe, die er trug. Als er das Badezimmer betrat, unterschied sie deutlich seine junge, ernste Stimme gegen Sloans tiefere. Wasser gluckerte und platschte, als es in die Wanne gegossen wurde. Dann das hohle Klappern der Eimer, als sie auf den Boden gestellt wurden. George verließ das Bad und schloß die Tür. Auch Brianne zog leise die Tür ins Schloß. Eine Weile später ging Sloan wieder in sein Zimmer.

Als die Zeit verrann und er immer noch nicht zu ihr kam, beschloß sie, die Sache selbst in die Hand zu nehmen.

Sloan öffnete nach ihrem dritten Klopfen. »Du solltest nicht hier sein«, bemerkte er und sah den Gang hinunter, um sich zu vergewissern, daß niemand in der Nähe war.

»Ich glaube, das gleiche habe ich ein- oder zweimal zu dir gesagt, und es hat nie etwas genützt, oder?« Sie stürmte an ihm vorbei ins Zimmer.

Er machte die Tür zu, lehnte sich gegen die Füllung und betrachtete Brianne. Ihr Haar umrahmte ihr Gesicht in leuchtenden roten Wogen und fiel ungezähmt ihren Rücken bis zur Taille hinab. Ihre Augen glitzerten in einem smaragdgrünen Feuer, und ihr Körper unter dem Morgenmantel und dem Nachthemd schien in leidenschaftlicher Wut zu erbeben.

»Warum hast du das gemacht?« fragte sie mit mühsam beherrschter Stimme.

In Sloans Augen war ihre wilde Schönheit nie größer und lebenssprühender gewesen. Der Drang, sie auf den Boden zu ziehen und zu nehmen, war fast überwältigend.

»Warum bist du letzte Nacht gegangen?« fragte sie noch einmal, als er keine Antwort gab.

»Wir haben ein Abkommen, weißt du noch? Ich habe mich lediglich an die Bedingungen gehalten.«

»Zum Teufel mit dem Abkommen! Du weißt, wie sehr ich dich gestern nacht wollte.«

»Ja«, bestätigte er ruhig. »Ich weiß es.« Er verschränkte die Arme über der Brust, um sich daran zu hindern, nach ihr zu greifen und sie an sich zu reißen. Er hatte sich vorgenommen, nicht in ihre Nähe zu kommen, bis seine Rechnung mit Wes ein für allemal beglichen war. Es gab in der Stadt ein zweites Hotel, in dem er hätte absteigen können, aber er hatte es nicht fertiggebracht, sich so weit von ihr zu entfernen. Er wollte sich davon überzeugen, daß es ihr gut ging, und nur deshalb war er ins ›Duke Hotel‹ zurückgekommen, allerdings mit der festen Absicht, in seinem Zimmer zu bleiben. Ob er es geschafft hätte, wußte er nicht.

»Warum also? Und wenn ich darüber nachdenke, wo warst du eigentlich den ganzen Tag?«

Ihr gebieterischer Tonfall brachte ihn fast zum Lächeln. Sie war eine Delaney-Prinzessin, durch und durch. »Draußen in Wes McCords Zeltstadt. Ich bin ganz nahe daran, den Beweis zu finden, den ich brauche.«

Sie warf die Hände hoch. »Na, großartig! Das heißt, du bist nahe daran zu sterben!«

Diesmal lächelte er. »Du hast nicht sehr viel Vertrauen zu mir, was?«

Sein Lächeln brachte sie in Wut und durchbrach die dünne Fassade ihrer Beherrschung. »Du bist ein dummer, eigensinniger Dickschädel, Sloan! Wie kann ich Vertrauen zu dir haben, wenn du nicht begreifen willst, daß du auch dann nicht siegst, wenn dein Plan, Wes McCord zu ruinieren und zu töten, Erfolg hat. Du kannst nicht gewinnen!«

Sein Lächeln verschwand abrupt. »In diesem einen Punkt irrst du dich, Brianne.«

»Nein, das tue ich nicht! Außerdem kenne ich Wes McCord. Macht es dir nichts aus, daß er *dich* töten könnte?«

»Nicht besonders viel«, erwiderte er. Im selben Augenblick wurde ihm klar, wie sehr er sich wünschte, er hätte das Versprechen eines gemeinsamen Lebens mit Brianne. Nur das würde in ihm den Wunsch erwecken, am Leben zu bleiben. Aber er kannte sich. Er wußte, wie sein Leben ausgesehen hatte, bevor er nach Chango gekommen war, und er wußte, wie es aussehen würde, wenn und falls er die Stadt wieder verließ.

»Wie kannst du es wagen, so etwas zu sagen! Wie kannst du es wagen, dein Leben aufs Spiel zu setzen, wenn es mir soviel bedeutet!« Sie wirbelte zu seiner Kommode herum, griff nach dem ersten Gegenstand, den sie sah, seiner Bürste, und schmiß sie nach ihm.

Gerade noch rechtzeitig zog er den Kopf ein, und die Bürste prallte mit einem lauten Krachen gegen die Tür. »Brianne . . .«

Sie schnappte sich seine Seifenschale und warf sie mit solcher Zielsicherheit, daß seine Stirn geblutet hätte, wenn er nicht zur Seite gesprungen wäre. »Ich wollte dich gestern nacht so sehr, daß ich dachte, ich müßte sterben! Dank dir und deinen verdammten Erdbeeren! Ich wäre auf allen vieren zu dir gekrochen gekommen, wenn du es von mir verlangt hättest!« Eine schwere Glasvase kam ihr in die Finger, und sie warf sie mit solcher Kraft, daß sie an der Tür zersplitterte.

Er ging auf sie zu. »Brianne . . .«

»Ist dir nicht klar, daß ich nicht einfach mit jedem Mann schlafen würde? Ich würde meine Großeltern kränken und verletzen, wenn ich nur aus einer Laune heraus die Geliebte eines Mannes würde!« Ohne zu merken, daß Tränen über ihr Gesicht liefen, riß sie ein silbergerahmtes Bild von der Wand und schleuderte es durch die Luft. Es prallte gegen den Türrahmen und fiel leicht zerbeult zu Boden.

»Brianne, jemand könnte dich hören!«

»Das ist mir egal!«

Ein mit Wasser gefüllter Porzellankrug sauste an ihm vorbei und donnerte mit einem ohrenbetäubenden Klirren und Krachen auf den Boden. Die Waschschüssel folgte. Sloan drehte sich um und sah gerade noch die Schüssel an der Wand landen und Ströme von Seifenwassser über die geblümte Tapete rinnen.

»Ich liebe dich, du Dummkopf!« brüllte Brianne.

Sloan fuhr zusammen, als ob er von einer Kugel getroffen worden wäre. Er hatte vergessen, wie viele Frauen ihm bereits gesagt hatten, daß sie ihn liebten. Einige hatten dabei sogar geweint. Dennoch hatten ihre Liebesschwüre ihn nie in irgendeiner Weise berührt.

Fast sein ganzes Leben lang war er einsam gewesen, und es hatte ihn nie gestört. Doch jetzt sagte Brianne, daß sie ihn liebte, und er konnte nicht einmal annähernd den Versuch machen, auszudrücken, wie sehr ihre zornigen Worte ihn tief ins Innerste trafen.

Sloans Arme schlossen sich um sie, und er preßte ihren von Schluchzern geschüttelten Körper an sich. »O Gott, Brianne, was mache ich bloß mit dir?« Ohne eine Antwort abzuwarten, hob er sie in seine Arme und trug sie zu dem Lehnstuhl, der in einer Ecke seines Zimmers stand. Mit ihr auf dem Schoß setzte er sich in den Sessel. »Brianne, ich bin nicht eine einzige deiner Tränen wert. Bitte, wein doch nicht.«

Ihre Fäusten hoben sich und hämmerten gegen seine Brust. »Wage es nicht, mir vorzuschreiben, was ich tun soll!«

Er fing eine ihrer Fäuste ab und lachte kurz auf. »Wie hast du es nur geschafft, einundzwanzig Jahre alt zu werden? Du hast überhaupt kein Talent, dich selbst zu schützen. Ein Wolf, eine buntgemischte und äußerst suspekte Gruppe von Leuten auf der Flucht und ein Mann, der Frauen nie als etwas anderes als Objekte betrachtet hat, die er benutzen und dann wegwerfen kann – wir alle sind ein und dasselbe für dich, nicht wahr?«

Sie schniefte leise und hob den Kopf. »Siehst du mich auch so – als ein Objekt, das du irgendwann wegwerfen wirst?«

Er ließ sich Zeit für seine Antwort. Seine Hand legte sich um ihr Gesicht, und seine Finger strichen zärtlich über ihre Wangen, bis auch die letzten Spuren ihrer Tränen verschwunden waren. »Nein«, sagte er schließlich. »Wenn ich dich erst einmal besessen hätte, könnte ich dich nie wieder aufgeben.«

»Dann . . .«

»Es kann nicht sein.«

»Das darfst du nicht sagen!« Enttäuscht rückte sie von ihm weg.

»Hör mir gut zu, Brianne«, sagte er, und seine Stimme war bewußt hart und unerbittlich. »Ich hatte vor, dich in mein Bett zu bekommen. Ich dachte, der Vorteil läge auf meiner Seite. Schließlich durfte ich jeden Abend alles was ich wollte mit deinem köstlichen Körper anstellen. Aber irgendwann wurdest du die Stärkere von uns beiden. Jedesmal, wenn ich dich berührte, fiel es mir schwerer, mich von dir zu lösen.«

»Gestern abend scheint es dir nicht schwergefallen zu sein.«

»Halt den Mund und hör mir zu. Ich versuche, dir zu sagen, daß du meine Pläne störst, und das darf ich nicht zulassen.«

Sie sprang auf. »Um Gottes willen, bloß nicht! Niemand darf deine Pläne stören, nicht? Deine Mission ist ja fast schon etwas Heiliges!«

Er neigte den Kopf und rieb sich müde die Stirn. »Gott hat nichts damit zu tun, das kannst du mir glauben.«

»Aber *du* bist es doch, der Gott spielt, Sloan! Merkst du das nicht? Ja, dein Bruder ist tot, ja, Wes McCord ist unbestritten für seinen Tod verantwortlich, aber hast du noch nie gehört, daß es in der Bibel heißt ›Mein ist die Rache, spricht der Herr‹?«

»Darauf kann ich nicht warten.«

»Zur Hölle mit dir, Sloan Lassiter. Zur Hölle mit dir, weil es dir egal ist, daß ich dich liebe. Zur Hölle mit dir, weil . . .«

Er war so blitzartig aus dem Sessel aufgesprungen, daß Brianne keine Zeit blieb, zurückzuweichen. Er packte sie am Arm und schüttelte sie. »Es ist mir nicht egal! Es bedeutet mir mehr, als für uns beide gut ist. Aber damit ist auch schon Schluß, Brianne!«

»Was meinst du damit?«

»Ich bin seit so langer Zeit ausgebrannt und leer, daß ich bezweifle, ob ich imstande bin zu lieben.«

Zum ersten Mal, seit sie sein Zimmer betreten hatte, lächelte sie. »Das Risiko gehe ich ein.«

»Das werde ich nicht zulassen.«

»Verdammt, du spielst schon wieder den lieben Gott! Wer gibt dir das Recht dazu?«

»Niemand. Ich nehme es mir. Ich will dir nicht wehtun.«

Sie schwieg und sah ihn nachdenklich an. Er hielt sie noch immer am Arm. »Ich liebe dich, Sloan Lassiter«, sagte sie ruhig. »Und ich habe lange gewartet, um den Mann zu finden, in den ich mich verlieben konnte. Es tut mir leid, daß meine Liebe nur eine Art Hindernis für dich darstellt, aber du mußt irgendwie damit fertig werden, da ich nicht die Absicht habe, einfach aus deinem Leben zu verschwinden, wie du es anscheinend erwartest.« Sie warf einen Blick auf das breite Himmelbett. »Und damit du es weißt, ich habe vor, die Nacht hier mit dir zu verbringen.«

»Brianne . . .«

»Sag mir nicht, daß es nicht geht, weil ich fest entschlossen bin, nicht in mein Zimmer zurückzugehen.«

»Ich könnte dich tragen.«

»Ich würde so laut kreischen, bis alle im Hotel wach sind.«

»Ich könnte dich knebeln.«

»Und sowie du aus meinem Zimmer wärst, würde ich mir den Knebel aus dem Mund reißen und an deine Tür klopfen.«

»Ich könnte den Knebel in deinem Mund lassen, dich an Händen und Füßen fesseln und dich so auf deinem Bett liegen lassen.«

»Und am nächsten Morgen, wenn Henrietta mich findet, würde ich losrennen und dich suchen.«

Sloan stöhnte und nahm ihr Gesicht in beide Hände. »Du willst also nicht zulassen, daß ich zum erstenmal in meinem Leben anständig und selbstlos handle?«

Ihre Miene spiegelte gleichermaßen Entschlossenheit und Zärtlichkeit wider. »Nein.«

Allein ihre Nähe erhitzte sein Blut, aber er hielt sich zurück. »Na gut, aber in einem Punkt werde ich meinen Willen durchsetzen. Du wirst dieses Zimmer morgen nicht mit einem Kind von mir unter dem Herzen verlassen.«

Brianne spürte, daß der Sieg greifbar nahe war, und sie lächelte langsam. »Eine Delaney liebt die Herausforderung.«

»Du bist unverbesserlich, Brianne. Und so verdammt begehrenswert, daß es fast schmerzt.«

Sie legte die Arme um seinen Hals. »Auch ich habe gelitten«, murmelte sie.

Die wilde Heftigkeit seines Begehrens hämmerte in seinen Venen, und es gab nichts, was er dagegen tun konnte. Ihr Morgenmantel klaffte auseinander, und durch den weichen Stoff ihres Nachthemds spürte er ihren Körper an seinem. Es würde ihn zerreißen, wenn er sie nicht bald besaß. »Laß uns die Qualen beenden«, flüsterte er und schloß sie in seine Arme.

Einen Moment später lagen sie auf dem Bett. Das Verlangen, das er seit Tagen so gewaltsam beherrscht hatte, brach ungehemmt hervor. Er würde sie besitzen, und nichts würde ihn davon abhalten, nichts.

Als sich sein Mund auf ihren senkte, geschah es mit solcher drängenden Kraft und solch brennendem Hunger, daß es Brianne mehr als durch alle Worte sagte, wie groß seine Leidenschaft für sie war. Sie konnte nicht mehr warten. Sie kannte keine Furcht, nur ein freudiges Erwarten. Alles war so einfach. Sie war geboren, diesen Mann zu lieben.

Ungeduldig zerrte sie an seinem Hemd, aber ihre Bemühungen, die Knöpfe zu öffnen, waren nicht sehr erfolgreich. »Hilf mir, Sloan.«

Er gab ihrer Bitte ohne Zögern nach. Die Knöpfe flogen zu Boden, als er sich das Hemd vom Leib riß. Sekunden später waren ihr Nachthemd und ihr Morgenmantel vom Kragen bis zum Saum getrennt, und Bänder und Spitzen lagen neben ihr. Mit derselben Schnelligkeit und Wildheit streifte Sloan seine restlichen Sachen ab.

Als er sich neben sie legte und sein hartes Fleisch ihren Körper berührte, stöhnte Brianne leise auf. Noch nie zuvor hatte sie solche Hitze verspürt. Sie versengte ihre Haut, brannte sich bis auf die Knochen durch, setzte jeden Nerv in Flammen.

Ihr Stöhnen drang durch den dichten Schleier von Verlangen, der sich über Sloan gesenkt hatte. Aber seine Hand hatte sich bereits um ihre Brust gelegt, und sein Kopf senkte sich, um die Lippen um die steil aufgerichtete Brustwarze zu schließen. Sein Verlangen nach ihr war gewaltig und ungezügelt, etwas, das tief und unauslöschlich in ihm saß, ein unabwendbarer Teil seines Seins. Er war so hungrig nach ihr, daß er sich nicht mehr bezähmen konnte.

Sie war alles, was eine Frau sein sollte – süß und weiblich, ungezähmt und leidenschaftlich. Sie gab sich ihm ohne Bedingung, ohne Einschränkung. Der Gedanke steigerte sein Begehren ins Unerträgliche. Er schob sich zwischen ihre Schenkel. Ihre Beine schlossen sich um ihn, ihre Hände vergruben sich in seinem Haar, und als er sich über die andere Brust neigte, umklammerte sie ihn mit beiden Armen.

Er fühlte sich wie umhüllt von ihr. Während er hungrig an ihrer Brustwarze sog und die seidige Glätte ihrer Arme und Beine um sich spürte, erkannte er, daß ihre köstliche Süße in ihm und um ihn war. Sein Verlangen nach einer vollständigen Vereinigung wurde unvermittelt so jäh und drängend, daß er am ganzen Körper erbebte.

Brianne spürte sein Erzittern. »Sloan?«

Er hob den Kopf und sah in ihre Augen. »Ich werde versuchen, vorsichtig zu sein, Brianne, aber . . . ich weiß nicht . . .« Er würde sterben, wenn er nicht bald in sie eindrang, dachte er. Behutsam senkte er sein Glied in sie und spürte, wie sie ihn fest umschloß. »Ich werde vorsichtig sein«, stieß er zwischen zusammengebissenen Zähnen hervor.

Unter ihren Händen fühlte sie den Schweiß auf seiner Haut, die Anspannung seiner Muskeln. Seine Beherrschung würde sie beide nur quälen. Sie wollte ihn, alles von ihm. »Sloan, sei nicht vorsichtig«, flüsterte sie.

»Du verstehst nicht . . .« O Gott, sein Inneres schien von feurigen Krallen umklammert zu werden. Schon spürte er ihr wildes Pulsieren, aber er mußte langsam vorgehen. Bald würde er die hauchdünne Barriere erreicht haben. Er konnte den Gedanken, ihr wehzutun, nicht ertragen. Und dennoch wußte er nicht, wie er auch nur bis zum nächsten Atemzug überleben sollte, wenn er nicht bald ganz in ihr versinken durfte.

Ihre Hände schlangen sich um seine Hüften. »Bitte«, murmelte sie. »Ich will dich in mir haben . . . ganz in mir drinnen . . . tief . . .«

Seine Kontrolle brach zusammen. Er zog die Hüften zurück

und drang dann mit einem einzigen kraftvollen Stoß tief in sie ein.

Brianne empfand ein Aufflackern von Schmerz, dann eine wilde Ekstase, so überwältigend, daß der Schmerz für alle Zeiten vergessen war. Sie bog sich Sloan entgegen, wand und drehte sich unter ihm, wurde zu einem wilden Tier. Sie nahm seinen machtvollen Körper in sich auf und gab die Wonnen zurück, die er ihr schenkte, frei und uneingeschränkt. Ein alles auslöschender Taumel von Empfindungen hielt sie umfangen; und sie klammerte sich an ihn, als ob sie ihn nie wieder loslassen wollte. Etwas Ungeheures, Weltbewegendes fand in diesem Augenblick in ihr statt.

Sloan bewegte sich in einem heftigen Rhythmus in ihr, tauchte wieder und wieder tief in sie ein in dem Bewußtsein, sich nicht mehr lange zurückhalten zu können. Er zog sie an sich, um sich auf den Moment vorzubereiten, in dem er sich aus ihr zurückziehen mußte.

Brianne spürte seine Absicht und umklammerte ihn noch fester. In einer Mischung von Ärger und Dankbarkeit rief er ihren Namen. Er hob ihre Hüften und drang in sie ein. Ihre Erfüllung kam schnell, vollständig und überwältigend.

Sie hat mich besiegt, dachte er, als sie schlafend in seinen Armen lag.

Er hatte sich nie gestatten wollen, sie so sehr zu begehren, hatte nie beabsichtigt, so sehr die Kontrolle über sich zu verlieren. Aber in seinem Inneren hatte er eine Lust und Ekstase verspürt wie nie zuvor. Wie hätte er sie verlassen können, wenn der Himmel so greifbar nahe war? Für einen Mann, der gewohnt war, in der Hölle zu leben, war der Himmel eine zu große Versuchung.

Er zog sie enger an sich, und im Schlaf murmelte sie seinen Namen.

Brianne und der Himmel . . . es war ein und dieselbe Sache.

12

In dem Haus am Stadtrand gab der Spiegel über der Kommode das Abbild zweier Menschen wider, die engumschlungen auf dem Bett lagen. Die Haut der Frau hob sich in schimmerndem Weiß von der dunkleren Tönung des Mannes ab.

Wes hob den Kopf und strich liebevoll zwei feuchte Haarsträhnen aus Annas Gesicht. Durch halb geöffnete, von Küssen geschwollene Lippen kam unregelmäßig ihr weicher, süßer Atem. »Du wirst vielleicht nie zugeben, wie sehr du es genießt, von mir geliebt zu werden«, murmelte er, »aber ich weiß es. Deine kleinen Schreie sagen es mir. Und die Art, wie du mich umfängst, wenn ich in dir bin.«

»Ich verabscheue die Empfindungen, die du in mir erweckst«, sagte sie leise. »Ich habe es dir immer wieder gesagt.«

Er lächelte sie an. »Aber wie soll ich dir glauben, Anna, meine Süße? Deine Finger krallen sich in meinen Rücken, wenn ich dich ausfülle.«

»Ich muß gehen, Wesley.«

Er rollte sich auf den Rücken und sah an die Decke. »Noch nicht. Bring mir die Bürste.«

Nach kurzem Zögern erhob Anna sich und ging zur Kommode, um die Bürste zu holen. Auf dem Weg zum Bett blieb sie kurz stehen, um ihr Kleid aufzuheben.

»Nein«, sagte er. »Zieh dich noch nicht an. Komm her zu mir, so wie du bist, nackt und wunderschön.«

Leichte Röte breitete sich auf Annas heller Haut aus, aber sie gehorchte ihm.

Er richtete sich auf, nahm ihr die Bürste aus der Hand und zog Anna zu sich auf die Bettkante. »Wenn man bedenkt, was ich mit dir mache und was ich dir alles beigebracht habe, solltest du eigentlich darüber hinaus sein zu erröten, findest du nicht?« Langsam strich er mit der Bürste über die goldene Masse ihres Haars. »Nun, wie ist das?«

Sie gab keine Antwort, und er fuhr fort, ihr Haar zu bürsten.

Anna studierte sein Gesicht im Spiegel. Nie würde sie ihn verstehen. Wie konnte ein Mann so skrupellos sein, eine Frau zu erpressen, mit ihm zu schlafen, und doch so zärtlich zu ihr sein, wenn sie bei ihm war? Nie, nicht ein einzigesmal, hatte er ihr wehgetan, nicht einmal bei ihrer Entjungferung.

Immer wieder glitt die Bürste durch ihr Haar, und sie schloß die Augen. Einer Frau das Haar zu bürsten, war eine ungewöhnliche Aufgabe für einen Mann von Wes McCords Format. Seine Zärtlichkeit und seine Aufmerksamkeit ihr gegenüber verwirrten sie. Da er sie mit den Schulden ihres Vaters in der Hand hatte, hätte er sie so brutal nehmen können, wie er wollte. Er hätte ihr keinerlei Beachtung schenken müssen. Nein, dachte sie, sie würde ihn nie verstehen, noch würde sie es wünschen. Sie haßte ihn von ganzem Herzen.

Sie spürte, daß er ihr Haar in die Hand nahm und es hochhielt, um es von unten mit der Bürste zu erreichen, und sie schlug die Augen wieder auf. Er schien völlig in seine Aufgabe vertieft zu sein, aber irgend etwas lag in seiner Miene, das sie noch nie zuvor an ihm erlebt hatte. Er wirkte fast besorgt. »Ist etwas nicht in Ordnung, Wesley?«

Er sah auf und begegnete ihrem Blick im Spiegel. »Wie kommst du darauf?«

»Durch dein Aussehen.«

Er lachte leise. »Noch häßlicher als sonst, wie?«

»Du bist ein sehr attraktiver Mann. Du könntest praktisch jede Frau in der Stadt haben.«

»Aber ich will nicht jede Frau, ich will dich«, erinnerte er sie. Er warf die Bürste beiseite, hob die schwere Flut ihres Haars und ließ sie durch seine Finger gleiten. »Das weißt du doch, oder? Bestimmt habe ich es dir oft genug gesagt.«

»Ja.« Seine Augen ruhten jetzt auf ihrem Haar, deshalb beobachtete sie ihn wieder im Spiegel.

Mehrere Minuten verstrichen, ohne daß ein Wort gesagt wurde. Wes breitete ihr Haar auf ihrem Rücken aus und spielte mit den goldenen Locken. »Gestern abend war ein Mann im Café, den ich vor Jahren kannte. Ich weiß nicht, wie lange er schon in der Stadt ist, aber eins ist sicher – er ist meinetwegen hier.«

»Hat er dir das gesagt?«

Mit einer Hand warf er ihr Haar über die Schulter und gab ihren Rücken seinem Blick frei. »Das brauchte er nicht.«

Sie sah, daß seine Augenbrauen sich zusammenzogen, während er seine Finger über ihren Rücken streichen ließ. Ein Schauer überlief sie bei dieser Berührung. »Wer ist er?«

»Sein Name ist Sloan Lassiter.« Er beugte sich vor und preßte einen Kuß zwischen ihre Schulterblätter.

»Ich – ich habe ihn kennengelernt. Er war bei uns im Geschäft.«

Er hob den Kopf so schnell, daß er ihr Gesicht im Spiegel sehen konnte. »Hat er dir Fragen über mich gestellt?«

»Nein.«

Seine Aufmerksamkeit wandte sich wieder ihrem Rücken zu. »Gut. Sag ihm auch in Zukunft nichts.« Er zeichnete mit einem Finger die Linie ihres Rückgrats nach.

Unwillkürlich sog Anna scharf den Atem ein. In der Hoffnung, er hätte nichts gehört, fragte sie: »Was will er von dir?«

»Ich habe keine Ahnung, aber ich werde es herausfinden. In der Zwischenzeit weiß zumindest ich, was ich will.« Seine Lippen strichen über ihren Nacken.

»Wesley, nicht! Ich habe keine Zeit.«

Er drehte sie zu sich herum, so daß sie in seinen Armen lag. Ihr Haar bedeckte vollständig eine Brust. »Doch, du hast Zeit«, murmelte er, während seine Hände ihr wogendes Haar glätteten und den Konturen ihrer Brust folgten. »Ganz sicher hast du Zeit.«

»Nein! Ich kann nicht bleiben, Wesley!«

Er nahm unterhalb ihrer Brust eine Strähne goldenen Haars zwischen die Lippen und bewegte langsam die glänzende Fülle hin und her, bis sie das Gefühl hatte, hunderte Seidenfäden streichelten ihre Brust und die verhärtete Brustwarze. Als er schließlich den Kopf senkte, um sie zu küssen, hob sie ihm ihre Lippen entgegen. Wenig später beendete er abrupt den Kuß. »Du kannst doch bleiben, oder?«

Ein wildes Aufschluchzen von Verlangen brach aus ihrer Kehle, als sie seinen Kopf zu sich hinunterzog. »Ja, verdammt, ja!«

Mehrere Stunden vor dem ersten Tageslicht schlich Sloan durch die Zeltstadt und schlüpfte unauffällig in Dan Cummings leeres Zelt. Wie es Wes McCords Aufseher zustand, war das Zelt gut ausgestattet. Außer dem Bett gab es eine kleine Kommode, einen Tisch mit vier Stühlen und einen Schreibtisch.

Das Ende von fünfzehn Jahren in der Hölle hängt von dem Inhalt dieses Schreibtischs ab, dachte Sloan.

Zwei Schubladen waren abgesperrt. Ohne zu zögern zog er sein Messer, und kurz darauf waren die Schlösser aufgebrochen. Die erste Schublade hatte nichts Interessantes zu bieten – im Gegensatz zur zweiten.

Mit pochender Ader an seiner Schläfe war das einzige Anzeichen seiner Anspannung, als er ein dickgebundenes Geschäftsbuch hervorholte und es auf den Schreibtisch legte. Er beugte sich vor, schlug es auf und begann, die Seiten zu überfliegen. Während er Seite um Seite die Eintragungen ansah, wuchs sein Triumphgefühl ständig, bis er das Buch wieder zuklappte.

Er richtete sich auf, das Geschäftsbuch in der Hand. Das war es! Dieses Buch lieferte ihm alles, was er brauchte. Vielleicht würde er Wes McCord doch nicht töten müssen.

Der Stahl einer Revolvermündung fühlte sich kalt an seinem Hinterkopf an. »Hol tief Luft, Lassiter – es wird das letzte Mal sein.«

Süße, verschwommene Träume zogen durch Briannes Kopf, während sie schlief. Als es an die Tür klopfte, nahm sie es nur vage wahr. Ein Lächeln spielte um ihre Lippen, als Bilder von Sloan sie umwogten. Das Klopfen wiederholte sich. Ihr Lächeln verblaßte, und sie streckte die Hand nach ihm aus.

Er war nicht da!

Bittere Enttäuschung durchströmte sie, und sie schlug die Augen auf. Wo war er? Warum war er gegangen? Sie hatte nicht einschlafen wollen, aber schließlich hatte sie noch nie die unglaubliche Intensität und reine Erschöpfung erlebt, die die Leidenschaft forderte.

Das Hämmern an der Tür drang allmählich durch ihre schlaftrunkenen Gedanken und ließ sie den Kopf wenden. Sloan! Er mußte sie aus irgendeinem Grund vorhin verlassen haben und kam jetzt nicht wieder herein. Sie schlüpfte aus dem Bett und schlang ihren Morgenmantel um ihren nackten Körper, schon jetzt voller Vorfreude auf den Moment, wenn Sloan ihn wieder abstreifen würde.

Mit einem strahlenden Lächeln riß sie die Tür auf, aber der Name des Mannes, mit dem sie die herrlichsten Stunden ihres Lebens geteilt hatte, erstarb auf ihren Lippen, als sie eine schluchzende Janice vor sich stehen sah. Sorge um das Mädchen verdrängte sofort ihre Enttäuschung, daß es nicht Sloan war.

»Janice, um Himmels willen, was ist los?« Das Mädchen bedeckte ihr Gesicht mit einer Hand und weinte unablässig. Mit der anderen Hand preßte sie eine Art Buch an sich. »Kommen Sie herein«, drängte Brianne und zog sie ins Zimmer.

Brianne lief hastig durch den Raum, um zwei Lampen

anzuzünden. Als sie sich wieder umdrehte, schnappte sie vor Entsetzen nach Luft. Janice war brutal geschlagen worden. Ihre Unterlippe war aufgeplatzt und geschwollen. Eine häßliche Schwellung bedeckte fast vollständig ihre linke Wange, und über ihrer Augenbraue floß Blut aus einer tiefen Schnittwunde. Brianne lief sofort zu ihr und führte sie zu einem Sessel. »O Gott, Janice, wer hat Ihnen das angetan?«

Janice sank auf den Sessel. Ihr Haar hing aufgelöst um ihr Gesicht, und sie wischte sich zitternd die Tränen aus den Augen. »Es war Dan.« Ihr Blick wanderte unruhig durch den Raum. »Dan Cummings. Ich hoffe, Sie sind nicht böse, daß ich hergekommen bin, aber nachdem Sie nicht in Ihrem Zimmer waren, dachte ich, Sie sind vielleicht hier. Es war ziemlich klar zu erkennen, daß Sloan seine Augen woanders hatte. Nicht bei mir«, fügte sie hinzu. »Ich dachte mir, Sie müßten es sein. Ich habe es bei ihm versucht, aber es hat nicht geklappt. Er hat so kalte Augen, finden Sie nicht?«

Brianne konnte Janices unzusammenhängendem Gerede nur mit Mühe folgen. Sie kniete neben dem Mädchen nieder und nahm ihre Hand. »Sagen Sie mir, warum Sie hier sind und was ich für Sie tun kann. Brauchen Sie einen Arzt?«

»Nein, nein. Ich wollte Ihnen nur sagen – also, ich dachte, Sie sollten das über Sloan wissen.«

Brianne runzelte ratlos die Stirn. »Was Sie mir gerade gesagt haben, meinen Sie?«

Janice schüttelte den Kopf. »Sie können ihm jetzt nicht helfen. Aber ich habe Ihnen das hier mitgebracht.« Sie gab Brianne das Buch, das sie so krampfhaft umklammert hatte. »Es ist das Geschäftsbuch, das Sloan haben wollte. Aber es wird ihm jetzt nichts mehr nützen.«

Kalte Furcht kroch Briannes Rücken hinauf. »Wo ist Sloan, Janice?«

Das Mädchen stieß ein ersticktes Lachen aus. »Ich dachte, ich könnte Dan an der Nase herumführen. Ich dachte, er wäre ganz verrückt nach mir.« Sie heftete ihre unruhigen Augen auf

Brianne. »Aber er hat herausbekommen, daß irgendwas läuft. Er hat Sloan erwartet.«

Brianne nahm Janices Gesicht in beide Hände und zwang das Mädchen, sie anzusehen. »Wo ist Sloan?« fragte sie noch einmal langsam und deutlich.

»Aber ich dachte, das wissen Sie! Er ist draußen in der Zeltstadt. Sie haben ihn ziemlich schlimm zusammengeschlagen. Sie werden ihn töten, wenn sie herauskrigen, was er weiß. Vielleicht ist er schon tot.« Hysterie verzerrte ihre Stimme. »Ich muß aus Chango verschwinden.«

Brianne brauchte all ihre Willenskraft, um die Panik zu unterdrücken, die so schnell in ihr aufstieg, daß sie ihren gesunden Menschenverstand zu ersticken drohte. »Sie sind nicht in der Verfassung, irgendwohin zu gehen«, sagte sie fest. »Ich hole jemanden, der sich um Sie kümmert. Aber zuerst müssen Sie mir sagen, wo diese Zeltstadt ist.«

»Warum?«

»Janice, es ist wichtig!« fuhr Brianne sie an. Ihre Selbstbeherrschung hing an einem seidenen Faden. »Sagen Sie mir, wo die Zeltstadt ist!«

Das Mädchen machte eine vage Handbewegung. »Im Norden der Stadt.«

»Gut.« Brianne stand auf. »Ich möchte, daß Sie hier bleiben. Hier sind Sie in Sicherheit, und Sie werden auch nicht lange allein sein. Ich hole eine sehr nette Dame, die sich um Sie kümmert, während ich weg bin. Ihr Name ist Henrietta.«

Zum erstenmal, seit sie das Zimmer betreten hatte, bekam Janice einen klaren Blick und sprach deutlich. »Miß Delaney, Sie können Sloan nicht retten, und wenn Sie es versuchen, kommen auch Sie nie wieder zurück.«

»Sagen Sie mir nur, wo Dan Cummings' Zelt steht, Janice.«

In ihrem Zimmer schlüpfte Brianne hastig in ihre Reitkleidung, während sie in Gedanken bereits Pläne schmiedete. Seit ihrer Geburt hatte man sie gelehrt, daß Leben oder Sterben häufig nur von einer Tatsache abhing – vorbereitet zu sein. Zum Glück war ihre Satteltasche gepackt. Ihr Gewehr und ihr Revolver waren immer geladen, und ihr Messer steckte in ihrem linken Stiefel. Falls sie es finden konnte, würde Sloans Pferd ganz sicher auch mit Vorräten, Munition und einem Schlafsack beladen sein. Jeder wußte, daß man im Westen nie aus einer Stadt ritt, ohne auf alles vorbereitet zu sein.

Sie legte ihren Revolvergürtel um und beschloß, auf dem Weg aus dem Hotel die Küche zu plündern und etwas Eßbares einzupacken. Jetzt mußte sie sich nur noch ein Ablenkungsmanöver einfallen lassen.

Die Tür schwang auf, und Henrietta rauschte in das Zimmer wie ein Schiff mit vollen Segeln. »Dieses Mädchen war nicht mehr da, Brianne. Aber keine Sorge, ein solcher Typ Frau kann auf sich aufpassen. Jetzt geht es vor allem darum, Ihnen diesen lebensgefährlichen Plan auszureden.«

Brianne bückte sich, um die Satteltasche aufzuheben, warf sie über ihre Schulter und griff dann nach ihrem Gewehr und dem Schlafsack. »Ich habe keine Zeit für lange Diskussionen, Henrietta. Kümmern Sie sich bitte um Kam. Er wird sich schrecklich ängstigen, wenn er merkt, daß ich nicht da bin.«

»*Er* wird sich ängstigen! Und ich auch, falls Sie auf diesem Wahnsinn bestehen. Meine Liebe, das einzige, was Sie tun können, ist, sich um Hilfe an den Sheriff wenden.«

»Das habe ich schon einmal probiert. Nein danke. Was Kam betrifft . . .«

Die ältere Frau schnaubte. »Mit dem Jungen werde ich schon fertig, keine Angst. Aber . . .«

Brianne hatte weder die Zeit noch die Kraft, sich auf ein langes Gerede einzulassen. Energisch hob sie den Finger, als ob sie die Lehrerin und Henrietta die Schülerin wäre. »Meine Familie wird in etwa einer Woche hier eintreffen. Falls ich nicht zurückkomme, geben Sie meinen Leuten zwei Namen – Wes McCord und Dan Cummings. Den Rest erledigen sie.«

Es klopfte an der Tür, und Brianne durchquerte den Raum, um zu öffnen. Vor ihr stand Phineas.

Ein Blick auf ihn, und Brianne wußte, daß sie ihr Ablenkungsmanöver gefunden hatte.

Der Himmel lichtete sich gerade, als Brianne vom Pferd stieg. Dans Zelt war nicht schwer zu entdecken gewesen. Etwas länger dauerte es, bis sie Sloans Pferd gefunden hatte. Er hatte das Pferd an einer leicht zugänglichen Stelle zurückgelassen, und Brianne band Dancer neben dem schwarzen Hengst an. Dann nahm sie ihre Satteltasche und begann, sich unauffällig durch das stille Lager zu schleichen.

Ihr Herz schien auf einmal in ihrer Kehle zu stecken. Noch nie im Leben hatte sie soviel Angst gehabt. Nur ihre wilde Entschlossenheit, Sloan zu finden und ihn in Sicherheit zu bringen, trieb sie voran.

Bei jedem Zelt bückte sie sich und zog eine Flasche von Tooleys Wundertrank aus der Satteltasche. Rasch schraubte sie die Flasche auf und stopfte einen Stoffetzen in den Flaschenhals. Dann zündete sie den Stoff an, schob die Flasche mit ihrem Inhalt von neunzigprozentigem Alkohol unter die Zeltplane und schlich zum nächsten Zelt weiter. Zu dem Zeitpunkt, als sie Dans Zelt erreichte, züngelten bereits überall im Lager Flammen auf.

Sie versteckte sich und wartete.

»Los, Lassiter, machen Sie sich die Sache leichter. Wie viele Schläge wollen Sie noch einstecken, bevor Sie sterben?«

Innerhalb der letzten zwei Stunden hatte Sloan die Erfahrung gemacht, daß Dan Cummings ein Mann war, der direkte Methoden schätzte und über eine zähe Beharrlichkeit verfügte.

Es störte Cummings nicht, daß Sloan trotz der schweren Prügel bis jetzt kein Wort verraten hatte. Nach Cummings' Meinung würden die Schläge früher oder später ein Geständnis aus ihm herauspressen. Und sowie er dieses Geständnis hatte, würde er ihn töten.

Er würde sterben, soviel war Sloan klar, aber er war verdammt sicher, daß er es weder Cummings noch Wes leicht machen würde. Zwei Männer hielten ihn an den Armen fest. Er kniff die Augen zusammen und versuchte, den Blick auf Dan Cummings zu heften. »Zur Hölle mit Ihnen.«

Ein Schlag traf ihn genau in der Magengrube. Ein stechender Schmerz durchfuhr ihn, und Übelkeit stieg in ihm auf.

»Tut weh, nicht?« fragte Dan fast teilnehmend. »Sie brauchen mir nur zu sagen, wie Sie alles herausgefunden haben und wer noch davon weiß, und ich beende Ihre Schmerzen.«

»Was ist mit dieser Schlampe Janice?« knurrte der Mann, der Sloans linken Arm hielt.

»Ich habe ihr jemandem hinterhergeschickt. Sie hat einen großen Fehler gemacht, als sie das Geschäftsbuch mitgehen ließ. Sie wird dafür bezahlen.«

»Lassen Sie sie in Ruhe«, brachte Sloan heraus. »Sie hat nichts damit zu tun. Und mit Ihnen schlafen zu müssen, war Strafe genug, würde ich sagen.«

Sloan fühlte einen harten Gegenstand mit voller Wucht an seine Schläfe krachen. Er kämpfte darum, das Bewußtsein zu behalten, aber es war aussichtslos. Tiefe Schwärze senkte sich über ihn.

Er hatte keine Ahnung, wie lange er bewußtlos gewesen war, aber das nächste, was er spürte, war kaltes Wasser, das ihm ins Gesicht gegossen wurde. Einen Augenblick hatte er das Gefühl zu ertrinken.

»Lassiter, ich werde langsam wütend. Sie haben mein Mädchen gegen mich aufgehetzt. Sie hatten meinen Schreibtisch aufgebrochen. Das Geschäftsbuch ist verschwunden. Ich muß McCord eine Erklärung liefern. Er wird nicht sehr erfreut sein.«

Sloan hustete und stöhnte sofort auf, weil er glaubte, die Muskeln in seinem Magen würden reißen. »Das bricht mir das Herz.«

»Verdammt, Lassiter . . .«

»Feuer! Feuer!«

Plötzlich hörte man Menschen hin und her laufen und aufgeregt durcheinanderschreien.

»O Gott, das Lager steht in Flammen!« stieß der Mann zu Sloans Rechten entsetzt hervor.

»Geh raus und sieh nach, was los ist«, befahl Cummings.

Ohne Stütze auf der rechten Seite sank Sloan auf den Boden.

»Bring ihn auf die Beine, Frank!« schnauzte Cummings den anderen an.

Brianne trat ins Zelt, das Gewehr auf Dan, den Revolver auf Frank gerichtet.

»Rühren Sie ihn nicht an.«

Sloan traute seinen Augen kaum. »Brianne.«

Frank fuhr herum, um nach seiner Waffe zu greifen. Brianne drückte zweimal ab. Eine Kugel schlug ihm die Pistole aus der Hand; die zweite erwischte ihn im Bein. Er ging zu Boden und umklammerte sein Bein. Blut sickerte über seine Hose.

Aus dem Augenwinkel sah Brianne, daß Sloan den Versuch machte, aufzustehen. »Versuch jetzt nicht, dich zu bewegen«, sagte sie. Dan Cummings war unbewaffnet, aber Brianne hatte nur den Bruchteil einer Sekunde den Blick von ihm gewandt. »Legen Sie sich auf den Bauch und halten Sie die Hände über Ihren Rücken.«

Der Hahn ihres Gewehrs war gespannt und die Mündung direkt auf sein Herz gerichtet. Dan Cummings gehorchte. Er hatte noch nie eine Frau mit so funkelnden grünen Augen gesehen, und noch nie eine Frau, die so gut mit einer Waffe umgehen konnte wie sie. Falls Frank nicht an dem Blutverlust starb, würde er für lange Zeit außer Gefecht gesetzt sein.

Als er mit dem Gesicht nach unten auf dem Boden lag, trat sie zu ihm, drückte die Gewehrmündung auf seinen Nacken und griff dann nach dem Seil, das sie an ihrem Gürtel befestigt hatte. An einem Ende war es bereits zu einer Schlinge geknotet. Sie vergrößerte die Öffnung, streifte das Seil über seine Hände und zog kräftig an.

»Au! Das tut weh, du Hure!«

»Füße hoch«, verlangte sie und zog etwas fester an dem Seil. Er gehorchte, und sie fesselte seine Füße. Zuletzt riß sie ihm das Tuch vom Hals und band es ihm um den Mund.

Mit dem anderen Mann ging sie genauso vor, ein wenig sanfter vielleicht, da er verletzt war. Dann wandte sie sich Sloan zu.

»Kannst du aufstehen?«

»Brianne, du solltest nicht hier sein!«

»Und du hättest bei mir sein sollen, als ich aufwachte!« fuhr sie ihn an. Sie war so glücklich, ihn lebend wiederzusehen, daß sie mit den Tränen kämpfen mußte. Jetzt war nicht der geeignete Zeitpunkt, um zusammenzubrechen. »Vergiß es. Wir müssen hier raus.« Sie beugte sich zu ihm nieder und half ihm auf die Beine. Als sie sein unterdrücktes Stöhnen hörte, wurde sie blaß. »Stütz dich auf mich. Die Pferde sind ganz in der Nähe.«

Die Luft war schwer und rauchgeschwärzt, als sie aus dem Zelt traten. Überall züngelten Flammen, und selbst der graue Morgenhimmel schien rot aufzulodern. Irgendwo in der Nähe hörte Brianne den Lärm aufgeschreckten Viehs, und sie machte sich im Geist eine Notiz, aus welcher Richtung die Geräusche kamen. Als sie ihre Pferde entdeckte, stieß sie ein stummes Dankgebet aus, daß die Tiere zu gut abgerichtet waren, um nicht beim ersten Anzeichen von Rauch und Feuer auszubrechen.

»Wir nehmen mein Pferd«, teilte sie Sloan mit. »Ich kenne Dancer, und ich weiß, daß er uns beide tragen kann. Ich kann dich im Sattel halten, wenn du erst einmal oben bist, aber ich fürchte, aufsteigen mußt du allein. Wird es gehen?«

Grimmige Entschlossenheit zeichnete sich auf seinem schmerzverzerrten Gesicht ab. »Ja.«

Sie bückte sich, um seinen Fuß in den Steigbügel zu setzen, und schob mit ihrem ganzen Gewicht nach, um ihm in den Sattel zu helfen. Sie legte seine Hände um das Sattelhorn und band sein Pferd an ihrem an. Nachdem sie hinter Sloan aufgesessen war, nahm sie mit einer Hand die Zügel und schlang die andere um ihn. »Bleib bei mir Sloan. Bitte, verlier jetzt nicht das Bewußtsein.« Er gab keine Antwort, und ihre Angst wuchs.

Sie hielt sich so lange am Rand des Lagers, bis sie den Korral entdeckte, in dem das Vieh gehalten wurde. Sie öffnete das Tor. Halb verrückt vor Angst, stürzten die Tiere ins Freie. Sie lenkte Dancer hinter vier oder fünf Leittiere, die sie als Deckung benutzte und in Richtung Westen auf die Berge zutrieb.

Aber wenn sie hinter ihnen blieb, mußte sie dieses mörderische Tempo beibehalten. Als sie ein paar Sträucher entdeckte, ritt sie auf sie zu. »Sloan, ich werde ein paar Zweige an deinem Pferd festbinden, damit unsere Spuren verwischt werden. Werden die nachschleifenden Zweige es stören?«

Sein geflüstertes »Nein« war kaum zu hören, aber es beruhigte sie ein wenig.

Sie zügelte Dancer und stieg ab. Tröstend legte sie eine Hand auf Sloans Schenkel und murmelte: »Es wird nicht lange dauern. Halt dich gut fest. Ich bringe uns in Sicherheit.«

Ein paar Minuten später saß sie wieder hinter ihm und legte einen Arm um ihn. »Lehn dich an mich, Sloan. Wir müssen uns beeilen. Die Sonne geht auf, und wir müssen jede Minute nutzen.« Sie trieb Dancer zu einem Galopp an.

Der Ritt war eine einzige Qual für Sloan. Der Schmerz kam in endlosen Wellen, und die Anstrengung, sich gegen die Bewußtlosigkeit zu wehren, wurde ständig größer. Brianne redete ununterbrochen leise auf ihn ein, um ihn zu beruhigen und wachzuhalten. Hartnäckig klammerte er sich an ihre Worte und zwang sich, ihr zuzuhören, überzeugt davon, daß ihre Stimme alles war, was zwischen ihm und dem Nichts stand. Gleichzeitig versuchte er, seinen Verstand weiterarbeiten zu lassen, bewußt wahrzunehmen, was vorging, selbst durch den Nebel seiner Schmerzen hindurch.

Nicht immer gelang es ihm. Es gab Zeiten, in denen der Schmerz ihn so sehr überwältigte, daß er dem Drang, die Augen zu schließen, nachgab, aufstöhnte und sich von der Welle des Schmerzes forttragen ließ.

Aber die ganze Zeit blieb ein Teil von ihm wach und staunte.

Brianne bewegte sich wie ein Indianer durch das Gelände und nutzte jede Deckung, jede Möglichkeit, die Verfolger von ihrer Spur abzulenken. Als sie einen Fluß erreichten, ritten sie ein paar Meilen das Wasser hinunter. Danach wählte sie felsiges Gelände. Als die Felsen spärlicher wurden und sich schließlich ganz verliefen, schaffte sie es, den härtesten Untergrund zu finden.

Als er sie in Dan Cummings' Zelt hatte kommen sehen, war er entsetzt gewesen, weil sie sich in solche Gefahr begeben hatte. Er hatte noch immer Angst um sie, aber eins war ihm inzwischen klar: Wenn irgend jemand ein Wunder vollbringen konnte, dann Brianne Delaney.

Wes knallte die Schublade seines Schreibtisches zu. Diese verdammten Sonntage! Er haßte sie. Es waren die einzigen Tage in der Woche, an denen er Anna nicht sehen konnte. Das Warenhaus war geschlossen; er konnte also nicht unter irgendeinem Vorwand dort auftauchen. Und erst am Montagabend würde er sie wieder ganz für sich allein haben.

Verdammt! Er stand auf und schlenderte zum Fenster.

»Kann ich etwas für Sie tun, Mr. McCord?«

Beim Klang von Ralph Mahoneys zögernder Stimme fluchte er innerlich. »Ja. Holen Sie mir eine Tasse frischen Kaffee.«

»Gern, Sir.«

Eigentlich wollte er gar keinen Kaffee. Er wollte nur allein sein. An Anna denken. Drei Abende in der Woche waren nicht genug. Andererseits stellten diese drei Abende bereits ein Risiko dar, und er wußte es. Wenn er mehr verlangte, würde ihr Vater mißtrauisch werden. Und ihren Vater wissen zu lassen, daß sie seine Geliebte war, würde Anna unendlichen Schmerz bereiten, und das wollte er nicht.

Dennoch konnte er nicht umhin, sich auszumalen, wie es wäre, sie sieben Nächte in der Woche an seiner Seite zu haben. Und sieben Tage in der Woche neben ihr aufzuwachen.

Ein Reiter brachte sein Pferd vor Wes' Büro zum Stehen und schwang sich aus dem Sattel. Es war Dutch Howard, einer von Cummings' Männern. Wes zwang sich, seine Aufmerksamkeit dringenderen Problemen zuzuwenden, und ging nach draußen, um den Mann zu begrüßen.

»Mr. McCord, Dan hat mich gebeten, Ihnen eine Nachricht zu übermitteln.«

Wes nickte. »Worum geht's?«

Dutchs Blick wanderte die Straße hinauf und hinunter. Obwohl Sonntag war, waren einige Menschen unterwegs, manche, um einen Morgenspaziergang zu machen, manche, um zur Kirche zu gehen. »Wir gehen lieber rein, Mr. McCord.«

Wes drehte sich um und betrat sein Büro, gefolgt von Dutch. Wenige Minuten später starrte Wes den anderen ungläubig an. »Wieviel wurde zerstört?«

»Fast alle Zelte samt Inhalt. Etwas Schießpulver fing Feuer. Es ging in die Luft, mitsamt einem Anhänger mit Schienen. Von den anderen Sachen haben wir fast alles retten können.«

Seine Fassungslosigkeit verwandelte sich schlagartig in Wut. »Und Cummings glaubt, daß diese Janice mit dem Geschäftsbuch auf und davon ist?«

Dutch wand sich unbehaglich in seinem Stuhl. »Sie ist die

einzige, die es getan haben könnte. Dan hatte sie ganz schön zusammengeschlagen und dachte, sie wäre für eine Weile erledigt. Wir haben uns erst mal um Lassiter gekümmert, und dann war sie weg. Und das Geschäftsbuch auch.«

Wes' Faust donnerte so heftig auf den Schreibtisch, daß das Holz dröhnte. »Und Sloan Lassiter auch, verdammt noch mal! Wie zum Teufel konnte das passieren, daß soviel zerstört wurde und so viele Leute entkommen konnten?«

Dutch wandte nervös den Blick ab. »Es war das Feuer und so. Niemand hatte mit so was gerechnet.«

»Es scheint nicht das einzige gewesen zu sein, womit ihr nicht gerechnet hattet«, fuhr Wes ihn an, der an Brianne Delaney dachte. Plötzlich schwenkte sein Finger zu Dutch. »Sag Dan Cummings, daß ich diese drei Leute haben will. Findet sie und bringt sie in die Zeltstadt zurück.«

»Dan und vier oder fünf von den anderen sind schon hinter der Lady und Lassiter her. Ein paar andere suchen Janice.«

»Gut. Wir müssen das Geschäftsbuch wiederbekommen! Inzwischen kümmere ich mich um neue Zelte für die Männer. Wir dürfen den Bau der Eisenbahn keinen Augenblick länger als nötig verzögern.«

13

Die Sonne hatte den ganzen Tag auf sie herniedergebrannt. Nach ihrem Stand schätzte Brianne die Zeit auf etwa vier Uhr nachmittags. Seit Tagesanbruch saßen sie im Sattel, und Sloan hatte schon vor einer ganzen Weile aufgehört, auf ihre Fragen zu reagieren. Brianne war halb verrückt vor Angst um ihn, aber sie durfte keine Rast einlegen, bevor sie nicht einen Platz gefunden hatte, wo sie sich verstecken und leicht verteidigen konnten.

Nachdem sie jedes Ausweichmanöver angewandt hatte, das sie kannte, war sie bis mittags von der Zeltstadt weg in Richtung Westen geritten. Dann war sie in weitem Bogen zurückgekehrt, in Erinnerung an einen Rat, den ihr Onkel Dom ihr einmal erteilt hatte – das beste Versteck vor einem Feind sei ein Ort in der Nähe seines eigenen Gebiets, da man dort zuletzt vermutet würde.

Hinter der Zeltstadt erhob sich ein Felsplateau, und während der letzten zwei Stunden hatten sie die Rückseite dieses Plateaus erklommen. Sie hatte Erfahrung darin, das Gelände zu sondieren, und sie war bereit, ihr Leben dafür einzusetzen, daß sie irgendwo dort oben Schutz finden würden.

Sie wußte auch, daß die natürliche Formation eines Gebiets täuschen konnte, und folgte deshalb ihrem Instinkt und ihrer Kenntnis von Tieren. Sie hatte einen alten Vieh-Trail entdeckt. Er war schmal und von Unkraut überwuchert und wurde vermutlich seit Jahren nicht mehr benutzt. Dennoch beschloß sie, dem Trail zu folgen, in der sicheren Annahme, daß er sie zu einer Wasserstelle und vielleicht einem Weideplatz für die Pferde führen würde.

Sie lockerte die Zügel und wandte sich um, um das Gelände hinter ihnen zu überprüfen. »Nichts zu sehen«, sagte sie zu Sloan. Sie wußte nicht, ob er sie hören konnte, aber sie mußte einfach mit ihm sprechen. »Ich war so vorsichtig und gerissen wie nur möglich. Und ich habe jeden verdammten Trick benutzt, den Rising Star und Silver Dove mir je beigebracht haben. Cummings und seine Leute werden uns vielleicht auf die Spur kommen, aber wir werden sie höllisch ins Schwitzen bringen.« Sie lachte. »Ich sollte nicht fluchen, was? Wenn Patrick hier wäre, würde er mir sagen, daß Malvina mir den Mund mit Seife auswaschen würde.« Ihr Lachen erstarb, verdrängt von plötzlicher Sorge. »Ich wünschte, Patrick wäre hier.«

Sloan rührte sich. Seine Arme zitterten und schmerzten von dem stundenlangen Umklammern des Sattelhorns. Da sie bergauf ritten, lehnte er mit dem Rücken an Brianne, und sie konnte jeden seiner qualvollen Atemzüge spüren. Die Anspannung seiner Muskeln verriet ihr, wieviel Mühe es ihn kostete, sich im Sattel zu halten. Sie hatte solche Angst um ihn. Sie wußte nicht, wie schwer seine Verletzungen waren, aber sie wußte, daß er nicht mehr lange durchhalten würde. Sie mußte einen Platz finden, wo er in Sicherheit war und wo sie ihn pflegen konnte.

»Es dauert nicht mehr lange«, murmelte sie tröstend. »Das verspreche ich dir. Du mußt nur noch ein kleines bißchen durchhalten.«

Dancer verließ den Trail und lenkte seine Schritte zu dem dichten Unterholz, das auf einer Seite des Plateaus wuchs. Brianne versuchte, ihn auf den Pfad zurückzudrängen, aber als er sich sträubte, beschloß sie, ihm seinen Willen zu lassen. In mancher Hinsicht waren Tiere klüger als Menschen, und sie besaßen die Fähigkeit, Gefahr zu wittern oder Wasser zu riechen.

Als sie näherkamen, stellte sie fest, daß hinter dem Unterholz eine schmale Öffnung in der Felswand war. Eine nähere Untersuchung ergab, daß der Spalt gerade breit genug war, um die Pferde hintereinander durchgehen zu lassen.

Sie hatte zwei Möglichkeiten. Entweder sie stieg ab und

erforschte den Felsspalt zu Fuß, oder sie setzte alles auf eine Karte und führte die Pferde hindurch. Brianne entschloß sich rasch für letzteres. Sie hatte das Gefühl, es nicht riskieren zu können, Sloan auch nur für kurze Zeit allein zu lassen.

»Das könnte die Lösung sein«, sagte sie zu ihm. »Halt dich gut fest.« Sie lotste die Pferde durch das Gestrüpp und in die Öffnung hinein. Auf beiden Seiten schlossen sich die Felsen bedrohlich dicht um sie. Ihre Stiefel scharrten an die Felswände, die hoch über ihnen aufragten. Aber als sie den Durchgang schließlich hinter sich hatten, trat ein zufriedenes Lächeln auf Briannes Gesicht.

Sie befanden sich in einem abgeschlossenen Canyon. Grünes Gras wogte um tief ausgewaschene Flußrinnen und schmiegte sich an gewaltige Felsbrocken. Weiter hinten erhob sich eine Baumgruppe. Zu ihrer Linken in etwa zehn Metern Höhe über der Wiese ragte ein Felsvorsprung über einem tiefen Einschnitt empor. Vermutlich hatte Wasser den Felsen so lange bearbeitet, bis eine kleine Höhle entstanden war. Ein Felssims zog sich von der Öffnung der Höhle bis zum Boden des Canyons hinunter. Rechts von der Höhle blockierte ein Felssturz den Sims, aber die andere Seite war offen.

Sie lenkte die Pferde bis zu dem felsigen Pfad, stieg dann ab und band Dancers Vorderhufe zusammen. Sloans Augen waren geschlossen, und sein Atem ging flach und unregelmäßig.

Seine Hände umklammerten krampfhaft das Sattelhorn. Sie legte ihre Hände auf seine. »Hör zu, Sloan. Du mußt ein kleines Stück bergauf gehen, aber wenn du erst einmal oben bist, kannst du dich ausruhen, und ich kann mich um dich kümmern.« Er reagierte nicht. Sie begann, seine Finger vom Sattelhorn zu lösen. »Du mußt jetzt absteigen. Beim Gehen kannst du dich auf mich stützen. Ich trage soviel von deinem Gewicht, wie ich kann.«

Als er sich immer noch nicht rührte, hob sie die Hand und griff nach seinem Arm. »Sloan, ich weiß, daß du furchtbare

Schmerzen leidest und viel durchgemacht hast, aber das hier mußt du noch schaffen. Du mußt mir helfen!«

Sloan hörte das verzweifelte Flehen in ihrer Stimme. Sein Abstieg war halb Fallen, halb Hinuntergleiten.

Als seine Füße den Boden berührten, stöhnte er laut auf. Er hatte das Gefühl, als ob glühende Nägel in seinem Kopf und seinem Magen hämmerten. Er wäre zusammengebrochen, wenn Brianne sich nicht blitzschnell unter seinen Arm geschoben und ihn aufgefangen hätte.

»Ich weiß, wie hart das ist, Sloan, aber du mußt es schaffen.«

»Ich kann nicht.«

»Doch, du kannst und du wirst. Ich lasse nicht zu, daß dir etwas geschieht.« Sie zwang sich zu ignorieren, wie fahl und totenblaß seine Haut war.

»Bri . . .«

»Sprich jetzt nicht. Spar deine Kraft.« Langsam führte sie ihn zu dem Pfad auf dem Felssims. »Mach einen Schritt nach dem anderen.«

Sloan konnte nichts mehr sehen. Der Schmerz blendete ihn. Wieder klammerte er sich nur an den Klang ihrer Stimme. Und sie hörte nicht einen Moment zu reden auf, tröstete ihn, wenn er stolperte, sprach ihm Mut zu, wenn er in sich selbst keinen mehr fand.

Einmal stürzte er. Er wollte nicht mehr aufstehen. Aber er hörte Brianne verzweifelt seinen Namen rufen, spürte, wie sie an seinem Arm zerrte, und irgendwie gelang es ihm, wieder auf die Beine zu kommen und weiterzugehen. Er wollte nicht mehr weiter. Er konnte nicht mehr. Immer, wenn er glaubte, keinen Schritt mehr machen zu können, ging es doch noch einen Schritt weiter. Er wußte nicht, wie. Er wußte nicht, wohin sie gingen. Es interessierte ihn nicht.

Er wollte nur noch eins – aufhören, sich zu bewegen, sich hinlegen und von dem quälenden Schmerz in die Dunkelheit tragen lassen, die ihn schon den ganzen Tag umschwebte. Aber

Briannes Stimme ließ nicht locker. Er lauschte aufmerksam und fragte sich, wo ihr Lachen geblieben war.

Schließlich führte sie ihn mit einem erleichterten Aufschluchzen in die kleine Höhle. An der breitesten Stelle maß sie etwa fünf bis sechs Meter. Sie führte ihn ganz nach hinten. »Hier . . . setz dich hin und ruh dich aus.« Ihre Arme umschlangen ihn, hielten ihn fest und stützten ihn, so gut sie konnten. Als er plötzlich erschlaffte und aus ihren Armen glitt, war sie hilflos. »Sloan!« Sie ließ sich neben ihn fallen und legte seinen Kopf in ihren Schoß. Tränen strömten über ihr Gesicht, aber sie achtete nicht darauf. »Sloan«, wiederholte sie etwas leiser.

Aber er gab keine Antwort. Er hatte das Bewußtsein verloren.

Jake Koller stieß Janice auf das Bett in Dans Zelt, eines der wenigen Zelte, das nicht bis auf den Grund abgebrannt war. Er grinste schmutzig, als ihre Röcke bis über die Knie hinaufflogen, und er wandte sich an den Mann, der neben ihm stand. »Dan hat gesagt, wir sollen sie finden und herbringen, aber er hat nicht gesagt, was wir mit ihr machen sollen, oder?«

Malcolm Williams' Blick ruhte auf dem zerrissenen Ausschnitt ihrer Bluse. Sie hatte sich wie eine Wildkatze gewehrt, als sie sie schnappten, erinnerte er sich genüßlich. Während des Kampfs hatte er die Bluse zerrissen und unter seinen Fingern ihre üppigen Brüste gespürt. Aber verdammt noch mal, jetzt wollte er mehr. Er setzte sich auf die Bettkante. »Wir sollen aus ihr rauskriegen, wo das Geschäftsbuch ist.«

»Hat er gesagt, wie wir das anstellen sollen?« fragte Jake, ohne die Augen von Janice zu wenden. Wenn es nach ihm gegangen wäre, hätten sie sie nicht gleich hierhergebracht, sondern irgendwo ein Lager aufgeschlagen und sich eine Weile allein mit ihr vergnügt.

»Nein«, antwortete Malcolm.

Janice zog die beiden Hälften ihrer Bluse über der Brust zusammen, schob sich ans Bettende und richtete sich auf. Malcolm und Jake gehörten zu Dans Leuten, und sie hatte sie nie gemocht. Aber früher hatten sie sie zumindest in Ruhe gelassen. Jetzt konnte kein Zweifel daran bestehen, was sie vorhatten. Sie keuchten förmlich von Gier. »Ich sag' euch gar nichts! Wo ist Dan?«

Malcolm schob eine Hand unter ihre Röcke und strich über ihren Unterschenkel. »He, Süße, was willst du denn von ihm? Er schlägt dich doch bloß wieder zusammen.«

Angewidert von seiner Berührung, versuchte sie zurückzuweichen, aber seine liebkosenden Finger wurden hart und preßten sich in ihr Fleisch. Tränen schossen ihr in die Augen, aber sie war fest entschlossen, den beiden nicht die Genugtuung zu geben, sie weinen zu sehen. »Er bringt euch um, wenn er zurückkommt und merkt, daß ihr mich angerührt habt!«

Jake stieß ein höhnisches Lachen aus und deutete auf ihr zerschundenes Gesicht. »Wem willst du das weismachen, Mädchen? Kein Mann tut so was einer Frau an, aus der er sich was macht. Er hat uns losgeschickt, damit wir dich suchen. Wir haben dich gefunden. Jetzt gehörst du uns.«

Malcolm hatte sein Gewicht auf dem Bett so verlagert, daß sie hinter seinem Rücken in der Falle saß. »Wir sind jetzt alles, was du hast, Baby. Und wir wollen wissen, wo dieses Buch ist.«

Vielleicht zum erstenmal in ihrem Leben sah Janice sich gezwungen, einigen unangenehmen Tatsachen ins Auge zu sehen. Niemand würde ihr zu Hilfe kommen, wenn sie schrie. Alle sahen in ihr nur eine Hure; niemand wußte, daß sie ein Herz hatte, das manchmal weh tat. Niemand war je nett zu ihr, außer im Bett – und auch da nicht immer. Und wenn Dan zurückkam, würde er sie umbringen. Sie mußte unbedingt Zeit gewinnen. »Laßt ihr mich gehen, wenn ich es euch sage?«

Jake setzte sich neben sie und schlug sie auf die Hände, mit denen sie krampfhaft ihre zerrissene Bluse zusammenhielt. »Sicher, Süße. Erzähl es uns.«

Ihr Entschluß, nicht zu weinen, geriet schnell ins Wanken. Ihr Gesicht schmerzte, und sie wußte, daß die beiden sie anlogen. Sie würden sie nie gehen lassen. Wie war sie nur auf die Idee gekommen, der Bau einer Eisenbahn könnte aufregend sein? Und wie auf die Idee, Männer könnten Spaß machen? Malcolm und Jake waren häßlich und schmutzig. Sie wollte nicht von ihnen berührt werden. Sie wollte nie mehr von einem Mann berührt werden! Plötzlich konnte sie es nicht mehr ertragen. Sie stieß mit dem Fuß zu und traf Malcolm genau in den Magen. »Laßt mich in Ruhe!«

Während Malcolm eine Hand auf den Magen preßte, griff Jake nach ihrem Haar und riß ihren Kopf zurück. »Das war aber gar nicht nett, Mädchen.« Verfaulte Zähne zeigten sich zwischen seinen halb geöffneten Lippen. »Bist du okay, Malcolm?«

»Wie wär's, willst du sie haben?« stieß Malcolm böse hervor.

Jake legte die Hand auf die harte Wölbung zwischen seinen Beinen. »Was meinst du? Kann ich sie haben?«

Malcolm schob seine große Hand unter die zerrissene Bluse, griff brutal nach ihrer Brust und quetschte sie mit seinen Fingern zusammen. »Sie erzählt uns sowieso nichts, also können wir uns ruhig ein bißchen Spaß mit ihr machen.«

Janice versuchte, die Männer wegzustoßen, aber sie waren über ihr, und ihre Hände schienen plötzlich überall zu sein. »Hört auf! Hört auf!«

»Wir könnten sie uns teilen«, schlug Jake großzügig vor und griff nach den Knöpfen seiner Hose. »Ich nehme die obere Hälfte, du die untere, und dann tauschen wir.«

»Gute Idee«, stimmte Malcolm zu, griff nach ihren Beinen und zog sie herunter, bis sie der Länge nach auf dem Bett lag. Er schob seine Hosen bis zu den Knien und zwängte sich zwischen ihre Schenkel.

Jake begann, sich über ihren Mund zu legen.

Janice schrie aus Leibeskräften.

Zwei Schüsse fielen, so dicht aufeinander, daß sie wie ein einziger klangen.

»Laßt sie los!« befahl Wes. Seine kalte Stimme war ganz ruhig und wirkte deshalb um so bedrohlicher.

Allein sein Anblick jagte Malcolm und Jake mehr Angst ein als die beiden Schüsse. Hastig fuhren sie hoch.

»Wir haben bloß versucht, aus ihr rauszukriegen, wo das Geschäftsbuch ist«, verteidigte Malcolm sich, während er schnell seine Hosen hochzog.

»Ja«, fiel Jake ein, dessen Finger so unsicher waren, daß er kaum einen Knopf erwischte, geschweige denn, ihn zubekam. »Aber die Schlampe wollte das Maul nicht aufmachen.«

»Wartet draußen auf mich«, sagte Wes.

Ohne darauf zu achten, daß ihre Hosen noch nicht zugeknöpft waren, verließen die beiden das Zelt so schnell, daß Staub aufwirbelte.

Janices Schluchzen verebbte allmählich. Wes trat ans Bett und sah zu ihr hinunter. Bei dem Anblick verhärtete sich sein Gesicht. Wo die Männer sie gepackt hatten, hatten ihre Brüste häßliche rote Flecken. Auf der Innenseite ihres Oberschenkels verliefen drei lange, blutige Schrammen.

Er beugte sich vor und zog ihren Rock herunter. Bevor er sich wieder aufrichtete, berührte er mit einem Finger sanft ihre verschwollene Gesichtshälfte. »Waren das auch die beiden?«

Wie alle, die ihn kannten, hatte auch Janice Angst vor Wes McCord. Sie war ihm noch nie so nah gegenübergestanden, aber jetzt konnte sie kalten Zorn in seinen Augen brennen sehen. Sie schluckte mühsam. »Dan Cummings.«

Wes fluchte innerlich. Ihm war schon einigemale zu Ohren gekommen, daß Cummings aus reinem Vergnügen Frauen verprügelte. Es war sogar einmal das Gerücht im Umlauf gewesen, daß er vor einer Weile eins der Mädchen in Luckys Saloon getötet hatte, aber niemand hatte ihm etwas beweisen können. Sobald Cummings in die Stadt zurückkehrte, würde er ihn feuern, etwas, das er schon längst hätte tun sollen. Seine einzige Entschuldigung war, daß er so viele andere Sachen im Kopf hatte.

Er sah sich um und entdeckte die kleine Kommode. Er zog eine Schublade auf, nahm ein Hemd heraus und gab es Janice. »Zieh das an.« Dann setzte er sich.

Janice setzte sich hastig auf und streifte das Hemd über ihre Sachen. Ihre Hände zitterten so sehr, daß es eine Weile dauerte, bis sie es zugeknöpft hatte.

Wes wartete geduldig. Schließlich war sie fertig. »Kann ich dir irgend etwas bringen?«

Sie schüttelte den Kopf. Obwohl er durchaus freundlich zu ihr sprach, fand sie, daß seine Stimme so kalt wie eine Messerklinge klang – und genauso gefährlich. Ein Dutzend Malcolms und Jakes wären ihr lieber gewesen als ein Wes McCord.

Er schlug die Beine übereinander und lehnte sich zurück. »Gut, Janice. Ich möchte, daß du mir jetzt erzählst, was du mit dem Geschäftsbuch gemacht hast.«

Brianne Delaney fiel ihr ein, und sie zögerte. Miß Delaney war nett zu ihr gewesen. Sie hatte auf der Straße mit ihr gesprochen und sich Sorgen um sie gemacht, als sie ihre Verletzungen sah.

»Ich habe ein Recht, es zu erfahren, Janice. Das Buch ist mein Eigentum.«

Ihr lief ein Schauer über den Rücken. Seine Stimme erinnerte sie daran, daß er ein Mann war, dem sie nicht gern in die Quere kommen wollte.

»Janice?«

»Ich habe es Miß Delaney gegeben.«

Kurzes Schweigen. »Weißt du, was sie damit gemacht hat?«

Sie schüttelte den Kopf.

»Sagst du mir auch die Wahrheit, Janice?«

Er war ein bezwingender Mann, und sie hob unwillkürlich den Blick und sah ihn an. »Ja.«

Er nickte und stand auf. »In Ordnung. Ich lasse dir Wasser und Seife bringen. Wenn du dich ein bißchen sauber gemacht hast, kannst du gehen.«

»Gehen?« Verwirrung malte sich auf ihr Gesicht. »Sie meinen, Sie wollen mich wirklich gehen lassen?«

Vom Zelteingang warf er ihr einen letzten Blick über die Schulter zu. »Dein Pferd wird bereitstehen.«

Ihre Beine gaben nach, und Janice sank auf das Bett. Innerhalb weniger Sekunden traf sie die wichtigste Entscheidung ihres Lebens: Sobald man ihr ihr Pferd brachte, würde sie nach Hause zu ihrer Mama zurückkehren!

Im Lauf der Jahre hatte der Wind Piniennadeln und Blätter in die Höhe geweht. Brianne trug sie zu einer Art Matratze zusammen und breitete eine der Decken darüber aus. Als sie den Blick wieder Sloan zuwandte, fiel ihr die blutverkrustete Wunde an seiner Schläfe auf. Sein Gesicht war verschwollen und aufgeschunden, und sicher war auch auf seinen Körper eingeschlagen worden. Bei dem Gedanken an die Schmerzen, die er ertragen haben mußte, drehte sich ihr der Magen um. Aber nicht ein einziges Mal hatte er sich beklagt. Und er hatte es irgendwie geschafft, so lange durchzuhalten, bis sie ihn zu ihrem Versteck geführt hatte. So vorsichtig wie möglich rollte sie ihn auf sein improvisiertes Lager und legte eine Decke über ihn.

»Ich liebe dich«, flüsterte sie ihm zu und strich sachte über seine Stirn. »Ich muß kurz weggehen, um einiges zu erledigen. Ich lasse dich nicht gern allein, aber es muß sein.« Sie beugte sich vor und hauchte einen Kuß auf seine Wange. »Ich bin bald wieder da.«

Während der nächsten Stunden setzte sie alles daran, ihre Chancen, lebendig aus dieser Situation herauszukommen, zu vergrößern. Sie lief zum Eingang des Canyons zurück und zog das Buschwerk so gut sie konnte wieder zusammen, in der

Hoffnung, daß niemandem, der vorbeiritt, etwas Ungewöhnliches auffallen würde.

Sie nahm die Satteltaschen, die Gewehre und die Feldflaschen von den Pferden und warf sich den zweiten Schlafsack über die Schulter. Sie mußte den Weg zur Höhle zweimal machen, aber schließlich hatte sie alles in ihr Versteck geschafft.

Dann machte sie sich daran, den Canyon zu erforschen. Am hinteren Ende der Wiese entdeckte sie einen kleinen Bach, der sich an einer Gruppe Weiden und Pappeln vorbeizog. Das Gras, das hier wuchs, war saftig und grün. Sie sattelte die Pferde ab und band sie so fest, daß sie sich frei bewegen und fressen und trinken konnten, aber von niemandem, der den Canyon betrat, gesehen werden würden.

Sie brannte darauf, zu Sloan zurückzukehren, aber bevor sie es tat, betrachtete sie eingehend die Rückwand des Canyons und entdeckte einen zweiten Weg, der hinausführte. Ein steiler, felsiger Pfad zog sich an der Felswand bis zum Gipfel des Plateaus hinauf. Es wurde allmählich dunkel, und sie konnte nicht mehr sehr gut sehen, aber falls sie sich nicht sehr täuschte, müßte man von dort oben die Zeltstadt überblicken können.

Ungeduldig blickte sie zu der Höhle, wo sie Sloan zurückgelassen hatte. Der Aufstieg zum Plateau mußte bis morgen warten. Sie hatte Sloan jetzt lange genug allein gelassen.

Die ganze Nacht wälzte er sich unruhig hin und her. Zweimal wurde ihm schlecht, und Brianne säuberte ihn und kühlte ihm tröstend die Stirn.

Sie schlief, wann immer sie konnte. Wenn sie es nicht schaffte, die Augen zu schließen, kuschelte sie sich unter der Decke an ihn und sprach leise mit ihm.

Sie erzählte Sloan von ihrer Kindheit in Killara und wie herrlich das Leben dort war. Von jedem Mitglied der Familie wußte sie eine Geschichte zu berichten. Mehrmals ertappte sie sich bei einem Lächeln; einmal liefen ihr zu ihrer Überraschung Tränen über das Gesicht.

Patrick hob sie sich bis zuletzt auf. Sie erzählte Sloan, wie sie als Kinder immer ›Verstecken-und-Aufspüren‹ gespielt hatten, bis sie schließlich damit aufhören mußten, weil keiner den anderen mehr entdecken konnte.

Diese Zeiten waren nun vorbei, und zum erstenmal in ihrem Leben waren keine Delaneys in der Nähe, um ihr zu Hilfe zu kommen. Männer waren ihr auf der Spur, aber diesmal war es kein Spiel. Sie war ganz allein. Wenn sie und Sloan überleben wollten, mußte sie alles Wissen einsetzen, das man sie je gelehrt hatte.

Ihre leise Stimme drang zu Sloan durch, aber er nahm die Worte nicht wahr. Ihm war abwechselnd heiß und kalt, und der Schmerz verließ ihn keine Sekunde. Er stach in seinem Kopf, unablässig hämmernd und pulsierend.

Bilder eines jungen, lächelnden Wes McCord trieben durch das Dunkel seiner Phantasie. »Wasser«, sagte das Bild. »Folgt meinen Anweisungen, und ihr werdet Wasser finden.« Dann sah er seinen Bruder. Todesqualen verzerrten Davids Gesicht. Sein Bein war zu grotesken Proportionen angeschwollen. »Geh ohne mich«, sagte er.

Einmal ließ der Schmerz nach, und er sah Brianne. Ihr schönes Gesicht war blaß, und ihre Augen wirkten müde. Er versuchte zu sprechen, aber seine Lippen wollten sich nicht bewegen. Sie lächelte ihn an, und er spürte ihre Hand sanft über seine Stirn streichen. »Es wird dir bald besser gehen«, versprach sie. Er schloß die Augen, und die Dunkelheit und der Schmerz kehrten zurück.

Brianne kletterte auf den Gipfel des Plateaus und schob sich Stück für Stück an den Rand, bis sie die Zeltstadt unter sich liegen sah. Sie legte sich flach auf den Bauch und starrte angestrengt hinunter. Aus der Ferne wirkten die Menschen, die bei den Zelten arbeiteten, wie Ameisen, und die ausgebrannten Zelte wie kleine schwarze Punkte. Es schien eine Menge Tätigkeit zu geben. Offensichtlich wurde die Stadt wieder aufgebaut, aber sie konnte nichts Genaues erkennen.

Schließlich kletterte sie wieder in den Canyon zurück. Sie brachte die Pferde an eine andere Stelle und überprüfte dann den verborgenen Eingang, den Dancer entdeckt hatte. Alles sah genauso aus, wie sie es verlassen hatte. Vorsichtig schob sie sich durch den schmalen Gang, bis sie den Trail überblicken konnte. Weit und breit war nichs Verdächtiges zu sehen.

Als sie wieder in der kleinen Höhle war, legte sie ein paar Pappelblätter in das rauchlose Feuer und kochte aus gedörrtem Rindfleisch eine Suppe.

Sloan spürte die heiße Flüssigkeit an seinen Lippen und schluckte. Es schmeckte gut. Als er kurz darauf wieder den Löffel an seinem Mund fühlte, öffnete er ihn, um noch etwas zu schlucken. Er hörte Brianne leise sagen: »Gut so!« dann versank er wieder in der Dunkelheit.

Er öffnete die Augen. Das erste, was er sah, war Brianne. Sie saß neben ihm und starrte in die Ferne. Sein Blick ruhte auf ihr, und plötzlich fiel ihm alles wieder ein.

Er erinnerte sich an die Schläge und daran, daß Brianne gekommen war, auf einen der Männer geschossen und dann Cummings und den Verletzten gefesselt hatte. Er erinnerte sich an den furchtbaren Ritt, an ihre ständige Ermutigung und an ihre Entschlossenheit und Umsicht. Sie hatte ihm das Leben gerettet.

»Brianne!«

Ihr Kopf fuhr herum, und als sie sah, daß er die Augen geöffnet hatte, leuchtete ihr Gesicht auf. »Sloan!« Sie schob sich neben ihn und legte eine Hand auf seine Wange. »Ich bin so froh, daß ich dich wiederhabe. Wie geht es dir?«

»Entweder geht es mir besser, oder ich bin tot.«

Sie richtete sich auf. »Humor. Das ist gut.«

»Es ist kein Humor, es ist die Wahrheit.« Seine Stimme war schwach und rauh.

Sie war so glücklich, ihn reden zu hören, daß sie ihn

berühren mußte. Ihre Finger strichen über sein Haar. »Ich weiß«, sagte sie leise. »Es war die Hölle für dich. Aber es wird dir bald besser gehen. Ich kümmere mich um dich.« Sie machte eine Pause. »Hast du Hunger?«

Er dachte einen Moment nach, den Blick unverwandt auf sie gerichtet. »Ich glaube nicht.«

Sie warf über die Schulter einen Blick auf das Feuer, über dem sich ein Spieß drehte. »Ich habe ein Kaninchen gefangen, aber es wird noch eine Weile dauern, bis es fertig ist. Inzwischen solltest du einen Schluck Wasser trinken.« Sie griff nach einer Feldflasche, hielt sie an seine Lippen und wartete, bis er getrunken hatte. Dann legte sie die Flasche beiseite und lächelte ihn an. »Ich gebe dir gleich ein bißchen Suppe.«

»Ich kann mich erinnern, welche gegessen zu haben.«

Sie nickte. Seine Stimme schien etwas kräftiger zu werden. »Du mußtest dich ein paarmal übergeben. Es lag an der Kopfverletzung.«

»Cummings hat gründliche Arbeit geleistet.« Seine Augen glitten über ihr Gesicht. »Manchmal, wenn der Schmerz kaum noch zu ertragen war, dachte ich, ich würde sterben und dich nie wiedersehen.«

Unendliche Zärtlichkeit lag auf ihrem Gesicht, als sie sich zu ihm vorbeugte. »Das hätte ich nie zugelassen.«

Er hob etwas unsicher eine Hand und berührte ihre Wange. »Du warst wundervoll.« Er sah etwas wie Überraschung in ihren Augen auftauchen und wieder verschwinden, und er fuhr fort: »Ich kann mir keinen Menschen vorstellen, ja, nicht einmal eine ganze Armee, der geschafft hätte, was du getan hast.«

Sie fühlte sich plötzlich unsicher. Sie lagen nicht miteinander im Bett, und trotzdem sah er sie an, als ob es so wäre. »Ich habe getan, was ich tun mußte.«

»Noch nie in meinem Leben habe ich solche Angst gehabt wie in dem Moment, als du in das Zelt kamst, Brianne.«

»Ich wußte, daß mir nichts passieren würde.«

»Natürlich nicht. Du bist schließlich eine Delaney, richtig?«

»Richtig«, sagte sie leise.

»Erst als ich knapp daran war, mein Leben zu verlieren, wurde mir klar, wieviel es mir auf einmal bedeutete.« Er schwieg kurz. »Ich hatte nicht erkannt, wieviel *du* mir auf einmal bedeutest.«

Ein schwacher Funke von Hoffnung regte sich in ihr, aber noch immer zögerte sie. Sie durfte nicht vergessen, wie schwer verletzt er war und wie sehr er sie brauchte . . . im Augenblick. »Ist es dir wirklich ernst mit dem, was du gerade gesagt hast?«

»Ich fürchte, ja.«

»Aber für wie lange, Sloan? Bis du dich erholt hast? Bis du wieder nach New York gehst? Wie lange?«

Er lächelte sie zärtlich an. »Rotschopf, ich habe den Verdacht, daß selbst die Ewigkeit für unsere Liebe zu kurz sein könnte.«

ENDE

Die wilden Jahre der Delaneys

Band 58 500

Kay Hooper

Der stolze Falke

Deutsche Erstveröffentlichung

Falcon Delaney ist ein Mann, der jeder Frau den Atem verschlägt: gutaussehend, mächtig, von nur mühsam beherrschter Leidenschaft. Doch Frauen waren für ihn immer nur Mittel zum Zweck; so schnell er sie begehrt, so schnell verläßt er sie wieder.
Bis er Victoria Fontaine trifft. Als er in ihren Armen aufwacht, weiß er plötzlich, was Liebe ist – doch Victoria ist die Frau seines Erzfeindes, des Mannes, den er seit Jahren unbarmherzig jagt . . .

BASTEI LÜBBE

Sie erhalten diesen Band im Buchhandel, bei Ihrem Zeitschriftenhändler sowie im Bahnhofsbuchhandel.